美

佛

◎第广龙 著

青海人民出版社

图书在版编目（CIP）数据

美佛 / 第广龙著. — 西宁：青海人民出版社，
2013.12（2019.6 重印）
ISBN 978-7-225-04678-5

Ⅰ.①美… Ⅱ.①第… Ⅲ.①散文集—中国—当代
Ⅳ.①I267

中国版本图书馆 CIP 数据核字（2013）第 293137 号

美　佛

第广龙　著

出 版 人　樊原成
出版发行　青海人民出版社有限责任公司
　　　　　西宁市五四西路 71 号　邮政编码：810023　电话：(0971)6143426(总编室)
发行热线　(0971)6143516/6137730
网　　址　http://www.qhrmcbs.com
印　　刷　临沂圣贤印刷有限公司
经　　销　新华书店
开　　本　880mm×1230mm　1/32
印　　张　8.5
字　　数　200 千
版　　次　2014 年 1 月第 1 版　2019 年 6 月第 2 次印刷
书　　号　ISBN 978-7-225-04678-5
定　　价　28.00 元

CONTENTS

CONTENTS

敦煌七里镇看树

　　我是为了看佛，才来到了敦煌。八月的敦煌，起了土尘，弥漫在头顶，说一句话，嘴里便粗糙起来，舌头卷动的是沙粒。我被强烈的旱象刺激，心里也干枯着了。但我不会绝望，在佛的地界，奇迹的发生也是寻常。于是，随着路径的变化，我看到了成片的杨树、柳树和榆树，使褐黄的戈壁，有了春的颜色。

　　敦煌的树木，让我很是奇怪，几乎从地面开始，枝条便团结在主干上攀比着生长，树身上下茂密泼洒着浓郁的野性的绿。凡是我见到的树木，都浑身披挂着绿旗，头脑里关于树冠的印象便有了改变。我就想，成为这样的形态，既是人放任的结果，也是树木基因的遗传。杨是白杨和钻天杨，远远看，像是羽毛笔，也像杵着的鸡毛掸子。吹起风来，便把两边分布的枝叶吹向一边，像梳头时把头发梳向一边，而且长时间保持不变。这也让我知道，敦煌的风，有着持久的后续力。如果白杨密集在一起，便是绿色的城墙了，中间还穿插着榆树，更增加了密度，钻过去一只猫怕都困难。这样几面包围着，中间空出来的地方就种了玉米，或者是辣椒、西红柿、茄子这些蔬菜，或者搭建起一行又一行葡萄架，就成了一片安静的园子。这样的屏障设置极多，一层套一层，再靠里面，则安排了枣树、梨树、杏树，杏是李广杏，有着久远而高傲的血统。要是柳

美
佛

树，枝条虽然成团，却是散乱的，无序但不缠绕。而垂柳的枝条，垂得低，已经垂到了地面上。

我把敦煌的树木，也看成了佛的化身，佛无处不在，敦煌的树木，也是敦煌的佛。我和树木亲近着，觉得我也是和佛亲近着呢。

在敦煌七里镇的一个院子里，我见到了五十年树龄的树木，是钻天杨和槐树。钻天杨粗大过腰，我上前搂抱，竟抱不住。有两棵在一起生长的，有三棵在一起生长的，都紧密相拥着，到一人高时分开距离，都一样高大，乃至有些倾斜。有一株显眼着结疤，渗流出黑色的汁液，在树身上流出一条条水痕。远看树皮呈青色，离近则见满布像锥子锥破的四角的小口子，我估计是通气口。这些口子再裂下去，是能裂成一只又一只眼睛的，但却不再变化。我想钻天杨已不需要再看什么，能看的都看见了，现在这些钻天杨应该生有天眼。在四层楼的高度，才分开两岔或三岔，直直向天而去。旁枝不多，活到这个年份，要集中气力，向高向粗发展，便有所省略和放弃。树龄超过了五十年的钻天杨，经历了太多的风雨，入定的神情，是修炼出来的，也是岁月的赐予。季节的更替、生死的演变，都被沧桑的年轮包容。在这偏远之地，植活一棵树十分艰难，故而受到格外的珍惜。而树木的回报只是年年的叶生叶落，只是一片又一片树荫。我数了一下，这里共计有钻天杨五十六棵。我暗暗给它们编了号，希望下次来，数字没减少。我还见到了几棵槐树，同样饱经风霜。有一棵树的主干极为奇特，不是圆筒形，而是旋出了水纹般的起伏，树皮亦随形而高低着曲折着，像风暴的中心，像气流的突变。树皮包裹了树身，也束缚了生长，便有挣脱，有裂纹。树皮是树的垢甲，自行脱落可以，却是不能搓的。外面的一层树皮裂开了，里面一层又生出，又裂开，最外面的树皮裂开成不规则的条状，风蚀了一般，又像活着的化石。

由于时差，敦煌天亮得晚，黑得也晚。吃过下午饭，九点多了，还能看清事物，人们三三两两，在休闲。早上却是极清寂的，偶尔的脚步声竟异常响亮。我调整不过来黑白，起来早，六点半了，外面还模糊着，我想念钻天杨，便又走到了树跟前。站立着一排钻天杨的位置，像是堆着几包麻袋。我仰起头，由于树木的高大，天被抬高了，月亮显得极遥远，半月当顶，像一把梳子，一夜的灰蒙正被梳理。我要是年轻上几十岁，可能会攀爬到钻天杨的树杈上，我的身体和树的身体亲密接触，在树的高处感受树，被风吹着，叶子拂动我的脸我的手，我可能会有不一样的想法吧。

我看到钻天杨的叶子，颜色浅淡，小得不合比例，甚至比初生时的叶子还小。更让我惊异的是，敦煌的钻天杨树叶还有一个特点，像葵花一样，也随着太阳转动，总使叶子朝上的一面向着太阳，经受太阳的照耀。叶子也有按钮控制着吗？我看到，背向的一面，就暴露出了棉白色，齐看过去，白白一片，像是用蘸了白灰的刷子刷过一样。

这一片林子，因杂以槐、柳、沙柳、榆，几乎把天空都遮蔽住了，阳光热烈的中午，光线也黯淡，寒气逼毛孔。靠墙边生长着一排

美
佛

榆树，从下到上，看到的全是叶子。里头鸟鸣浓稠，听来是麻雀。我走过去，知道麻雀在枝叶间密集着，却难见到麻雀的身形。仅仅过了半个小时，麻雀的声音停了，踪影完全不见。榆树的叶子上，涂抹着白色的印痕，地上亦斑斑点点，满是麻雀的粪便。树林边的路上，有人赶着绵羊过去了，绵羊发出孩子般的叫声。突然一阵唢呐，吹响忧伤的曲调，有一户人家在出殡。孝子勾着头，一身白衣，眼泪默默流着。我发觉不远处是一所医院，多少人就从这里走向了生命的终点。死者离去，一切如旧，生活继续着。医院门口自然有寿衣店、鲜花店，门开得早，关得却晚。黄昏，麻雀又回来了，唧唧喳喳着，似乎每一只都要发言，并一直持续到天黑才安静下来。我第二天又来到榆树林下，举着头看，看见一只麻雀是很难的，虽然知道有无数的麻雀，脖子都困了，只是看见树梢不时反应着。如果麻雀动弹一下身子，树梢就弯曲一下，那是麻雀的重量压的。也能看见一道又一道黑影在树枝间掠过，那是麻雀在短距离移动。一会儿，麻雀分批飞走了，像是掷出去了石头蛋一样。短距离的飞行，麻雀还有速度，但显然要尽快找到另外的树枝栖落。再要飞得远，麻雀就吃力了，翅膀挣扎着，鼓舞着，要掉下来似的，终于到了树枝跟前，身子高低着，爪子就提前伸出，要赶紧抓住。自行车过去，拖拉机过去，麻雀没受影响，依然吵嚷着，逐闹着。我一声不出，立得久了，麻雀像是感觉到了，有气味扩散一样，传染一样，一下子警惕起来，声音也减了，飞走的也有不少。到第二天、第三天，麻雀似乎了解到我没有恶意，就不再把我列入防范对象了。

人老了受敬重，树木老了，不要好吃的好喝的，只要脚下的安宁。树木站着的地方便是家，树不出门，不离家，只要扎下了根，把一辈子就安顿下了。大树、老树越来越少见了，五十年的大树更难得见到。为什么只有名山寺庙的树木才能幸存，别的地方就容不下不和人争什么，只是把阴凉、果实、风景带给人的树呢。如果觉得树占了人的地方，那这个地方的人恐怕也停留不长久了。一个地方，为了绿化，可以速成植树，移栽树木，甚至是大树。但像五十年的钻天杨，是无法移栽的，只能一天天、一年年生长，才能长这么高大。一个地方，可以两年建起一栋高楼，三年架起一座大桥，五年筑成一座大坝，但却无法随便拥有五十年的树木。树木的价值就是生长的价值，生命的价值。谁也做不到让一棵五十年的大树缩短时光出现在面前。在庭院里、在街道边，生存着一棵五十年的大树，便是真正的奇迹。说起来也简单，让一棵树在立足的地方生长，生长五十年，不要惊扰，不要挪动。可谁会有让树木生长五十年的决心呢，就是下定了这样的决心，谁又能保证不被后面的人拔掉、砍掉而去盖楼、架桥、修路呢。

敦煌人不砍树，就连几十年的梨树、苹果树也留着。有的挂极小且丑陋的果子，有的已不能挂果，也像养老一样，延续着生命。一株柳树已脱落了一多半树皮，树身弯成了拱桥，树枝也干枯着，只在树根冒出一支细细的新芽，依然被支着一根铁管以防倾倒，周边还砌了一圈砖墙加以保护。人们知道树木的金贵，斧子砍到树木身上，也是

美
佛

砍到了人的身上啊。我了解到七里镇的钻天杨，是一位将军种植的。他来到这里，房子还没有盖，还住在帐篷里，便带着人，挖了一个又一个树坑，扶直了钻天杨树苗的身子。钻天杨成林了，长高了，将军却在种满钻天杨的院子里自杀了。他因为受不了"文革"时期一次次的批斗，而结束了自己的生命。将军走了，留下了这么多的钻天杨替将军活着，高大地活着，不理荣辱地活着。这一带生长着左公柳，那么这杨树也该被叫作将军杨。

树木到了一定年龄，也是能成为神灵的。我默默地敬仰着这些钻天杨，我想它们一定有感应，有知觉。这里本来就是神灵之地，这里有莫高窟，有佛啊。佛在敦煌，安详而有神采，钻天杨在敦煌，自在生长，已是佛的真身。敦煌是佛的乐土，对生灵都给予怜悯，给予爱。敦煌是树木的天堂，只需一滴雨水，也能倾万片绿叶。我觉得，植一株树，胜过掘一窟佛，树是佛，佛是树，植树也是塑佛，植树的人，也是佛，敦煌的佛和树同一着，敦煌的人也和佛同一着啊。

我刚到七里镇第一天，顺着钻天杨分布的格局，在居住的院子里随意散步，看到了一队蚂蚁，有十多米长，没过于留意。第二天、第三天还看见，我就顺着蚂蚁的队列走，才发现顺着围墙，蚂蚁描出了一道黑线，有二百多米长。蚂蚁都在列队走，显然是一个遵守纪律的团队。而这里几乎没有人走动，使蚂蚁少受干扰，也是蚂蚁能保持固定线路的一个原因。黑线里，蚂蚁不是一个方向，有去的有来的。蚂蚁身子细小，尾部呈暗红色。蚂蚁在长途行军，蚂蚁走瘦了身子，走是蚂蚁的命。我仔细看，看到有的蚂蚁嘴里是叼着微小的食物的。我想找出蚂蚁的出没地点，就顺一个方向的蚂蚁走，一直到一座土丘，还有蚂蚁的队列，但分成了好几队，我猜想土丘下面可能是蚂蚁的大本营。那里面的蚂蚁王国，是和一座城市一样的。如果和人比，蚂蚁的管理制度更有效，蚂蚁是有组织有单位的，也是有身份有分工的。蚂蚁走到死，才能停歇。蚂蚁的价值，体现在一生的忙碌中，蚂蚁似乎并不厌倦，而且还其乐无穷。让蚂蚁做我，蚂蚁愿意吗？让我做蚂蚁，我会考虑吗？我设想自己成为蚂蚁，会不会是一只好蚂蚁。一抬脚，没留神，我踩死了一只蚂蚁。我就没有做蚂蚁的想法了。我在敦煌逗留了五天，离开的这天早上，我被一阵雨声吵醒了，敦煌是难得下一场雨的，我出去看蚂蚁，看是否被雨冲坏了队列。我看见蚂蚁没有原来那么多了，却还不显惊慌地行走着，按照这些天一直未变的路线。抬起头，几滴雨水从树叶上滚落下来，脖子一凉，不由打了个激灵。我看着一株株参天大树，有些恋恋不舍，敦煌的佛在我心里了，敦煌的树也投影着我的感念。

敦煌所处的地域，离同处甘肃的天水一千二百公里，离兰州一千一百公里，离西安一千七百公里，离北京一千九百公里，离西宁和乌鲁木齐近一些，一千公里。这样的距离，使习惯了遥远的我，也惊叹其遥不可及。这也是佛在考验人的脚力，考验人的诚心啊。无论从哪个方向到敦煌都遥远，都轻易不敢动身。远处才有真经，而取经要经历九九八十一难，才能踏上佛的疆土。我庆幸我的双脚没有受罪，喉

美

佛

　　咙未忍饥渴，就几天时间，便来去了敦煌。似乎容易了些，但我向佛的心是真挚的，我受着佛的指引，见识了那么多的钻天杨，我在钻天杨的境界里，悟到了佛的境界。树木无言，被岁岁春秋成全，我还有什么可表白的，拥有了一片叶子的心得，我就知足了。

圆
通
寺

圆通寺

小寒这天，我回平凉。母亲过世后，我只回来三次，最近一次是在三周年时回来的。算来又有一年没有回平凉了。

这一次，我去了圆通寺。平凉的圆通寺。

曾听母亲说，她平日常去圆通寺上香。妹妹也说，心里苦了，就去一趟圆通寺。我在平凉土生土长，以前，没有听说过圆通寺，自然也没有去过圆通寺。也许我童年曾去过圆通寺，或者路过圆通寺，只是在我的记性里没有留下印象。

我就想着，去圆通寺看看。

这一次，最小的妹妹出嫁，我得回去。傍晚，坐上一列慢行的火车，我又回到了久违的平凉。火车站建在泾河滩，半夜出站，抬头看到满天漩涡状的星斗，茂盛如草，清凉如露，也是记忆里才有的天象。第二天，喝了妹妹的喜酒，一个人出去，拦了一辆招手停，一路"突突"着，行驶在南台方向的曲折土路上。

圆通寺就在南台西边，在郑家沟的塬头上。

再有两天就腊月了，外头干冷干冷的，稍稍起一阵风，土尘如牛的身子，如羊的身子，出没于土塬的高低处，躲是不躲的，我就是把身子侧斜，脖子缩下去，把土尘让过去或者被碰撞一下。塬上，往下看，层层梯田，每一层，都依弧度的长短，一行行种植小麦，一指高，

美

佛

像放大的人的指纹。一会儿转了角度，从对面看，山塬上的台子，像锉子锉出来的，清晰、匀称，上下的坡面，散布着干枯的草枝，一团团，如同污垢。树木稀疏却粗大，色黑青，看去如铅笔画。

塬顶上的土路是一个半弧。土路边堆着砖头，三个男人在砌墙，鼻尖上晶亮着清鼻，不时吸溜一下。两个女人和泥，泥受冷，增加了黏度，翻搅艰难，铁锨头在泥里长住了一般。他们不动时，身子往一起凑，手袖进袖筒里。砌墙干什么？似乎在圈定一个范围。砖墙内缓冲下去了一个洼地，裸露出深色的土层，平整出了一块方正的地坪。靠里，又升高起一方土丘，圆通寺的后背便耸峙于其上。把半弧走直了，坐北朝南，便是圆通寺的入口了，开两扇木门，门楼只是过去当地大户人家的规模，并不高大宏伟，倒是对面正对着的戏台子，阔大高挺，虽冷清着，却显出声势来，衬托得圆通寺矮小了许多。圆通寺的名号，不是书于牌匾，只是在门框上方的门楣位置，漆蓝色底，墨出了三个温润的大字。而且，寺门外的地面，没有铺砖，坑坑洼洼，高低不平，估计是雨天人脚踏出来的。一条黄狗卧在一边，身边歪斜着一只破碗。黄狗神态懒散，身子放松，人走过去，头都不抬一下。

我看到了一个正在翻建的圆通寺。

我没法说，我是失望，还是无所谓。的确，我不知道，或者还未想清楚，我内心希望看到一个什么样的圆通寺？

除了门道两侧的哼将殿和哈将殿，还保留着原来建筑的样式和塑像造型，其他都看得出新旧。自然，我说的原来，也只能是相对的原

圆通寺

来。院子里头，居中并间隔排开的天王殿、念佛堂、大雄宝殿，菩萨殿都因为周边被掏挖下去，兀自高出许多，只有天王殿开着门，别的殿，门一律紧闭。天王殿狭窄，几乎贴着门槛，置放一张长条供桌，燃一盏油灯，依然昏暗，天王像油彩斑驳，蒙一层土灰。天王殿门口，泥地上蹲一只铁皮火炉，烧的块煤，腔子火焰兴旺。其他各殿，修有台阶，上面是高台，堆着杂物，有白木板、钢筋，还有块石。四下里多处被挖开，形成深浅不一的土坑、纵横的沟槽。这边墙根下被摆满的条石，已经被打磨光滑，紧挨着，是一堆沙子；那边空地上，摆放着青瓦，纹虎纹的瓦当；东拐角有一堆麦草、一辆破架子车；西头宽展些，垒起十几根檩子，却不是新的，显然是从别处房屋上拆卸下来的。我还在院子的角角落落看到了陈旧的香炉，有长方形的，有圆肚子的，似乎也是从其他地方收集来的。靠西边一溜，屋舍已经搭建起来，门窗皆木色，未上漆；柱子、墙面，似乎也差着最后的工序。我估计，圆通寺计划大规模改观，并已经动了土木，只是天气交九，山上更冷冻，才暂时歇工。

我知道，不久，这里将重现秩序。这些材料会各自被安排位置，构成基础、墙体、屋顶和地面，也一定会享受香火的缭绕，逐渐沧桑了色泽，蕴涵时间的气息。现在的凌乱只是暂时的一个过程，一个停顿。即使修葺一新，也并不预示着永久。万事万物，无不在变化中消亡和再生。

我在想，我看到的是一个真实的圆通寺吗？

美
佛

　　圆通寺从建立那天起，就已经不真实了。这个世上，就没有一个本来的圆通寺。我不能倒退回去，回到元朝明朝，去看看那时候的圆通寺。圆通寺经过多次修建，最早是什么样子，已经无法还原了。只是一次又一次，在原来的样式上叠加，每一次都是在原来的样式上叠加。这中间间隔的光阴，也许五十年，也许一百年，都如一场风，吹过去，吹过来，说长不长，说短不短。我听说，20世纪60年代，圆通寺就已经破败，只存一个废墟，人迹罕至，杂草丛生，夜晚风声呼号，穿越残墙断垣。后来，佛事活动又开展起来，自然会不断添砖加瓦，恢复庙堂，所以我现在看到的建筑，也只有二三十年历史。

　　历史一旦中断，其后的衔接都会和想法有距离。何况动手，也会各人心中一张图纸。

　　风雨侵蚀，人力毁坏，圆通寺注定要改变。如今的圆通寺，又一次得到建造。但是，谁又能说清，一百年后、二百年后，圆通寺会是什么模样？我说不清。

　　也许，只有佛能说清。

　　只有承载圆通寺的这座塬头，似乎没有发生剧烈变化，位置、成分、高度、形状，似乎还是原初的形态。

　　多少人，从佛面前走过去，走向自己的归宿。

　　母亲来圆通寺，内心安宁了吗？母亲看到的，一定是另一个圆通寺。那是母亲心中的圆通寺。要能陪伴着母亲来圆通寺，该有多么幸福啊。已经不可能了，母亲走了，在地下长眠。圆通寺还在，还会有

圆通寺

更多的人，到这里来，一次又一次。其中，会不会有我的妹妹？我真的希望，妹妹不再来圆通寺，即使来，也不是因为心里有苦而要到圆通寺来化解。

我在圆通寺走动，没有见到其他人。就在我快要离开时，回来了一个年老的僧人，手里捏着一只布口袋，不知是出去化缘了，还是采办物品了。他脸上布满皱纹，胡子凌乱，穿浅灰色僧衣，戴咖啡色布帽，步子缓慢，走到天王殿前的火炉子跟前，伸手烤火。我也伸手烤火，手心手背转着烤，胸膛这一片慢慢灼热起来。他跟我说了句，来了，我回了句，来了。他又说，今天没有法会，人少。我说，人少清静。

他看了我一眼，只是"唔"了一声。

出了圆通寺，脚下的平凉城，拥挤在山下狭长的谷地间，早就变换了容貌，楼房成堆，汽车穿梭，再远处，泾河在流淌，隐隐水汽伴随着缕缕烟岚升腾着、扩散着，把一部分物象笼罩在朦胧之中。在这城里，一天天的，人们为吃穿辛苦着，为儿女忙碌着，无论电灯下说话，还是在路上紧慢走，有叹气，也有笑声。生死也是不断发生着，接替着。

我必须明白，山下面，才是生活。是我的生活，是多数人的生活。不管过得好与不好，那也是生活，也得过下去。

快乐的拉卜楞

我傍晚到甘南的夏河，找地方住下，听见阵阵喧哗，走到窗口看，几乎伸手能触摸着的，是一条夕光下颜色暗红的河流。河道里高低着石头，使河水起伏。这就是横贯夏河县的大夏河。这一夜，枕畔水声激荡，我竟然睡得踏实，睡到天放亮才起来。这时的大夏河，却显示出熟铁的色泽。

走到外头，头皮冻得发紧。已经六月天了，嘴里哈出的气，一团团像抽着烟。就在几天前，夏河地界还落了一场大雪。我没有看见积雪，怕是已经融化成雪水汇入了大夏河了吧。土路边的地坎上，杂生蒲公英、猪耳草、蒿草，叶子上明亮着露珠。小叶杨身躯高大，成排生长在大夏河的北岸。猫舌头大的叶子，在树上安静。是一动不动的安静。叶片上却像被镜子照了一样，不时闪过一道道晨光。一株茂密的柏树，顶端伸出去的一段树干却干枯了，奇的是一只鹰就选在最高处立住，似乎是树干的一部分，不但不动，好像就不会动似的。夏河的海拔在三千米以上，高处才是鹰的领地。高处的鹰，不动是石头，是铁，动起来，就是风暴，就是雷霆。

这是一条东西向的谷地，两边起伏的山体，紧身覆一层植被，如牦牛皮。褶皱的部位，似乎也是肉身扭动形成。墨绿的脊背上，一大块又一大块浅色青草，像是脱了毛一般。仲夏的动作，在这里却滞缓了，似乎春天才立住不久，这里还是藏语发音的慢了一步的季节。在谷地的南边，烟岚飘散，散布着两三排藏式民居。空气中混杂着燃烧着的牛粪的气味。正是早上六点多光景，几个穿浅蓝色校服的孩子，奔跑着从大夏河的石桥上过去了。书包在身后一张一合地跳荡。过了桥，却停下不走，一起说着什么。我过去，问了几次，都不答话。小孩脸蛋青紫，生铁模子铸出来的一般，眼睛盯着我，又笑着跑向一片青稞地对面的学校。小孩笑的时候，牙齿雪白。青稞油绿着，两拃高的身段，穗子还没有出来。地埂上铺满刚高出地皮的青草，叶子略略弯曲，挂一层两层露珠，逆光看过去，纷乱着瓷器碎片般的锋芒。两头毛驴，一大一小，悠闲地在河畔啃食青草。长长的缰绳，一头用木橛钉进了地里，显然是早晨牵过来的。驴的主人已经回去了。一位穿藏袍的中年妇女，背着木桶，在河边的土路上走着，和我相遇，微微一笑，走过去了，在立着两块大石头的河汊，她拐下去，卸下木桶装水。这里大概是她每次取水的固定位置。

夏河的一天，在这个晴朗的早晨，不紧不慢地开始了。

我步行去拉卜楞寺。在大夏河的下游，北岸边的凤山下，集中着一个建筑的群落，一尊金顶在潮湿的晨光中闪耀点点光斑。由于坡度的高低变化，依山而建的佛堂经殿，层次错落分明，都是平顶多层或单层，窗口与墙体平齐，檐口细窄的样式。墙体的颜色，有红色、白色、黄色几种，不是化学色，是矿物色，是自然生长出来的、土地上原有的那种色调。拉卜楞寺是敞开的，在大经堂和续部学院前面一大片空地，是撒了石子的泥地，人走过去，带起一股子土尘。两侧则延伸出几条巷子，巷子两边是一个紧挨一个的院子。里头的房子也是平顶，低矮、狭小，裸露出泥土的颜色。许多院子的大门都挂着铁锁。空地上来往的人，有的背一只编织袋，弯腰走进一条巷子，有的抱一个包袱，靠墙站着，似乎在等人。一台三轮车"突突突"开过来，停下，车槽里装着菜筐、杂货，也挤着人，其中还有一个年长的红衣喇嘛，脸带喜气，他利索地跳下来，进了一个院子。三轮车开走了。

拉卜楞寺属于藏传佛教格鲁派，是主寺，办学院，兴研修，出智慧，由此地位高，影响大，赢得第二西藏之誉。在寺里的僧人格布的带领下，我进出了五六座佛堂。佛堂空间窄小，光线暗淡，弥漫着浓烈的酥油味。佛像皆高大独尊，须仰视。不时进来信徒，也不言语，拿着装了酥油的矿泉水瓶子，给桌案上的佛灯一一添加。动作自然娴熟，一定经常过来。一座佛堂，通常都格局出一个院子，出了院子就是巷道。在一处院子里，七八个僧人在墙根下晒太阳。他们或坐或半躺，相互说笑着，其中有两个十多岁的小孩，身子裹进宽大的红衣里，稚气未脱，脸上洋溢着欢乐。我猜这样的好天气，也是他们欣喜的理由。我就常常为一片早晨的阳光而深感幸福。院子的一角，通常砌一座焚烧炉，里头燃烧着柏叶和麦仁，青烟飘散，略带苦涩的清香钻入鼻孔，我有某种被开启的感觉。在续部学院，我见到了一排一排坐着念经的喇嘛，跟前是长条形木板，贝叶状的经文单片放在上面。每人旁边放着一碗酥油、一碗白糖。询问了一下，原来这是他们的午餐。

快乐的拉卜楞

格布说，别的寺院是寺院养僧人，拉卜楞是僧人养寺院。原来，进了拉卜楞寺，吃的、用的、住的，都得自己负担。成了出家人，没有收入，全靠供养人。供养人是家人亲戚，也可以是朋友。出家人也要睡觉，拉卜楞寺两边的巷子里那一排排土房子，有六百多间，全被先来的出家人的父母买下了，后来的只能找这些人借宿、租住。出家人还要上山采药，绘制唐卡，印刷佛经，制作酥油花。这都是分内的事，也同时给寺里出了力。而这些本领，基本上都是出家后通过学习掌握的。自然，寺里的日常维持，只能依靠僧人和信众。

学习是拉卜楞寺僧人的第一要务。来了就得学习，就是为了学习才来的。学习什么呢？显宗、密宗这些佛法内容自然是主体，还要学习藏药、天文、音乐、绘画等诸多方面的知识。拉卜楞寺更像一所大规模的高等院校，虽然没有定录取分数线，也不搞等级评估，但几百年形成的重教重学的传统，使拉卜楞寺在藏传佛教领域具有浓厚的知识色彩。如今有三千多名出家人在此学习。来自藏区各寺庙的一百多位活佛也在这里修行进步。拉卜楞寺教学的严格不亚于任何一所社会上的大学。到了拉卜楞寺，只算是出家人，要拿到僧人证，得完成学业，通过考试，通常要学习十年以上。大致分十三个年级，每月一小考，每年一大考。每年的大考能通过的也就五六个人。有的出家人已经学习了三十年，还没有通过考试，还在继续学习。如果不用心学习，还面临被逐出寺门的危险。那是很没有脸面的，佛原谅了，自己也不会原谅。出家人生活费自理，但不用交学费，学费佛祖承担了。即使拿到了僧人证，也没有"我毕业了"的说法。离开拉卜楞寺的僧人，不论到哪座寺院去，学习都是一个永远的过程，不会停止，学习是皈依佛门的试金石。不学习，就不是佛门中人。

十一点多，时轮学院和闻思学院出来了许多出家人。他们有说有笑，散漫而自在，就蹲在墙根下或坐在离合塔前的台阶上休息。太阳暖暖地照在身上，热量增多，情绪也松弛了。短暂的调节，对他们来说似乎已经很满足了。从大经堂的大墙内，传出一阵阵锣声和吼声，激越高迈，撼动肺腑，原来在排练金刚舞，准备举办法会时演出。这既是拉卜楞寺的文化娱乐项目，也是弘扬佛法的常用手段。外面，除了坐下放松的出家人，还有一些出家人来回走动着，有的就走进了巷子，身影越来越远。也有穿藏袍的老人或年轻的男子，和穿红衣的出家人站在一起说话。亲情的温暖，被眼神交换着。递过去一个包裹、一只袋子、几张纸币，算是递过去了关爱、期望和对佛的执着。这样的情景，在拉卜楞寺每天都发生着。一个家庭，送过来一个人，交给拉卜楞，交给佛，心里头有了一份牵挂，生活中多了一份寄托，精神上添了一份安慰。

拉卜楞寺有一百多位高僧，他们已经修行到了极高的层次，以学知、感悟力和德行赢得声望和敬仰。八十八岁的活佛群来仓就是这样一位。我想去拜见，但不知群来仓活佛住在哪里。我的朋友说，咱们自己去找吧，便随意进了一条巷子。巷口遇见一位大个子的出家人，向他打听，他重复了一句"群来仓"，神情便庄重起来，用手往里面指。我们便朝巷子深处走。土路泥泞，不时遇见水坑，在阳光的照射下，升腾着缕缕热气。我们便曲折了步子，一会儿踮着脚尖，一会儿跨步跳跃，我走得劳累，额头上渗出了汗珠。巷子两边的院子，大部分锁着木门，有一处院门前，有人在和泥，泥堆旁堆着木料，还停着一台手扶拖拉机。大概在对房子进行整修。一个院子出来了一个人，穿着藏袍，头上却戴一顶蓝布的帽子，脚上穿一双黄胶鞋。送他出来的出家人，打着告别的手势。他们脸上浮现的是平和自然的笑容。一个穿着僧衣的小孩匆匆走了过去，他的怀里，抱着一只铜瓶，里头装的可能是水或者奶茶。我们遇见的，几乎全是出家人。这条巷子是出家人的居住区。巷子里头，隔五六米，又向山坡方向穿插一条巷子，便不知如何走。又问两个僧人，他们却听不懂汉语，但还是听清了"群来仓"，同样眼睛一亮，明白了我们的意思，又往巷子里头指去。我们接着走。这样走走停停，又问了三次路，最后一次，终于指向山坡方向的一条巷子。这条巷子，比我们一直走的巷子要窄一些，土路的中间凸起，两边是排水沟，往里面走，地势缓缓抬高，走到巷子尽头，抬眼就看见一个土台子，上面一个院子，木色的大门，比巷子里别的院子大门大，门轴前头，有两块石礅。旁边再没有别的院子，便判断就是这里。拍响门环，开门的是一个中年僧人，我用佛的礼节，合手说明来意，他说是群来仓活佛的管家，引我们进去。里头的院落，铺一层青砖，清扫得干净。一侧的角落，种一些时令的花草，另一侧是一间偏房。正面是高台，砌了水泥的台阶正对着上房。管家说，活

美

佛

佛的房子里有客人，要等等。让我们进了偏房，便坐下，说了三两句话，就听见外头响起脚步声。管家带着我们，从正面的台阶上去，却拐进了右手和台阶下面齐平的偏房。进去，光线暗了一下，待看清，简单的陈设，靠里头的窗户下盘着炕，炕上置一小方桌，桌旁斜躺着一位老者。他就是群来仓活佛。群来仓活佛跟我们打招呼，声音像是从幽深的井里发出的。我们忙上前，把哈达和心意敬献上。活佛笑着，消瘦而慈祥的面容，动作迟缓，笨，似乎身体不好。管家在一旁介绍：这是北京来的，这是西安来的。群来仓活佛点着头，艰难地抬起身子，拿起一块细长的木板，木板上裹着一层蓝绸，给我们一一摩顶祝福。我原想和群来仓活佛说说话，看到他的精神状况，不忍打扰，坐了一会儿便告辞了。但我从心里庆幸见到了群来仓活佛。一路打听，在巷子里穿行周转的过程，我已受到了明白的启示，对生命的意义有了另一种感悟。

拉卜楞寺对面横着一座山，能看见半坡上的一面巨大的晒佛台。每年定下日子，会把唐卡佛像展示出来，晒一晒太阳，以防霉变，对信众也是个安慰。这一天，成为节日，极为热闹和隆重。我错过了日子，没有看到晒佛的盛况。晒佛台空空荡荡，裸露出镶嵌的片石。看到晒佛台下的草地上、晒佛台边的草坡上，悠闲地坐着人，我也来了兴趣，便一路攀登上去。夏河早晚冷，中午热，山坡上，凉风吹来，感觉舒适。往下看，拉卜楞寺清清楚楚的。我去过的佛堂，我刚拜会了的群来仓活佛的院子，都能辨认出来。头顶的云朵移动变化，一会

快
乐
的
拉
卜
楞

儿拉卜楞被太阳充分照耀，白亮白亮的，隐约还有一层雾气浮动着；一会儿遮了几片云彩，颜色变深了一些，层次却分明了。山坡上不断有人攀爬上来，找个地方坐下，放松着身心。有一个穿校服的少年，一脸喜悦，但似乎不安生，一个地方坐一会儿，又起身走几步，在另一个地方坐下，刚坐下不久，又起来走。我看着奇怪，问他乱跑啥呢。他的回答真让我想不到。他说，刚考完试，轻松得不行，就到山上跑一跑。我看到，在拉卜楞寺旁边有一所学校，水泥的地坪、方正的砖楼，还有几个学生在操场上打篮球。山坡上也有喇嘛闲坐，一句一句说着话。有一个年轻的出家人，手里提着暖瓶，后面跟着一起上山的两个人，像是他的亲人，也到一片柏树林旁席地而坐，消磨着其乐融融的时光。我猜测这位出家人租住的房子小，到山坡上来和亲人相聚便成了最好的选择。

　　我在夏河逗留了好几天。我喜欢这里，喜欢这里宁静的、带有永恒意味的气氛。不论是一棵树、一粒石子，还是一头牛、一张被紫外线和朔风雕刻出来的面孔，都让我有一种陌生感，又有一种归属感。我几次都不由自主到拉卜楞寺走走。只是走走看看，我也获得了一份知足。我感觉到，在这里，宗教和俗世的界限似乎是分明的，似乎又是模糊的。庙里的器物和街巷的景象都神圣而质朴，穿红衣的人和穿藏袍的人，都是幸福的表情，都是快乐的。这快乐是简单、专一、清澈的生活态度给予的。在拉卜楞寺的西边，一圈围墙边，装满了转经筒。每天早晨，年轻的、年老的，一个个都念念有词，把转经筒扳动。

美

佛

旁边的空地上，晾晒着柏枝，散发持久的清香。再靠前一点，是一个小集市。许多人转着经筒，转完最后一个，转身走上几步，便进到小商店里采办日常的用品，出来，手里是一袋盐、一块肥皂或一节电池。还有一些人，绾起藏袍，径直走进地里，侍弄庄稼。庄稼就在跟前。这里商店不多，就是烟酒店、电话间、面包店。面包店有三家，牌子上写着"夏河面包"。我挺好奇，就趴到一间面包店的窗口看，里头一个妇女正在烤制面包，烤面包的模子都是单个的，一个模子装一个，烤出的面包刚好把模子充满，有十厘米高，二十厘米长。每个面包一元五角钱。我买了一个，还热烫着，很蓬松，撕开，一股粮食本身的香味钻进鼻孔。口感好，不是甜的，也没放盐，是小麦发面的纤维和分子构成的洁净、纯净的味道。多少年，都是这个味道，多少年，从不去改变。人们认可和接受的，也是这种自然的、原生的食物。不仅对面包如此，对于生活的许多内容，也一直这样，直到固定下来成为习俗。我第一次品尝，就觉得每天能吃上几口这样的面包，也是莫大的福气。每天十点多，这里的出家人会多起来，买一些吃的用的。有一天我见到了五个女喇嘛，是拉卜楞寺西头尼姑寺里的，都很年轻，健康的外表，短发，脸上总带着笑容。她们中有一个，在电话间刚通了电话，心情好，买了冰激凌，和同伴分享。在白度母佛殿外墙下，一排架子车连成的摊位，全是卖柏叶和麦仁的。一位老师带着十多个穿校服的学生拥挤在跟前，每人都买了一份，进到佛殿焚烧。我问老师，这是举行什么仪式吗？老师说，他们是从乡里的学校过来的，参加会考，到这里来，就是拜托一下。我相信他们拜托的真诚。我相信，佛也会接受他们的拜托。西边的街口，两头牦牛一路走过来了，也不见人跟着，自己一直走过大夏河桥，走到晒经台下的草地上吃草去了。牦牛走过时，粪便排到了地上。一个年老的藏族妇女，拿塑料袋收集着牦牛粪。我知道，牦牛粪晒干后，是取暖烧茶的最好燃料。老人弯腰的瞬间，脸上是喜悦的，为收获了牦牛粪喜悦。这时的牦牛粪，和黄金同值。

我要说，拉卜楞是一片生长信仰的土地，不光在泥土里生长，更从人的心里生长。一颗信仰的心，是快乐的。信仰的本真，不就是为了让人快乐吗？快乐的心，柔软、单纯、明亮，包裹着这片高海拔的土地。

百塔寺的银杏

在秦岭以北，山体的面貌不完全一样，有的峪口，山势峻拔，路细，弯多，植被覆盖，树杂草乱，遗存天然图像。还有许多峪口，人为的作用，世代延续，已改观形态。天子口一带就是如此。这里树木散落，有杏子树、桃树，整个树冠，都是热烈繁茂的花朵。除了险峻处，高低坡畔，耕种成为麦田，由于水脉的丰富，麦苗长势凶猛。在平坦的台地上，布局着农家的院子，屋舍是土墙，后墙上钻眼，插入木棍，横上架板，搁置着蜂箱。只是，蜂箱还空着，还没有养上蜜蜂。

我三月末来到这里，风软和，阳光里含着水分，心情也变得放松起来。在山上游走了一个上午，信步折返回来，走出山口，又用去一个多钟头。出来，看到路边围着一堆人在打麻将；也有人翻搅沙子，似乎打算趁天气暖和，翻修自家的房屋。山下的田地，生长着巨大的柿子树，树干粗而高，树冠上没有叶子生发，枝杈如巨鸟爪。还有槐树、臭椿树，在路边，在墙角伸展。田地的北头过去，是一堵高大结实的砖墙，后头寂寞着废弃的厂房，矗立一座年代久远的水塔。

就在打麻将的这些人的身后，一座普通的院子，门楼上的木牌子上写着"百塔寺"三个字。秦岭的山里山外，寺庙数量极多，多有来历，有的宏大，有的简陋，有的香火旺，有的人迹罕至，有的甚至废弃了。这座百塔寺，看着不像寺庙，也不见善男信女出入，倒引起了我的好奇，便进去看看。

进了院门，上房也就是正房，坐北朝南，符合中国民居的约定，只是门额上挂了大雄宝殿的牌匾，柱子和门窗刷了红漆，里头塑着佛像，摆放了香炉、木鱼等法事器物。感觉是借用的，不是专门修建的佛殿。正房两边，自然是偏房，土色的墙，青色的瓦，似乎没有改造。这分明是一户农家的庭院，有些破败。变成一座寺庙，估计时间也不会太久。正房前两侧，种植了两株柏树，有一些年头了，这在当地少见。我仰头观望树木的样子，越过房顶，竟然看到硕大无比的一丛树冠，在房后的天空张开，这也十分稀奇。

后院的中间，果然竖立着一株巨大的银杏，腰身粗壮到无法丈量，估计十个人的手臂连起来也抱不住。树干从地面起来半人高，分了叉，一棵树变成了两棵树，都一般粗地直直伸向高空。在这两根树干的中间，竟然还有一根树干，也直直伸上去，只是树身小了许多。这应该是母树的根部生长出来的。我注意到，就在银杏树的周边，生长了最少有二十棵幼苗，多为指头粗细，也有胳膊粗细的。它们这么一直长下去，也会加入母树的领空吗？现在还看不出来。天地悠悠，树木也有树木的命运。

树冠上，枝杈上下交织，有的部位稀疏，有的部位密集。叶子滋生，只是还弱小，卷曲着，吐露出一个个弱小的舌尖。就是这小小的绿集合在一起，使银杏树呈现出绿意勃发的气象。再看枝杈那沧桑的

美

佛

树皮，越发映衬出生机来。银杏老了吗？不老，生命还在旺盛的阶段。鸟雀的鸣叫听来真切，麻雀活跃，枝头上跳来跳去，弹球大的脑袋，不住转动，难得安静。长尾巴的喜鹊，我很少在城市里见到，似乎静止着滑翔过来，栖落于一根树枝，长时间不动，突然"嘎"了一声，又飞走了。

银杏我是见识过的。在我居住的地方，一条路两边种植的就是银杏。这种树木，到秋天才显示出高贵。叶子呈扇形，带明显的褶皱，颜色是金黄的太阳色，又是橘黄的或者麦黄的，似乎这几种颜色都具备。准确说，就是银杏黄，特有的、无法类比的、自带的那一种黄。秋高气爽的天气，视野里出现银杏的头颅，内心有被黄金冶炼的感觉。即使阴雨连绵，走在银杏树下，一丝淡淡的伤感也化解了，希望却滋生着，翻涌着，更多地想着生活的美好，爱情坚守到最后的美好。银杏的枝杈不复杂，叶子在枝头摆动，有分量感，似乎叶脉里加入了金属的丝条。银杏叶飘落的时节，也每每让我流连不已，落下来的叶子，散发着自身的清香，落下不是舍弃，更像一件岁月的成品，依然完美，拿在手里，夹进书页，记忆有了某种永恒的意味。

银杏的生长是极其缓慢的，这两排银杏，已有十多年了，树干还只有胳膊粗。而其他树木，一年两年，就放大了身子，树冠如云，投下浓郁的荫凉。只有银杏，一点不着急，按照自己的时间表刻画着年轮。银杏似乎超越了树这个名称，更像一座冶炼炉，一座具有树木形态的金属加工厂。这样长大的银杏，是能够长存的，再大的风雨，也

百塔寺的银杏

无法动摇。百塔寺的银杏，就这么存在了下来，具有了神性，成为一位领受天地秘密的智者。

百塔寺里的这棵银杏，是什么时候栽种的，我不知道。想问人，都逗留许久了，也没有见到一个人。庙里的人、外头来的人都没有。百塔寺寂然，银杏树也寂然。就在我要离开时，看见前院西边的偏房门外，一个中年男子不知什么时候出现的，正懒洋洋地坐在一把躺椅上晒太阳。他是干什么的呢？我忍不住问了起来。原来，他是俗家弟子，在这庙里干些杂务。他说，这里有两个出家人，今天出去化缘去了。这里是一座庙吗？这是我关心的。这人说，是庙，不过成为庙时间不长，三年前还是一户人家。但我感觉，一户人家的后院能生长一棵巨大的银杏，这块地界一定有不凡的来历。果然，这人又说，更早以前，这里就是庙。早到什么年月呢？隋朝就建庙了，后院的银杏，就是那时种下的，算来一千五百岁了，要几十代人的光阴呢。我问，银杏结果吗？结，去年结的果子，装了一箩筐呢。

这人看我兴趣大，递给我一本小册子。我翻了翻，一个记载吸引了我，说百塔寺自建寺来就负有盛名。宋朝时，苏轼曾因喜欢这里的幽静和银杏树的清爽，在百塔寺住了一晚。苏轼是一位懂佛的人，也是一位性情中人，在银杏树叶的"簌簌"声中，和高僧饮茶对谈，一定是快意的。我还看到一段描述，说百塔寺原来不叫此名，因为寺庙繁荣，僧众众多，一代代下来，圆寂的高僧都建塔于天子口，塔林密布，超过百座，故而改名百塔寺。

美
佛

　　联系现在的景况，不由让我兴叹世事的无常。

　　历史可以追溯，文字保存了见证。但是，大地上的起伏，我却无从推演。我回不到开头，也无法经历过程，即使我可以想象，那也一定是失真的，我没有还原的能力。

　　在这个小小的院落里，我看到的，只是现在。

　　好在还有一株银杏，一株穿越了久远时空而来的银杏。在这里，只有银杏是真实的、可靠的。因为，有一千五百年的时光，被银杏收集储存，从扎下根须的那一天起，一秒钟一分钟，一天一年，春夏秋冬，天干地支，就这么积累，这么度过。

　　这一千五百年发生的人事变迁，云来雨往，银杏都看到了，也记下了。这一千五百年的喜怒哀乐、荣华衰败，银杏都经历了，也感受了。

　　只有银杏，知道百塔寺发生了什么故事。但是，银杏不言，过去如此，现在如此。银杏只是敏感着季节的变化，该出叶子了出叶子，该结果了结果，银杏只是一点一点生长木质的肉身，只是让水分在身体里流淌，让根扎得更深更辽阔，如同在地面上扩大的树冠一样。

　　这是银杏要做的，以后依然如此。不论这里是百塔寺，还是农家院。

　　就像这个万物生长的春天。

观音山

秦岭吐纳旺盛，气象大。一个个峪口，是秦岭的口袋，是秦岭的生理器官。炎夏，西安城里的人，成群进去，不光图身子清凉，看山看水，也一定会看庙。滋养生灵的山体，也滋养精神，在秦岭的高低处，悠扬的诵经声，指引出一条条发黑的砖石路，过去看看，人就安静了。走动在秦岭深处，人还是俗人，因为亲近了自然，人的脸面、人的心地，都变得干净了。

2009 年 6 月 20 日清早，我去观音山。在地理上，这里属于秦岭的东段。走到户县界，从涝峪八里坪庙沟进去，拐两个弯道、一条砂石路，就通向观音山。出乎我的预料，这里寂静无声，荒废了似的。山门口合着一架铁门，被风雨腐蚀出层层结痂的锈斑。一个人过来开门，门后一条大黑狗，听见响动也"哗啦"着铁链子过来了，只是看着，却不吠叫。留神着身后往进走，头顶又旋转着雨点般的蜜蜂，连忙躲避，还不时挥动手掌。眼前不远的土塄边，蜂箱组成了一圈矮墙。纷飞的蜜蜂中，钻出来一个人，手里提着一桶蜂蜜说，山里野花繁，正在季节上，这些天，成天出产蜂蜜。我望着山谷两边连绵的山势，杂花生树，色彩平和。隐隐的花香浮动在空气里。

只是，既然叫观音山，观音在哪里呢？

真的有一座观音庙。进入山口约一里地，偏西方，陡峭的山壁高处，看得见翘起的屋檐。我自然要上去。山路狭窄而跌宕，用大小不一、不规则的石头堆垒，曲折于土坡和树木之间。我试探着行走，身子来回旋转，忽上忽下，出了一身汗。到跟前才发现，这是一座几乎悬空的小庙。基础就支撑在突兀出去的石嘴上，也就两步三步的空间，建筑起两层格局。下头一层，一面隔墙已经倒塌，露出两根木头的柱子，里头空无一物。上头一层，搭在门口的一架梯子，竟然是钢板焊接的。攀上去，掀开帘子，看到一块块长条的木板组合成地面，裂开一道道两指宽的缝隙，还有巴掌大的漏洞，光线跑了上来。一尊观音立于靠山的位置，神态自然，色彩庄严。脚下的香炉里，香灰寂然，彩布条缝制的团垫上，积了一层土尘。小心着踩上地板，脚下立即一阵颤动，我走过去从台案上取了香，点燃，插入香炉，又慢慢退到门口。奇怪的是不见和尚，也没有守庙。

这里的佛事，也疏远得很久了。

折回原路，继续朝南走。走了十米二十米的样子，发现了这条路的奇怪。这是一条石头路，依山而筑，路面有一辆牛车宽，分布的全是拳头大、碗大的青石和麻石，石头和石头的结合不紧密，其间杂草疯长，却只有一拃高，夹杂着个别素色的花朵，略略高出那么一点，看过去，似乎是一条青草的路，似乎很松软。缺少脚步的践踏，我猜测，这条路荒芜了不止一个四季。路东边是沟壑，溪水大声喧哗。在秦岭的不同山口，都是路边有溪水，路沿溪水修。溪水来自高处，路也步步升高。走累了，找个豁口下去，到水流中间的大石头上站住，

观音山

溪水清澈透亮，似乎覆盖了一层透明而光滑的皮衣，双手探进去，捧着喝下，整个肺腑都凉爽了。

观音山的石头路，穿硬鞋走，脚掌不平稳，硌得穴位发热，脚心酸楚，也就不敢大步走，留意在大的石头上落脚。路是向上的，走着却舒缓，感觉没有爬坡，如在平路上一样。一路看到的树木，有的生出了老年斑，树身腐烂了一般，枝杈上却充盈着生动的绿色。路边的大石头也有长了毛发的，看去如圆形的植物。这样走了一个多钟头，没有遇见一个人，也看不到一户人家，偶尔一声鸟叫又特别响亮。我开始心里发慌，树林子里不会突然扑出一头狗熊吧？我扯开嗓子吼叫了一阵，声音并没有挡回来，似乎被山体吸收了。

走着走着，有的路段边出现了缓坡和大面积的空地，生长着成片的核桃树、花椒树，显然是种植的。还经过了一片很大的松树林，枝杈间立着的一枚枚松塔，颜色青绿，鳞甲包裹严密。这分明也是经营出来的。终于发现了一片山地，黄土裸露，能看出耕种的痕迹，却不长一棵庄稼。山地一角，残存了一面短墙，里墙颜色赤黑，墙外地面硬实，散落塑料鞋跟、瓷碗碎片、玉米芯子，还有半扇磨盘，一半埋入了泥土。这些迹象表明，这里应该是一户废弃的庄院。我曾听人说，秦岭的一些村落，由于偏远零散、供给困难，加上政策变化、行动受限，无法维持生存，陆续移民山外，房舍由政府出资修建。比起山里，习惯了新的环境，山民大多还满意。观音山应该也是这样的状况吧。

再往前走，回顾身后，山势处于下风，似乎已经到了半山。可是，

美

佛

眼前的路，看去依然是平坦的，几乎没有明显的起伏。我分析这条路是通过轻微的抬高，一点一点接近了高处。虽然是一条简易的道路，却体现了精密设计的心思，能顺应脚力，也方便行走，不由佩服修路人的智慧。都说人往高处走，多少人伤神，多少人跌跤，如果人生也如同走这条路这样，便走出了大境界。

没有明确目的，一个人在山路上走着，似乎这座山属于了我一个人。河水的声音，已不似山下那么激烈，河床逐渐宽阔起来，一个个背篓大的石头，占据在河床中间。太阳已经到了头顶，丝丝缕缕的蒸汽在光线里舞动。山的深处还有什么，我不知道，只是愿意这样走着，在这条长满青草的石头路上走着。

又来到一片更大的空地时，我终于看到了一栋完整的房子，而且，在房子的门口，还蹲着一男一女两个人。男的在抽烟，女的端着一个大碗吃饭。到跟前，女的打招呼，我也点点头。口音却不是本地的。房子陈旧，砖木结构的，估摸是过去生产队的队部，外墙上是曾经的标语，宣传内容停留在久远的年代。说了几句，才知道这是一对夫妻，来自四川绵阳，过来帮人割漆。漆树我不认识，女的就指给我看。房子旁边，就有三棵漆树，身上有结痂的伤口，是愈合了的老伤。一人高两人高的部位，钉子钉了架板，似乎为蹬踏上去准备的。漆树能让人过敏，这我知道，男的伸开手，指头、虎口处都是漆树腐蚀了的印痕明显，他却说习惯了能克服，又叮咛我不要触碰。男的说，割漆还得等一段日子，现在来，闲着又不能走开，今天遇见我，是来这里后遇见的第一个人。我打算再走，女的说，几天前下大雨，前头塌方，大石头堵到路上，还是别走了。我一听泄了气，就不走了。

下山的路，我几乎是小跑着的。上来时，我给割蜂蜜的人说妥了，给我烙饼子，炒辣子，我急着去吃呢。由于换了一个方向，山的形状，草木的样子，在眼睛里又有不同，我肚子饿，都没有仔细看。回想起来，有一些后悔。即使我再去一回观音山，季节不同，心境也不同，无论上山还是下山，也和这一次有区别。这是一个多么难得的早晨，我应该在山上多停留一些时间才对。

卧龙寺

　　进端履门，左手是碑林，每天人多，近处的扎堆、下棋、买卖物品；远处的，挤一起，来了走了，一直不断。再走前几步，书画店面一家挨一家，真的假的，向外流通。我去过多次碑林，陪人去。要仔细看，费时间，费眼睛，多次都是过路般走完。我不急，我陪的人急。有一次是我自己去吃饭。碑林边有一家面辣子餐馆，格子窗，黑色的烤漆桌面干净，亮堂。吃刚出笼的杠头馍，夹特制的辣酱，刺激食欲。还有旗花面，汤淡面软，让肠胃暖和。这两样我都喜欢。

　　我今天不去碑林，我去卧龙寺。

　　进了端履门，往前约两百米，第二个路口，从右手拐进去，就见到卧龙寺了。路口没有指示牌，连大门外也没有立个标志，一点不显眼，似乎是寻常人家的院落。闻见隐隐的磬声，知道找着了地方。

　　我找卧龙寺，费了些周折。先顺城墙根往深处走，连着几家都是卖纸活的，门口皆摆一只花圈，坐一个人。再走，有一家，大红门面，却是秦腔茶社，里头坐满了人，站一个男的，正扯嗓子唱《血泪仇》片段。有一句落尾，身子站原地，却似动弹着下沉，肩、胯骨用着力，似乎吼出一句唱词，也如砌一块墙砖，要牢牢坐实。我在门口听了一会儿，又走，脚下虚，感觉不大对劲。见迎面过来一个人，手里提着一玻璃杯茶水，一甩一甩的，估计是跟前人，上前问，才知道走错，

卧
龙
寺

又转身往回走。一段南北向的路边，景致一换，一家一家，开着鲜花店，墙上镶了玻璃，花朵的数量翻了一倍。过往的人都慢了步子，脸上的光线增多了。

我来到卧龙寺门口，一老者正关铁门，我急着说要进去。他说不行，到关门时间了。我不走。他问我来干啥。我说上香。老者把门打开，让我进去了。

我就是上香来的。今天是清明节，我心里有感念的人，我得做些什么。亲人长眠地下，故乡长路迢迢。我不能走在尘土聚散的土路上，登上水桥沟的南山，到亲人的坟头上，点一张纸，磕三个头。我回不去。西安城里，又不让烧纸，我就想找一座庙，待一个下午，平息我波动的思想，让我置身于佛的庄严中。卧龙寺我早就听说过，但一直没有来，具体的位置也不知道。一位朋友来过，他只说卧龙寺安静。为这安静两个字，我决定到卧龙寺走走。

果然安静。虽说在闹市之中，却如同扭转了时空，卧龙寺是另一个天地。夕阳的余晖，从半天空传递下来，把卧龙寺的屋瓦、台阶，高低的树木、水缸都温暖地覆盖。树木安静，墙安静，侧边坐着的一排人，穿着朴素，手脚规矩在一起，也安静。一只鸟雀，短促地翻飞，落在一棵国槐的枝头，歪着脑袋，也静静不动；黑豆的眼仁，分明在动。国槐才生出新叶，随枝头高低，叶子长短不一，颜色也分深浅，如雏鸟的羽翎。

我花了六块钱，买了一束制作精细的细香。卖香的和尚说，五个

美
佛

院子，一个院子上些香，就把心都表了。和尚面善，肚腹凸起，脖子挂一串颗粒有葡萄大的念珠，晕着摸索出来的暗光。我先看了门口的石碑，了解到卧龙寺建于东汉末年，是佛家重要丛林，可惜曾被严重毁坏。这样的经历，几乎每座寺庙都有，也被简略记载，我看得多了，已不再多想。我走进第一道院子，停留，不出声，跨过门槛，只是上香，默念；上香，默念……院子和院子之间，由殿堂的前后门连通，两侧也有门洞，我出出进进，到了第五座院子。殿堂门口，坐着一个和尚，还有三五人，该是卧龙寺附近的住户，他们正随意说着家常，相互间是熟悉的神情和语气。我猜想，他们应该经常在一起这样说话，走动。我进了殿堂，看见地上置放了一排排蒲团，有六七个面容黯淡的女人，静静坐在靠墙的蒲团上，都带着包袱，有的抱在怀里，有的用手抓着。我想，今天这个日子，卧龙寺定有法事举行，女人们在等待着时间的到来。看她们多是中老年，这个年龄，心思最重，寄托也最重，对佛的虔诚，总和难以排解的苦痛关联。我的母亲就是这样的人。我的母亲过世已三年了。

　　整个卧龙寺，不张扬，内敛，不追求宏大气象，而选择适中的布局来建构，民居一般，给我以接纳感，让我觉得平和，甚至平常和平淡，这也许正是至高的境界。应该是。卧龙寺在风雨里，经过了千年，什么都经历了。而经常来的，几乎都是普通的信众，我感觉从古至今都是如此，一千年前和一千年后，没有区别。来了走了，走了又来，见了执事认识，见了佛亲切，相互也通感着一份安慰和一份放下，佛

卧
龙
寺

　　的慈悲被一遍遍领会着。次数多了，到卧龙寺便如同走亲戚一样，愿意多来。亲戚越走越亲，我想是这样的。

　　我脚步轻微，如一粒灰尘，在卧龙寺安静下来。我欣慰和卧龙寺的相遇，这是我的缘分。外面，高楼下喧嚣成片，远近不安，马路上人流翻腾，车流涌动。再过一会儿，我就要汇入其中了。短暂的下午，我做了一次心愿的功课，我得走了。

　　卧龙寺，我下次来。

罔极寺

　　无论在哪里，见到庙，我都愿意进去看看。父母离世多年，有时心里难受，到一座庙里去，坐上大半天，慢慢安定下来。西安庙多，山里有，闹市有。街上走着走着，就遇见一座庙。过些天就是清明，惦记着回老家，回去给父母上坟，只是，一时定不下能不能，就想着到哪座庙里去坐坐。听说有个罔极寺，在西安的东门外头，找到炮房街，就找到了。

　　炮房街是一条窄小的巷子，路边积聚了许多卖菜的、卖吃食的，卖塑料制品的摊贩，卖香烛的摊子多起来时，就到罔极寺了。罔极寺门面不大，台阶分出了两层平台，也不高。第二层平台上，两个人，一上一下，斜着身子躺着，从凌乱的头发和破败的衣服上看，显然是乞丐。要进到庙里去，必须经过这两个人之间的空隙，也只容纳下一双脚。人这么过来过去，他们既不动弹一下，也不说话，就这么躺着。正是中午，太阳温暖，他们脸上流露出舒服的神情。进了寺门，门里头竟然也有乞丐，一边一个，像守门的一样，而且都坐在板凳上，板凳似乎也是自带的，而且，这两个也是不张口，不向进来出去的人讨要，就这样坐着，有一个的手里，拿着一只矿泉水瓶，里头有半瓶水。这样的乞丐，真的少见。我猜测，如果他们有前世的话，一定从事了高贵的事业。

罔极寺

罔极寺的香火，却是格外兴盛。第一进院子，被浓烟笼罩，香炉前挤满人，纸灰飞上飞下的。一个尼姑，忙着清理地上的残香、碎纸片，铁钳夹进簸箕，又提起倒进香炉里，这样的动作，一直重复，一直不停。我发现，来烧纸点香的，以中老年人居多，又多是女性。他们穿着素朴而陈旧的衣服，神情恍惚，磕下头时，花白的头发轻轻散落开，簌簌抖动着。我往过走，看到的尽是花白的头发。这让我的心情有一些凄然。院子的东边，不知做了什么法事，刚放完鞭炮，几个女性也是穿平常衣服，上了岁数，在清扫满地的炮皮。认真的样子，专注的样子，寄托了什么的样子。还有人，到另一人的手里争抢笤帚，也要出些力气。门里头，两边各生了一株树，是对称的，佛殿东边，也生了一株树，西边，却没有。由于没有长出来叶子，我都不认识。按我这些年的体验，西安的春天，来得都早。外头，柳树早已柔软，就是国槐，也吐出了麻雀舌头大的叶芽。春的颜色已经点染在大街小巷。罔极寺里是什么奇树，到现在还干枯着枝条？我问那位尼姑，她说，佛堂前的树，是椿树，另外两棵，不知道名字。我又问扫地的一个女的，她看看树说，是桐树。我联想起一嘟噜一嘟噜的浅紫又微微发红的桐花，纷繁如云的样子，意识到过些日子再来，是能够看到的。

通常的，庙宇都是三进院子，罔极寺也是，只是，每一进院子，格局都小，人又来得多，就显得拥挤。我一进院子一进院子走，边走边看，走得慢。只要有佛像，佛像下面就有人在磕头，也多是中老年人，花白的头发。他们心事重，表现得虔诚。在第三进院子靠西边，

美
佛

一个宽大的房舍外面带走廊，看进去，一排一排，摆放着条桌条凳。条桌上扣着碗筷。显然这是吃斋饭的场所。也许没有到钟点，里头没有人。房舍北侧面，另外隔出了一间，传出说话声，我探头看了一眼，几个女的，也和我在院子里见到的一样，一样的面容和穿着，正在锅灶前忙碌着，很尽心，很投入。我看到，地上的盆里，装着择净的小白菜，案板上，是一大团白色的面团。我打算着什么时候也到庙里吃一次饭，吃半饱就行了。以前，我就这么打算过，却没有落实，到现在，我还没有在庙里吃过饭呢。

从砖木的成色能看出来也就二十多年的样子。这是普遍的，西安的许多庙，都是这样，罔极寺也这样。原来有庙，毁了，又修建，又毁了，又修建。有的庙里，一尊佛像、一块碑、一根木檩，还确凿来自当初，有的庙里，柏树、银杏树，还是五百年前或者一千年前就生长的，还可以感念时空流转的实证，对于传承的久远，也有追寻的线索。许多庙，只是在文字里在传说中，才能找到过往的踪迹，罔极寺也这样。

罔极寺的来历，我在寺内的墙上仔细地阅读了——太平公主为了追悼母亲武则天，修建了罔极寺，而成为唐王朝的皇家寺庙。取名罔极，出自《诗经》"小雅·蓼莪"里的句子：欲报以德，昊天罔极。意思是子女对父母的孝顺无穷无尽。当年的罔极寺，有穷极华丽的外表，也一定有威仪的气象。吴道子在这里描绘壁画，一行和尚在这里观测恒星的运行，宰相姚崇在这里梳理开元盛世的思路，出入罔极寺的，个个手握朝纲，无不锦衣玉食。虽然佛光普照，不分贵贱，但普通的百姓，恐怕没有来这里上香的资格。如今，颠倒过来了。我在罔极寺，连一个衣着光鲜的人都没有看见。

大雄宝殿的西侧，竟然养了六七只孔雀，这让我颇感意外。有的寺庙里，有放生池，通常的，有鱼在游动，有乌龟在潜伏，可是，养这么绚烂的大鸟，我头一次遇到。有几个人正一下一下拍着巴掌，在逗引孔雀开屏，孔雀却没有反应。太平公主那个时期，罔极寺里养孔雀吗？我觉得一定养了孔雀。也许，还会养一些来自外邦的别的异兽吧。

不光罔极寺不是过去的罔极寺了，就是四周的城郭也彻底变换了形态。而且，更加剧烈地变化，还在继续，还没有停止。站在罔极寺，抬头看，就能看到正在施工的高楼，有的主体已经竣工，有的起来了一多半高度。塔吊那黄色的架子，就在北边移动，转到罔极寺这边时，巨大的身形，投影到罔极寺的屋顶上、院子里。实际上，我寻找罔极寺时，就是从一栋在建的高楼下通过的，通道是用网布和铁架子搭建的。卷扬机的声音、搅拌机的声音，从多个方向发出，混合在一起，冲击着我的耳膜。我想，不久后，这些大楼投入使用，大楼在高处，罔极寺在低处，这些大楼，把罔极寺包围在中间。罔极寺的香火，还能升腾上去，还能飘散开吗？

想到自己的失落，我轻轻叹了一口气。

双林美佛

双林寺的佛都是美佛，施了彩，有神，十分好看。

我是一个和佛有缘的人，闹市之内，山野之中，有佛寺、佛窟的地方，我多有涉足，亦获得了各不相同的感受。

双林寺在晋中的地界上，一色的黄土，七纵八横的沟壑，呈现典型的高原景象。偏偏过来了一条汾河，冲刷沉积了这望不到边的平坦的塬面。泥土有了营养，勤快的双手，趁着天赐的福泽，把庄稼种下了。麦子、玉米、豆子，茁茁有好收成。房子砌得高大了，窑洞掏得敞亮了，想佛念佛的心，也同着日月的苦焦和香甜而动弹起来了。在平遥西南方的桥头村，当年的人们就照着看到的、想到的男人和女人的样子，造出了佛的样子，凡骨肉胎的人，因此被超度而成了佛；口诵心应的西天，也显灵到了眼跟前。佛因人而有了模样，礼佛的人，越看越觉得佛亲切，越看越觉得佛像自己的亲人。

我的确是被双林寺的佛吸引住了，看得入迷，看得投入，全是因为双林寺的佛生得美，跟真人一样啊。我曾说过，佛在民间，民间有万佛。唯有如此，佛才香火不断，生动着，呼吸着，也真实着，本质着，佛才是佛啊。

双林寺的佛有多美，先看天王殿外的四大金刚吧。吹胡子瞪眼，面目凶悍，下巴肥厚，眉毛高挑，这等相貌，一定写生了身材魁梧、

双林美佛

劫富济贫的绿林好汉的模样。虽说表情略显夸张，但却是在生活中常常能遇到的。而且那眼眶，合乎人眼的真实比例，眼眶里嵌着琉璃的眼珠。我试了试，不论在正面，还是跑到边上，瞅过去，金刚都怒视着我，好像我做了什么错事，惹得金刚生了气。

如果初见渡海观音，面如满月，身姿婀娜，既美丽又端庄，由不住要多看几眼。观音头顶花冠，衣衫飘飘，被背景上勾描的大海波纹衬映，从而静中带动，动中见静。踏浪慈航，拯救众生的安详、镇定，都在那一手扶膝，轻拢双腿的姿态上流露出来。观音的美，是母仪天下的那种美，美得大度，美得让人心生敬意。再去看自在观音，身形随意，像在自己家中的炕上，一条腿垂在炕沿，一条腿支在炕头。那美的气息，就洋溢在脸上、手上、身子上。自在观音的美，是吃五谷杂粮生成的美，是风里来雨里去劳动造就的美，也是难得的清闲、放松自己的美啊。

我最喜爱的是十八罗汉。他们是哪里来的？我甚至能想象出当初的捏塑场景。那一定是根据罗汉们的性格和他们的故事，从身边的人群之中，也许就是工匠们自己，让摆好了姿势，成为写真的模特。多言罗汉的喋喋不休、伏虎罗汉的威风八面、瘦罗汉的营养不良，都活灵活现……再看那醉罗汉，就是村里头一个经常酒上脸面的光棍，哑罗汉绝对是常被人欺负又自尊心极强的哑巴邻居，病罗汉气息奄奄，强打精神，手中拄一根柳树棍……这些罗汉，神态各异，长相不同，摸他们的手，能感到温热，拽他们的衣襟，会回头问干什么。他们的

美
佛

衣衫下面是有弹性的皮肤，隐隐流淌着鲜血的血管。能听见他们的呼吸，他们的心跳。他们或悄声低语，或大声争执，都历历呈现。这些罗汉，虽已修行得道，名列仙班，但他们一日三餐，吃的是当地家常或黄米干饭就咸菜，或一大碗刀削面，还多调了醋和辣子。他们也赶集，也到田间地头劳作。我想要是用随意一个罗汉的面相，到双林寺附近的人家中对照，也许就能找到一个极为相似的人来，而那人的祖先，当年在寺里曾让工匠临摹。老一辈人，也这么说过。

双林寺最有艺术震撼力的彩塑，便是有佛教护法神之威名的韦驮了。浑身是力、身如强弓是其最大特点。韦驮的传神，在于其不动之动，一是上身向右，显扭曲之状，并把左臂向上抬起，这样的姿势，与右脚朝前、左脚踞后的站立形成了麻花状的扭曲，表现出了一种强烈的动感；二是韦驮头向右扭转，眼睛却向左雷电般扫射，方向不同，却形成了和谐呼应的连续节奏感。韦驮的右手已残缺，原来是握着一把金刚杵的，这叫我感到遗憾。世上最美的事物，常常会有那么一点不足，也许是先天的，也许是后天的，从而让人感叹，让人更加珍惜啊。

双林寺里的佛像有两千余尊，我一个过路人，是看也看不完的。当我出了佛寺，走到外头的路上，坐到颠簸的车上，看着那一张张生动的面孔，我不由想到了双林寺里佛的面容。是啊，大地上日日奔波、辛苦劳作的人众，才是佛的源泉啊。

水泉子村的古树

听说水泉子村有四株古树，两株是六百年左右的桄角树，两株是一千三百年的木瓜树，就想看看。近来西安水旺，连阴雨已经下了三天，五月初六这天，雨似乎停了，但天空阴沉，云层如煤灰一般，我还是出了门，专门去看古树。

我喜欢树，一棵树给我带来的愉悦，是持久而又能下沉到心底的。何况还是古树呢，在古树吐纳的地方，体会时光的久远，气息是连通的。

水泉子村在骊山的东部，过了灞河，沿着山路上行，一路盘旋，就深入到了大山的腔子里。眼看山势低缓下去了，前方却向上翘起一片舒展的台地，风水高低聚集，树木深浅变化，景象就出来了。沿一条石板路，屋舍交错分布，檐口低矮，脊柱细窄，墙基疙里疙瘩，突兀着生姜色的石头。两条细腰土狗，一黄一黑，在村口来回奔跑。一户人家院子外，一群杂色的鸡在土堆上刨食，刨开的土颜色深，湿气重。透过半掩的门扉，一个纳鞋底的女人不声不响，一下一下抽拉着针线。整个村子格局小，看着朴素、安静，是那种不紧不慢过日子的安静。

一道坡坎下头，是一株桄角树。树冠就像一把打开的扇面，疏漏稀薄，不是很茂密。树身有一人半高，然后分叉，伸出四根戳向天空

美

佛

的枝丫，枝丫上的细枝，生发了叶子。叶子新鲜，轻盈如羽毛。这就
形成了反差，和庞大的树身似乎不协调，和树身那烟锅子里的烟油一
样的颜色也有些不搭配。假如只是看下部，不会和树身联系，会以为
是一根天然形成的石柱，或者是放大了十倍的大象的腿。最奇特的是，
树身上鼓出来的十几个疙瘩，大的有恐龙蛋那么大，颜色发黑，像是
神秘的按钮。绕到另一侧，树身已经中空，主干的顶部敞开一个缺口，
我就奇怪根部的营养是如何向上输送的。我还担心，树木的年轮，一
直在树心里旋转，大圈和小圈重合，盘旋成了时光隧道，调皮的小孩
子在树洞玩耍，出来会不会是另一个陌生的时空？我轻轻抚摸树皮，
也是在抚摸着粗糙的山体。这棵桤角树的树身，已经成为化石了，这
是有生命的铁，这是还在生长的石头。桤角树活到这个年纪，虽不是
奇迹，但通常再没有谁敢于加害，因为生命的久远，超出了肉体的体
验，古树是见证，其生长历程中包含了太多未知的内容，因此意识里
把它当老人一样，当神灵一样敬畏，并祈望古树能够佑护自己。也只
有在古树的荫凉下，才能获得一些异样的感应和慰藉。离这株桤角树
二十步远，另外一株桤角树，虽也空洞了树心，却一样抽枝展叶，顶
一头绿色。桤角树在一户人家门前，再往前，是一条壕沟，齐齐的土
坡上，相距一丈，伸出两根大腿粗的树干，枝繁叶茂，洋溢着虎虎生
气。一个俊秀的小伙子，说那是桤角树的树根冒头发展为新的桤角树
的，也有一百个年头了。小伙子说，他的八个祖先，都在桤角树下乘
过凉，他小时候就爬过桤角树。我问还能结桤角吗，他说，这是公桤

角树，不结桄角。还说公桄角树长谁家门前，谁家男丁兴旺。我却在想，要是能结桄角，该有多好。我见过成熟的桄角，牛角一样，青黑色，十分结实。用六百年的桄角树结下的桄角洗头，等于拿文物洗头啊。留在头发上的淡淡的桄角香，一定很好闻。

要看木瓜树，得往沟底下走，有一段还是土路。这时天上落起了零星的雨滴，便有些犹豫。想着一千三百年的木瓜树，我终于下了决心。决定了就不后悔，但走得真艰难。雨水将路面泡软，土质又是红胶泥，刚踩上去就被吸住了。费力拔出脚，鞋底已经粘了一层胶泥，脚一下增加了重量。再落脚，还是窝进去，固定住了一样。又往起提，脚似乎不是自己的。只一会儿，鞋底和鞋帮都沾满了胶泥，体积比鞋本身还要大。抬脚甩，甩不掉，甩了几下，不敢太用力，怕把鞋甩到沟里去。弯腰用手撕，胶泥在脚上呈饼状，撕下几大片，再走，又沾满了。看到一块片石，赶紧捡起来，蹲下刮鞋上的胶泥。走了一段，脚下沉，又停下，在一棵杨树的身上蹭。土路的左边高，是一面陡坡，坡上杂生灌木，靠路边，零散着腰粗的小叶杨。右手是深沟，直直地探出刺槐，全是刺槐，沟里长满了刺槐，许多树干只有手腕粗。潮湿的空气里，夹杂着槐叶的那种清凉的味道。我走走停停，发现往下的土路，路边的青草茂盛，就在青草上落脚，蓬松的感觉传递上来，当时便轻松了。正高兴呢，黄豆大的雨点子倾倒了下来，打身上，湿一个铜钱大的点，又一个，再一个，开始还有微微疼一下的感觉，片刻，身上分别不出铜钱了。衣服变化了颜色，贴到肉上，流淌出一道一道

美
佛

水痕。脚下是胶泥路，头顶是树荫，没地方躲雨，一些雨水，先落在树叶上，再落到我的身上。我冒着雨，继续往沟底走。奇怪的是，路面由于积了雨水，反而不怎么粘脚了，但踩着有些打滑，我就不敢快走，试探着把脚落实了，再倒换步子。走着走着，出现一个岔路，因为不知道木瓜树的确切位置，便停下，瞭望了一阵，感觉不是这条路，又走。半个小时后，走到又一条岔路跟前，便拐进去。这条路窄，路边长着低矮但树冠巨大的柿子树，结下的柿子颜色发青。想着秋天柿子的火红，看着吃着都好，但现在还生涩着，我嘴里竟也生生的，涩涩的，舌头下面涨溢出了水分。路边的田里，搭着架子，是西红柿架、辣椒架和豆角架，西红柿也是青蛋蛋。可是，眼前头除了涌动的刺槐林，木瓜树在哪里呢？我的眼睫毛上都挂上了水滴，目光还在刺槐林里用力搜寻，没有发现木瓜树，没有。再走就到崖边了，再走就没有路了。我又折返回来，顺着刚才走的路继续往前走。在雨中久了，皮肤适应了，倒觉得就应该走在雨中似的。我似乎不那么急切地要找到木瓜树了，索性悠闲了心境，在空寂的山沟里一个人慢慢走。远处，传来一两声鸟鸣，分明是自在的，喜悦的，声音里含着水滴，荡漾开，天地的辽远，似乎被鸟鸣丈量出来了。一只鸟斜着从眼前飞过，全身金黄，像一件工艺品，飞向一丛摇晃的树冠，被吸收进去了一样，消失不见了。树冠是一个漩涡吗？一根枝条动弹得厉害，是这只鸟还没有稳定下来，这只鸟的心，在这个雨天剧烈地跳动着。走了一会儿，转过一个弯，脚下又出现了一条岔路。也许这条路通向木瓜树，这么

水泉子村的古树

想着，我决定走进去看看。土路曲折，越走越低，两边是土墙，等到四周敞亮的时候，已经来到了一片麦地。麦子收割了，地里留下一束束麦茬，泥土酥软，又吸足了雨水，我没有盲目进入，不然就合了泥了。地垄上，零星散布着井绳粗的桃树，一人高，树冠像捧到一起的手掌，掌中捧着桃子，或两个，或三个，或五个，淡绿色，外表硬实，覆一层隐约的茸毛，感觉果肉紧密，但果核一定脆弱，骨质正在形成，果仁也是一包水。我小时候吃过这种未熟的桃子。但是，我看不见木瓜树。我是为木瓜树来的，却又一次失望了。我就想，木瓜树生长了一千三百年，已经有了灵性，我怎么能轻易就看到呢。也许，我的心还不够诚，也许，我和木瓜树的缘分还没有到。如果真是这样，我不能强求，人生本来就不完满，凡事遂愿，没有了曲折，活着反而平淡。有时候，留一些遗憾，何尝不是一种得到呢?

于是，我准备离开。对木瓜树，我只能存一份念想了。

上坡的路更难走。我脚上的鞋子已经看不出原来的颜色，整个地糊上了胶泥。我下坡时留下的脚印，是一溜一溜划痕，深的鞋窝里已经积满了雨水。我几乎是跳跃着走，走几步，停顿一下，又快速向上挪动。头顶的雨，渐渐稀疏，似乎由一滴一滴的雨点变成了一根一根细短的雨线了。雨线落到脸上，毛茸茸的，毛刷子刷一样。走到一株粗壮的核桃树跟前，我停下歇脚。吸进鼻子里的气息，有些麻，是核桃树散发出来的那种麻。刷了绿油漆一样的核桃树叶间，挂满了青色的核桃，有的枝条软弱，被核桃压弯了，下垂成半圆状。就在无意间，我看到核桃树下，也是一条土路，不明显，顺着土路看过去，全是大大小小的核桃树。我有些心动，这条路没走过，不如进去看看核桃树吧。

我没有想到，一片核桃林的中间，在空出来的一大块地面上，树冠膨大的两株树木，出现在面前。

这正是我千呼百唤、苦苦寻觅的木瓜树。

我没有吃惊，也没有激动。我放慢步子，一步一步，走到了木瓜树跟前。但我分明有些不自然，瞳孔上掠过去了一丝闪电的影子，两只手捏了捏衣角，甚至还轻轻咳嗽了一声。

木瓜树站在这里，已经站了一千三百年了。一千三百年，从未挪动过地方。在一个地方站这么久，能一直站着，连站的姿势都没有变过，从一秒一分的时间累计，从每一天的早晚，从每一年的四季。一百年都够漫长了，不是一个一百年，而是十三个一百年，木瓜树就这么站着站到了今天。这得多么高深的定力，才能无我如有我啊。我差一点就错过与木瓜树见面的机会，但是，木瓜树并没有隐藏起来，木瓜树不知道什么叫离开。木瓜树在同一个地方，见识的人多了，我如果真的没有见到，只能怪我自己，只是我这一个个体，对于木瓜树的放弃，丝毫不影响木瓜树的存在。木瓜树在我之前有了，在我之后，木瓜树还会在这里。所以，能和木瓜树相见，是我的幸运，我的造化。

两棵木瓜树，相距四五步，长相几乎一样，都枝叶繁盛，挂满了鸡蛋大的青木瓜。由于几天的阴雨，地上掉落了一些木瓜，我捡起一

水泉子村的古树

个，有些冰凉，有些光滑。木瓜树的树冠呈斗笠状，压得很低，差一点就伏到地面上。从远处看，看不见树干，只看到两大团张扬的绿。走跟前，树身如生铁浇铸的一般，颜色是那种从炼铁炉里取出来又在冷水里浸泡冷却后的灰青色，有一部分则隐现着铁锈的暗红。我想，只有这样结实的树干，才能支撑起丰盈的冠顶，才能一千三百年只用一个造型，依然屹立不倒，把世上的沧桑阅尽。我在木瓜树下站着，想象每一年采摘木瓜的情景，心里甜蜜起来。金黄的木瓜，抱在怀里，木瓜的味道没有变，人们的衣服，换了一身又一身，穿唐朝的衣服，穿宋朝的衣服，穿元朝的衣服，穿明朝的衣服，穿清朝的衣服……被秋色映亮的脸，洋溢着的都是丰收的喜悦。一代又一代人，来了走了，对谁，木瓜树都不拒绝，都把硕大的果实奉献出来。

世上万物，生生不息，更替不止，几乎都是岁月的过客。这是铁定的规律。我可能会产生一天也漫长的心理感觉，但这只是我的感觉。当我对宇宙的了解以光年计算，这是一种漫长；当我对地球的了解，从上古生界开始，这还是一种漫长；当我对人类的了解，起头是史前时期，这又是一种漫长。眼前的木瓜树，也是一种漫长，给予我的感受更具体更直接。在木瓜树生长的骊山，周幽王曾经烽火戏诸侯，秦始皇把他神秘的陵寝设置到了地下。那时候，木瓜树还没有来到这里。大唐的长安，建造了当时世界上最宏伟的宫殿，如今还剩下了什么，只有废墟，只有遗址。而木瓜树就是在唐玄宗年间被栽种到这里的。据说，当时宫内御医治疗太子咳嗽时，以木瓜入药，为了配药方便，特意从南方移种了木瓜树。就这样，多少被认为可以永久的事物都灰飞烟灭了，多少想延续的生命都化作了零落尘泥，木瓜树却不言不语，春雨秋风，生长到了今天。当年，木瓜树只是一株细弱的幼苗，一年扩大一圈年轮，一年长出一树绿叶，一点点放大着尺寸，一丝丝曲张着根须，长成了参天的大树。木瓜树是外来者，却能适应西北的水土，落地生根，接通骊山的地气，并且反过来以生命旺盛这一片天地，浑厚的山丘下面，一定密密地网着木瓜树的根。木瓜树已经成为这里真正的土著。

看了桉角树，看了木瓜树，我还有什么不知足的呢？折回村口，我吃了一顿农家饭。计野菜两碟、土豆丝一盘、锅盔一角、手工面一碗，全被我吃光了。

砍
头
柳

砍头柳

砍头柳，多么壮烈的名字。

只有在西北干旱的盐碱地，才长着砍头柳，尤以陕北地域最盛。多少年了，我走动在榆林的靖边，每每看到这奇特的树木站立于荒滩上、村路旁、坡畔下，心里头总会翻腾一下。

砍头柳实际就是一种旱柳，叫砍头柳，是因为只有这个名字，才明确了一个事实，一个旱柳被砍头的事实。

我该怎么描绘砍头柳呢？一直以来，我都在犹豫。我无法下一个定语来准确表达我的想法。一棵树，就从树干以上，被生生砍去，失却了树冠，失却了伸枝展叶的头颅和毛发，光秃秃裸露，如握紧的拳头，鼓突更相似了肿瘤，甚至，还有暗黄色的黏稠汁液流淌。这还不是结局的全部，砍了头的旱柳，又从伤口的部位生出新枝，直直捅向天空。三年或者五年，一根根长到胳膊粗，有一两米长，像是插进旱柳的脖颈里去的嫁接物，却成了旱柳的又一个头颅。可是，头颅长出来了，砍刀又一次举起。旱柳就这样轮回着命运，头砍了再长，长了再砍，而成为砍头柳。

我无法赞美砍头柳生命的顽强，砍头不是它的前定，却选中它担当索取的对象，本能命令它自我成全。生为树木，自由生长是其天性，枝杈散漫，树冠膨大，经受风吹雨打，亲近阳光，吸引鸟儿前来筑巢，

美

佛

这才是树木应有的模样，这才是树木的一辈子。砍头柳却一次次被强行中断生长的进程，而无法体会一棵树正常的快乐，无法和天赐的使命一致，使自己完整地存活下去。同样的，我也无法说这就是砍头柳的不幸，无法说这就是砍头柳的悲剧，毕竟它已被改造而成为另一种树种，形体、习性都发生了明显变化。

陕北这片土地，树木越来越少，难得见到成片的树林。失去绿色的涵养，水土流失严重，山原漠野，呈现枯绝干渴的景象。我也听老人说就在 20 世纪初叶，许多山头盖满了杂木，还长着数百年树龄的柏树、黄杨木。河滩上的青草十分密实，羊进去走丢了，几天都觅不见个影子。但如今的现实是土山绵延，如波浪翻涌，在山里走上一天，遇见一棵树也是稀奇。

过日子离不开树，便大量种植了生长快、易成材的旱柳。旱柳长大了，连根挖了，只能指望一回，于是，便有了给旱柳砍头的发明。我依然无法惊叹这种无奈的智慧，但我理解这种还算理性的选择。旱柳的头颅被砍去了，旱柳并没有死，生长的本能促使旱柳催生出新芽。这样，人们就可以在保住树木的前提下，从树木的身上取得枝干，用来做车辕，架房檐，扎篱笆，细小的枝条还能编筐，烧火……

于是，便诞生了这么一种叫砍头柳的树木。

砍头柳是一种不断献身的树木，是树木中的烈士，死一次，又再生一次，一次又一次，砍头柳在生与死之间往返。

在陕北，砍头柳往往第一个知道春的消息。沙尘暴准备起身的时

砍
头
柳

候，砍头柳也探知出了空气中的潮湿，急切地顶出了绿芽，灰蒙蒙的视野里，隐隐的绿色，新鲜着三月的大地，就在转个念头的工夫，砍头柳的绿叶，又增多了几片。由于是才长出的枝干，颜色发黄，一根根都还细小，和铁黑而庞大的树干组合在一起，似乎不协调，但丝毫不影响砍头柳发作的热情。受难的砍头柳，在伤口上张扬着绿色的喜悦。

也许，砍头柳的生长，更是一种疼痛。因为被砍伐，砍头柳独有的形态，呈现着另外一种美，一种不甘心的美，一种决绝的美。但是，这美，不表示放弃，不代表死亡。

我在有一年的五月，到靠近毛乌素沙漠的河南乡住了七天。这里的周边，开阔的沙地上，种植了成片的砍头柳，横竖成行，从粗壮的树身看，少说也有三十年的树龄了。每天早晨，我都要在砍头柳的林子里走走，心里的感受是复杂的。砍头柳的上半部，呈放射状向上伸出枝干，已经长到胳膊粗，而且粗细一样，都十分笔直，上面挂满绿叶。树身有两人高，树皮粗糙、厚实，纵向裂纹极深。我知道，这些砍头柳，又该被砍头了，也许就在秋天。那是什么样的情景？这里的半个天空，都会变得空虚，吹荡的风，声音也会变异。地上站立着的，是一根根树桩，如黑铁阵一般。我在其他地方，常常看到这种无头的旱柳林，蕴含着巨大的沉默，压抑的情绪在我胸中沉积，我待不下去，赶紧远远离开。

既然做了砍头柳，又怎么能不被砍头呢？头颅被砍去，再长新的。砍头柳已经习惯了。

栾树

尤家庄的东面不远，一条荒僻的干道，两侧全种着栾树，树身有大腿粗，树冠相互交合，遮蔽天空。在这里，每年盛大的花期，都给我带来欢喜。栾树开花，主要在七八两月，八月最盛。开花的枝头，一只只蒴果也开始生出，让我的心情，不由跟着鲜活起来。

大约在十五年前的一个秋天，我在董志塬上一所技工学校时，在后院里看到了一株树木。茂密的蒴果，已经彻底变红了，像是一只只装东西的小口袋。缺见识的我，才第一次知道栾树。听说栾树是从秦岭移植的，整个董志塬，也就这么一株。外头来人，技工学校介绍完情况，都要说一说这株栾树。我就记住了这种身上能长出许多小口袋的植物。

我到西安后，谋生艰难，心力衰退，原来抱有热情的一些活动，渐渐疏远了。人到了一定年龄，都是这样。如果生活中再遇上大的变故，锐气发散得更快。奇怪的是，走到生长树木的地方，我的脚步就会慢下来。我依然爱在树底下逗留，看树身上的节疤，听树梢上的知了鸣叫。要是不认识的树，我就问人。我发现，树木对我有安定的作用，也就越发和树木相处得紧密了。

快十年了，我一直在尤家庄安身。这里虽然偏远，但安静，正好适宜于我。一次我到附近找一位牙医看牙，路过了这片栾树林，

栾
树

这以后，我就有了牵挂。这以后，隔一些日子，我都要走路过去，去看栾树。

冬天的栾树，颜色灰白，树杈臂膀一样伸展，没有繁复的细枝，一副冷峻的形象。我裹紧衣领，嘴里哈着热气在栾树底下走，内心渐渐空旷起来。如果起一阵风，离得很开的树枝偶尔发生碰撞，沉闷的声响，似乎在穿过我的身体，似乎要用去很长时间。

栾树出叶晚，过了三月，才有稀疏的叶芽露头。再过上一个月，叶子终于长全。栾树挺拔匀称的身架，支撑起一天天丰盈起来的树冠。如果从高处往下看，巨大的团体，有浮力一般，是那种缓缓上升、正在放大的浑圆。在远处看，又是一种景象：栾树的身子和身子拉开了距离，独立着也区别着，上头的绿色，却把所有空间完全充满，几乎没有空隙。像是一条涌动的河流，像是在空中有一条绿色的河道。要是从栾树底下走，会有光的碎片晃动。我的手上、脸上，明暗变化着。也多亏这些从树顶跌下来的亮光，不然白天的林荫道就像黄昏来临了似的。

西安的夏天年年大热，坐下不动弹，前胸后背也被汗水湿透。走到栾树下，人一下凉快了。两排栾树之间，形成了一条通风的隧道，风是从栾树的叶子里生发出来的，是流动的，通畅的。我的日子过得散漫，又贪图舒服，常常整天守到栾树底下。有时身子下面铺几张报纸，头下支半截砖头，竟然睡着。醒来已是半夜，高低的虫子，长短叫着，我一路压制着虫子的叫声往回走。

美

佛

　　栾树最美的模样，是从第一朵花的出现开始的。

　　细小的花朵，金黄色，水分足，鲜丽。簇拥在一起，不断增多，很快如蜂巢里的蜜蜂一样密集。花朵不是一次全冒出来的，似乎是前后呼应着，依次在枝头膨胀。最热烈时，树冠的一半或者更多都是一团一团浮动的黄花。

　　黄花开一阵子，大概十多天吧，就有花瓣遗落在地上。开始零零星星，只是偶然落下一枚，有间隔似的，再落下一枚、三枚、五枚。落到地上，似乎没有声音，但似乎又有声音，在往大地深处传递。再往后，数量加大了，每天在地上落一层，地上就像生出了一层黄花。都是花的骨朵，却没有开败。我捡起一枚，看到落花是半个花萼，上面带着花瓣，还新鲜着。所有的落花，全是半个花萼。另外一半，竟然还保留在枝头，还不想跳下来。就这样，花朵落不完似的，一直持续开放，持续脱落。

　　地上铺满花瓣，我不忍心在上面走，选择着落脚点，走出不规则的线路。却常常有花朵落在我的头上、肩膀上，轻轻跳跃一下，弹到了地上。有些花朵在衣服上落住了，我也不去拍落。隐隐的香味，是那种不易察觉的暗香，在空气里停留，在不断更新，清爽着我的肺腑。

　　早晨，蜜蜂盘旋在花朵中间。一簇花朵的上面，也就一两只蜜蜂。可是，每一簇花朵的上面都有一两只蜜蜂，所有蜜蜂扇动翅膀，轻微的声音，竟然汇聚成巨大的喧响。我的耳膜里，充满了高分贝的"嗡嗡"声。这一片执着的响声，更加让我感到了一种幽静，一种超然的

栾
树

祥和。在花朵上忙碌的，还有苍蝇，还有蚊虫，身上粘了一层花粉。

落花是开放了的花，枝头开放一回，地上开放一回。落花知足了，落花也是幸福的。

差不多过上半个月，另一半花萼，也陆续松开了身子，簌簌掉落。一早一晚，落得急，落得猛，有时像下着小雨。黄花的雨，纷纷扬扬，似乎永远也落不完。

在花朵腾开的位置上，就有口袋一样的蒴果悄悄出来了。

开始，蒴果指甲盖大，尾端尖，还伸出一根细细的须子。多数都是浅绿色，如果靠近光线充足照射的顶端，也会全是暗红色。像是一点一点往里充气，像是一点一点往上着色，蒴果的身子，放大了，外表，染红了。撑开衣服的蒴果，尾巴消失了，下面却露出三个口子，是出气口，还是进气口？我看见，在同一株树上，甚至是同一个枝头，开花的开花，结蒴果的结蒴果，而且，蒴果也是有大有小，大的悬在一边，小的悬在一边。最终，它们都会一样大小，只是我不知道，小的蒴果是怎样赶上大的蒴果的尺寸的。

栾树挂一身口袋，一直挂到深秋。所有的口袋，都是火焰的颜色，似乎在口袋里点着一盏灯。树叶的颜色由深变浅了，叶子初生时，是铁锈红，绿了这么多日子，如今是淡淡的鹅黄。蒴果的颜色，却异常亮堂浓烈。栾树要用这么多口袋装什么呢，难道要把北方的秋天都装进去吗？这个季节，其他地方，经过了短暂的辉煌，已呈现萧索的迹象，弥漫着抑郁的气氛。但是，在栾树林这边，火红的口袋，挑得高

美

佛

高的，一起安静，一起摆动，一派喜气，一派奔放，如尽情狂欢，如节日来临。

栾树的口袋，不装走一滴水，不装走一丝风。栾树不索取，栾树在给予。一场寒霜，又一场寒霜，时候到了，栾树的口袋打开，里头，是数粒红豆。

有一天，我去卧龙寺，一位和尚告诉我，有一种佛珠，就是用栾树的红豆串成的。

吃肉的果树

那些年，我家居住在八盘磨。这里属于城乡结合地带，人家里有在城里的铁厂上班的，有在街道办的门市卖货的，还有啥营生也不干，整天袖着手找热闹看的。但大部分人口都是种菜的菜农，要区别很简单，菜农家大门口外面都砌着猪圈，里头喂着三两头猪。人走过去，就发出"哼哼"声，以为给喂食呢。还有呢，菜农家运送东西，都是用架子车，有时架子车上就放了一捆子草绳，也拉上在外头走。居民家用自行车，一口一人高的水缸，也捆在自行车后座上往回驮。外面的人对河道边的人没有这么仔细研究过，只是奇怪，河道边的人，个个说话声音大，脸上老是挂着笑，但见面问吃了吗，却回答：天又变了，要下雨了，我要收晾的衣服去。或者，问老人好着吗，却回答：最近灌下的醋，不知咋了，调凉菜都调不酸。

一排院子前面，是一条肮脏的小河，流下来的水发出浓烈的碱味，水面上常年浮一层白色的泡沫。小河的上游有一家毛纺厂，每天定时不定时往河里排放深颜色的废水。夏天下过大雨，小河涨水，会冲下来死猪或者死猫，也不知是淹死的、病死的还是毒死的，被河道边上的柴火棍呀碎砖头呀挡住，停住不动弹了。河边的土路上来回总过人，无意有意往河里瞅一眼，有人就发现了，就嚷嚷：死猪下来了或者死猫下来了！这情境虽然不常有，一年也会发生两三回。每一回发现，都觉得挺稀奇的，谁发现了，都要嚷嚷一声。

　　看到死猪死猫出现，人们就往三子家看。三子家独门独院，院子很大。院子里的一大片空地上，种着果树，有苹果树、李子树、梨树。苹果树最多。果然，三子提一把铁锨出来了。他径直往河边走，像是预约好了似的，眼睛不往别处看，大步往河边走。大伙儿往边上闪一闪，给三子把地方让开。走到跟前，三子看清楚了，这回是一只死猫，肚子都泡胀了，好像还在冒热气。三子伸出了铁锨，大伙儿又往后退一退。三子把死猫铲起来，端着进了院子。三子进了院子，人就散了。我觉得好奇，但又不敢跟着三子进他的院子，主要是，三子不让别人随便进他家的院子。我有办法，我攀到三子家的墙头上看。果然，三子在一棵梨树下挖着坑，一下一下挖出土。死猫一动不动，就卧在梨树的阴影里。果树下面的土十分酥软，没有费多少力气，坑挖成了。三子用铁锨把死猫扒拉进去，又把挖出来的土回填，填完了，还在上面拍打几下，拍瓷实一些。我每次看三子往树底下埋死猪或者死猫，都攥紧拳头，心里慌慌的，但每次都忍不住要看到三子在土堆上拍打完，我才回家去。

　　我不止一次听人说，把死猪死猫埋到果树底下，果树长得旺。死猪死猫的身体，是最好的肥料。死猪死猫的营养，就转换成了果树的营养。怎么转换的呢，看又看不见，反正就转换了。所以，每次河水冲下来死猪死猫，三子都会铲回去埋到树底下。八盘磨的人家，有的院子里也长着果树，不多，墙角、房背后，就一棵、两棵，果子还是青蛋蛋，就被摇光了。但他们都不往树底下埋死猪死猫。往树底下埋死猪死猫的，只有三子家。有一次，一头有一百斤重的死猪被河水冲下来，散发着阵阵恶臭，看热闹的人也不愿往跟前走。三子拿铁锨铲不住，就找了一根绳子，拴到死猪后腿上，费力拉拽了回去，也给埋到了他家里一棵最大的梨树下面。一天，我经过三子家，看见果树的树冠在风中舞动，我突然明白死猪死猫怎么转化成果树的营养了，树冠舞动，似乎有食物在被消化着，我竟然还看见，地下面，果树的树根，正一开一合，把死猪死猫的肉体撕碎。树根上血淋淋的。

三子家是菜农还是居民，我一直没有了解清楚。三子好像不上班，也很少出门，好像成天在家里待着，就等着死猪死猫被河水冲下来，好铲回家，埋到果树底下。三子出去时，有时拉着架子车，有时推着自行车，三子家这两样工具都有。我听人说，三子家的这一院子地方，是他爷爷挣下的。他爷爷靠啥本事挣下了家业，就说不清楚了。有人说，三子的爷爷年轻时把大烟抽美了，脸黑的像黑缎子一样，走路精精神神，见人都打个招呼。说这些时，又说得非常真切。还说三子爷爷心善，谁家女人肚子疼，找到三子爷爷，会给上一疙瘩大烟，就小拇指的指甲大，吃下去，肚子就不疼了。反正，这么大的院子，是三子家的。河边这一排院子，就数三子家的院子大，就三子家是独门独院。

院子里栽满果树，三子家就像在果园里一样，是埋了许多死猪死猫的果园。我估计，三子家的每一棵果树下，都埋了死猪死猫，有的

美

佛

埋了恐怕不止一只。我就觉得，三子家都成了死猪死猫的坟地了。三子晚上睡觉，难道不害怕吗？我估计，三子不害怕。因为，三子要是害怕的话，就不会把死猪死猫弄回去，埋到家里的果树底下了。

死猪死猫在泥土里腐烂，一点一点走进果树，被果树吸收，进入到果树的根、树干、叶子，进入果树的果实。我觉得那果树的果子都有一股子死猪死猫味儿。我只是觉得，因为我没有尝过三子家的果子，三子也没有给我给过。虽然在秋天的时候，三子家果树上的果子红红的好看，我还是把红红的果子和死猪死猫联系到一起。有时，就看见三子拿一只苹果在啃，大口大口啃。我就担心着，三子一口啃出了一条猫尾巴，一口又啃出了一个猪耳朵。实际上，三子的嘴角流着的是苹果的汁液，一定是甜甜的汁液。

三子家的果树下经常埋进去一些死猪死猫，果子真的就结得特别密，特别大。收果子时，三子一大筐一大筐装，装满一筐，就抱着放在房檐下。我爬在三子家的墙头看三子收果子，三子察觉到了，往我这边看一眼，我低下头，过一会儿，又探头看三子收果子。除了留下自己吃的，三子把果子都用架子车拉出去卖了。三子的果子，总能在市场上卖个好价钱。三子早上出去，不到中午，就拉着空架子车回来了。要是买三子果子的人知道三子家的果树底下埋了死猪死猫，还会不会买呢，这不好说。也许，不会有人在乎这个，吃的是果子，又不是死猪死猫。当然，八盘磨的人嘴再长，还不至于说这事情去。三子又没有得罪谁。三子就是和大伙儿来往少。这就不是个事情。

吃肉的果树

三子家的门，平时关得紧紧的。多亏关得紧紧的。我黑天经过三子家门口就害怕，害怕门突然开个缝，那些死猪死猫都活了过来，从门缝往出钻。死猪死猫都是死去时的样子，却活着，却能动能跑。似乎死猪死猫都在树杈上蹲着，猫本来就会上树，猪也把上树学会了。白天时，都搂着树根睡觉，晚上，就爬到树杈上去了。只要三子家的门开个缝，死猪死猫都跳下树，一个一个往门外头挤。想着死猪死猫从我的裤裆下钻过去，说不定咬上我一口，我身子就发紧，似乎这真的会发生。经过三子家大门口，我都是快步走过去。有时，我几乎是跑着过去。

有一天，河边围了许多人，空气里弥漫着死亡的气息。这次不是死猪，也不是死猫。这次是一个死娃娃。大概一岁多的样子，没穿衣服，身子斜着躺在烂泥里，看不清面目，身体四周"嗡嗡"着几只绿头苍蝇。一个年纪大的女人说，真造孽啊。摇着头走开了。围观的人议论了一阵子，也走散了。剩下几个，还看着，有一个说，原给推到河里去，让水冲走。但你看我，我看你，没人动弹。天黑了，死娃娃还躺在烂泥里。我也早早回到家里，没敢晚上出门。

第二天，死娃娃不见了。有人说，可能是夜里涨水，被冲走了。但过了几天，有人说，死娃娃没有被河水冲走，半夜，三子出来，把死娃娃铲了回去，埋到他家里的苹果树底下了。只是传言，无法确定。有人说是真的，因为他到三子家借梯子用，看见一棵苹果树下有一层新鲜的黄土。而在这前后，没有死猪死猫被河水冲下来。这以后，我怎么也不敢爬三子家的墙头了。秋天，三子收果子，我也不敢爬到三子家的墙头上看。

我似乎看见三子家的苹果树上，结出了长得像娃娃的苹果。有时在晚上，三子家的苹果树的树冠里，似乎也传出娃娃的叫唤声。三子家没有娃娃。听说，三子的媳妇不能生养。这也是听说。还听说，三子的媳妇坐不住胎，怀了两个，都流产了。有一个，半人的模样，看着像猪，也有些像猫。三子伤心，把流产的娃娃，都埋到了家里的果树底下。三子不愿远离自己的骨肉，三子要守着果树，也守着自己的骨肉，这样三子心里才好受些。所以，有人说，三子把那个死娃娃铲回去，是要给他的骨肉做伴呢。

但是，许多人都说，晚上听见三子家传出了娃娃的叫唤声。说的人多了，好像三子家真的养着一个娃娃似的。我有一次晚上睡了一觉，起来到河边尿尿，也真切地听到了，像是从遥远的地方传来的声音，我仔细分辨这声音，似乎是娃娃的叫唤声，似乎是猪的叫唤声，又似乎是猫的叫唤声，把我都听糊涂了。我感到害怕，尿都没尿完，赶紧跑回家，钻进被窝里，我才不害怕了。我突然想到，也许，三子家传出来的，不是娃娃的叫唤声，更不是猪的叫唤声，不是猫的叫唤声，可能是三子家的果树上的果子掉落在地上的声音。

晚上露水重，从树上掉下几个果子，这完全有可能。也许，就是从树上掉下的果子，砸到地上，发出了引起人们错觉的声音。人们想得也太多了，想得太多，都胡想乱想起来了。这些胡想乱想的人中间，也包括我。我不能因为自己还在上小学，就不承认这一点。但是，我就是承认了这一点，也没有多少意义。三子又没说啥，三子又没让谁承认啥。还有，即使承认了，也许过些天，人们又开始胡想乱想了，这些胡想乱想的人中间，依然包括我。但有一次我又听人说，三子家传出的叫唤声，就是人的声音，不过不是娃娃的叫唤声，也不是死猪死猫的叫唤声，是三子本人的声音。是三子叫唤呢，是三子在学他死去的娃娃叫唤呢。这让我又糊涂了，我打算继续想一想，但脑子木木的，想不下去，我就再不想了。

门前的这条肮脏的小河，依然流淌着，依然散发出浓烈的碱味，浮一层白色的泡沫。有菜农说，这水烧得很，浇到菜地里，菜不好好长。夏天涨水时，小河依然会冲下死猪或者死猫。冲下死娃娃的事情，就发生了一次，再没有发生过。我听人说，上游建毛纺厂之前，小河的水，清亮得很，死猪死猫没有冲下来过，倒是能抓到小鱼小虾呢。

沙坡头

火车的汽笛声，在峡谷里高亢地回响着。轰隆隆，轰隆隆，由远而近，震颤我的心肺。我身体深处，似乎亮起一道豁口，让铁轨向天际延伸。身在沙坡头，我感觉到了时光的久远，又体会到了走向一个地方，并留下不走那深长的意味。

在沙坡头，在这铁路经过的宁夏中卫，大自然以其神奇的笔法，描绘了不同的景象。铁路以北，是浩瀚的腾格里沙漠；在蒙语中，是天大的沙漠；它给中卫带来了"沙都"的别称，也以荒凉和焦渴拒绝了生命的深入。铁路以南，则是天下至大至雄的黄河。在沙坡头，我就像置身于两种状态下，我体验到了固体的沙和液体的水，它们都掀波起浪，冲刷着我内心的堤岸。在沙坡头，我不是一个游人，也不是一个过客，我觉着我是此地被阳光晒黑了脸面的人群中的一员。

沙坡头那巨大的沙的坡面，像一个凝固了的浪头，在快要打下去的时候却定格了。沙漠到这里，似乎便到头了。下面，水汽笼罩的谷地，黄河千古奔涌着。浑浊的浪花，击溅着，撕打着，一路流向银川。黄河上的舟，是羊皮筏子。性灵的动物，艰难觅草觅水的羊，在流光最后一滴精血之后，被吹足了气，被赶下了水，开始了新生。

这时候的羊，由温顺而成为勇者，漂泊在河面上，任由风吹浪打，也要完成灵魂的慈航。在黄河牧羊的汉子，腰间的葫芦里是玉米酿的

沙
坡
头

烧酒。寒冬腊月，也把裤腿挽得高高的。脱口而出的"花儿"，是多么地道而悠长的民歌啊。火辣辣地唱着，把血唱热了，把粗糙的生活唱成了烧酒。当我坐在羊皮筏子上，一次次被黄河水打湿手也打湿遐想的时候，我已把我的前生看见。我一会儿是羊，一会儿是牧者。我由此感到了幸福，也感到了悲伤。

　　在走向沙坡头的时候，不时在路边看到"进入林区"的木牌。我就在不断寻找想象中的森林，但我失望了，连一棵粗大的树木也没有发现。但我毕竟看到了绿色，有些成片相连，有些星星点点，矮小、稀落，末形成浩大的气势。我感到吃惊的是，在起伏的沙丘上，分布着一个个草方格，如同不规则的棋盘。这显然乃人工所为，时间久长的，那草方格已变黑了；更久长的，则依稀可辨印痕；还有很多草方格是新砌的，呈现鲜亮的黄色。这草方格是干什么的，后来我才知道，正是这一个个草方格，才让丛丛绿色在沙漠里诞生。

　　就在沙坡头旁的铁路沿线一侧，有一道长长的围墙。大门上，钉着"沙漠植物园"的牌子。看门的一位老人，脸上沟壑纵横，头发也已半秃。他正蹲在地上吃饭，见我进来，极热情地招呼着，搁下饭碗，带我去看植物园的植物。听他的口音，不是本地人，一问，是杭州人。老人比画着说，1956 年来的，都三十多年了。老人讲，当年这里是滚滚流沙，一棵草也不长，铁路修通后，常被沙暴淹了铁轨，火车无法行驶。于是，便来了好多人治沙。说到这里，老人浑浊的眼睛潮湿了，似乎陷入了对往事的回忆当中。

美
佛

治沙何其难!刚开始，种啥啥不活，不几天，不是枯死了，就是被流沙卷走。怎么把沙子控制住呢？在尝试了许多种土的洋办法都不见效之后，终于摸索出了用草方格固沙这一招。方法很简单，把干麦草拢成一束，用铁铲压进沙地，使之呈方格状，格格相连，前后左右贯通，而成一片。然后把草籽洒到草方格里，麦草有吸水作用，又能把罕有的雨水较长时间储存，使之不能很快蒸发掉，而草方格营造的相对稳定的环境，还能吸附随风而来的微尘。这样，旷古沙漠上，由一星绿而一片绿，终于繁衍出了一百多公里的防沙林带，并生长起了两千多公顷林园!草方格，原来有这么了不起的功能。看起来似乎很一般，但智慧和创造的成果，往往是简单易行的。当回头看，才明白怎么这么简单，但仔细想想，又会感到这是何等伟大和了不起!正因为如此，用草方格治沙的成果，被评为全国科研成果一等奖。正因为如此，这里被联合国命名为全球环境保护500佳之一。提起这些，老人的神情自豪而凝重，我感觉到几十年的岁月，他改变了沙漠，沙漠也改变了他，唯有他的心，还绿着，这绿，在向沙漠蔓延……

又一列火车"咣当咣当"开过去了，我感到脚下的沙漠颤动着。我看着沙漠里生长的植物，基本上都是草科或低矮的灌木。这是用三十多年的光阴才一棵棵长起来的啊。老人带着我在草丛中走着，并给我介绍各种各样植物的名字，目光里透露出无限疼爱与慈祥。这叫沙秆，这叫拧条，这叫刺蓬，这叫火草……好多名字我听都没听过。看草听名，我感到这些名字，起得是那么好听而让人浮想联翩。羊奶包

沙坡头

子、紫嘴、油篱、灯絮、苦豆子、明蓬……有一种叫花棒的，秆红如血，像被火烧过一样，叶子灰白，干枯似能燃，开着双瓣粉红色的小花，最大的一株，主干仅拇指粗，已有几十年的寿命。还有沙枣、沙打旺、芨芨草、红柳、沙柳、黄柳这些沙漠常见的植物，也在这里扎下了根。在植物丛生的地方，草方格已看不见了，再朝前走，草木渐渐稀疏，而草方格却多了起来。走了一二里路，我看到了沙漠，望不到尽头的沙漠，在日光下宁静着，塑造着一个个线条流畅的美人形象。或侧躺，或仰卧，或半坐，或微立。这是一个没有风的天气。我知道，当沙漠露出牙齿的时候，便会如蛇如虎，成精成鬼，凶残万状。我登上一座高高的沙丘，依次让目光掠过防沙林带、铁路，看着呈弧形流过沙坡头的黄河。这是怎样的组合啊，黄河是走了又没走，岸静着，流水却已"逝者如斯夫"。铁路不动，火车却动着，但铁路和火车，都有其起点和终点。这沙漠，也是动着的，以往是沙进人退，如今是人进沙退，这都是因为有了不动的草木啊。当草木待在一个地方，再弱，根是不动的，家是不动的，我就觉得，在沙坡头，最有情、最值得敬重的，便是这无言的草木。

野酸枣

　　我不知道啥时候才有的野酸枣，但崖畔上、地埂边、窑洞顶，这一蓬一蓬旺盛生长着的植物，是离人最近的。虽说是野生的，却更像是家养的一样。在陇东的山上，无论来到哪一户凿窑而居的人家里，还是走在羊肠子一般曲折的山道间，抬起头，看看脚下颤动的野酸枣便会绿了眼帘。所以我要说，这大山的褶皱起伏处，黄土漫漫，在显眼不显眼的地方，只要每天早晨有水担的磕碰声，每天黄昏有辛辣的带驴粪昧的炊烟飘散，只要生活永远祥和沉重，生命一代代传接血脉，野酸枣是不会消失的，是不会断了种的。

　　野酸枣是草还是树呢？我见到的生长年代最久的野酸枣也只有孩子的胳膊粗细，已黑成了铁色，疙里疙瘩的，足见生长的艰难。多数野酸枣，高不过蒿草，枝枝杈杈的，密而杂，只有缀满了指甲盖儿大小的扁圆的叶子，才呈现出不规则的圆形，盈盈的绿色，像要泼出去似的。野酸枣充其量只是一种寻常的灌木，但在崖畔上看到一丛一丛的、生长在几乎要悬空的位置，并一直延伸到看不见的远处，我还是疑心是人们特意栽植的。可是，野酸枣是不需要经管照料的，风风雨雨照料着，日光夜色经管着，野酸枣便会活得很兴旺。

　　野酸枣在陇东的野生植物中，大概算应春最晚的。一旦绿了，便是深绿，而且一定在秋天的尽头，也还油汪汪地绿着，非得经历一场

野酸枣

又一场严霜，才肯变了颜色。已经是隆冬了，叶子还没有落尽。而那由绿而红的果实，还会耀眼地明亮着。野酸枣的叶子全都落尽的时候，我看到的是铁的造型，狰狞着，扭曲着，没有绝望和沉沦，只是孤独而倔强地伸向天空，像不屈服的勇士，像败者也像胜者，干枯黑瘦的枝条里，蕴藉着的是春的元素，是大地的血。

农历五月，榆钱早就纷飞了，槐花也谢光了。不知不觉间，野酸枣开花了，只有闻到那隐隐散发的、若有若无的清香味，醇厚绵长，沁透心脾，这一定是野酸枣的花香。仔细地在绿叶里寻找，才能发现比小米粒儿还小的花骨朵，是一种淡绿色，花心里有细微的淡淡的米黄色的蕊。这么小的花，能有蜜蜂来传播花粉吗？只有蚂蚁、小蚊虫和时猛时弱的山风，触弄野酸枣同样因幸福而战栗的花。要是在闷热的傍晚，天还亮着，月亮已贴窑背升上蓝色天空，坐在窑院里，吹来一阵清凉的风，头上、肩上、腿上，便会落上几朵野酸枣花，叫人不忍拍掉。而合计开镰割麦的话题，会继续很自然地进行下去。窑院刚打扫过，被踩踏得又硬又实的地面，干干净净，又洒了水，地上落一层从窑顶远处的山畔上飘下来的野酸枣花，更感到日子的韵味，似乎是前世修来的好福分。

野酸枣能有啥实用价值呢？但同样是高原的灵与肉的必然组成部分。在窑垴上，投不下多少荫凉，却固定住了泥土，刮大风，下大雨，就像卫护的屏障。山里人很少砍野酸枣的枝条当柴火烧。野酸枣浑身是刺，是不会有鸟儿在里面做窝的。只有刁野的山羊，才敢伸嘴啃咬

美

佛

野酸枣的嫩果，当地有"人吃辣子为辣的，羊吃枣子为扎的"俗语。有时候，山里人会把野酸枣的枝条插在果园的墙上或者不让人通过的路口，那就会使所有大胆的手脚犹豫。在陇东的华池，乡村人家，会把野酸枣的果实一粒粒费力地摘下，用来造醋。那是特别酸、特别香的。醋只是为了自用，外面是买不到的，果实的核，应该是丢弃之物了吧？不，不是，果实本来就小，就两粒黄豆大吧，果核更大不到哪里去，但果核里那麻籽大的果仁，却是中药里的一味。山里人把果核收集起来，在碾米、面的石磨上，用磨盘碾，把果核碾碎了，才能从里面挑出果仁来。现在吃野酸枣的人是越来越少了，味极酸，果肉又少——几乎是一层果皮。谁还会去吃野酸枣呢？就是孩子，也很少用野酸枣解馋。过去，当地人说吃野酸枣，往往有两种含义：一是指年轻媳妇怀上了娃，酸儿辣女，要吃一些；二是指有人在外面偷情，需要胆量和机会，也是冒险而刺激的，故相好上的男女私奔的事，也时有传闻。

我领略到了陇东山野所迸发的美，隐忍又壮烈。这是野酸枣的美，春夏秋冬各具神貌，又贯通一气。这美是不可取代的。在山村人家的生活中，少了野酸枣，也许并不影响什么，但总感到野酸枣才有的气象，是不能从高原上取掉的。野酸枣代表了一种处世的态度，一种向上的精神。在我熟知了野酸枣之后，我再也羞于说自己是饱受了磨难的人。我没有理由为我人生路上哪怕一小步退缩而开脱。这是野酸枣给予我的感悟。

核桃树

　　核桃树一身是苦，站在幽深的院子里。什么时候，才能长得高高大大，一直高出漆黑的屋檐？

　　雪白的、桃红的、深红的指甲花，吐出干净、艳丽的花瓣的时候，核桃树的扁圆的叶子，也已经又肥又大了。妹妹要染漂亮的指甲，让尖尖的十指都开着花，开着女儿花。把指甲花的花瓣捣碎了，敷在指甲盖上，就该用核桃树的树叶了。树叶里含着碱分吧？缠住手指甲，就会把指甲花里的颜色纹到指甲盖上。女孩子的美，便藏也藏不住了。

　　在春深似海的季节，走过核桃树，便会闻到它散发出来的浓郁的苦味儿。我就想，核桃树是一种树木，到这世上来，长一生，也就苦一生，把泥土的苦都吸收到了身体里。爱哭的女孩子，该也会把睡梦里的眼泪埋到核桃树下吧？夜晚，静默的核桃树，是在回味浑身的苦味，也是在用力生长。一阵风吹过，我听见核桃树叶发出的声响。这声响，却不是核桃树的哭声，从苦里长大的核桃树，是不会哭的，我以为。

　　当我努力地回忆一株核桃树的形象时，核桃树开什么样的花，怎么也不能在眼前清晰地再现。我在核桃树下坐了那么久，我都变得像一株核桃树了，为什么就淡薄了它开花的情景呢？大概是因为它的花和叶的颜色相近，所以极不显眼，而且也没有释放一缕缕的芳香，我

美
佛

怎么会特别地留意呢。核桃树会那么近地触碰女性的敏感，使她们更愿意呈现美丽，也更容易忧伤而无助。但核桃树正是以它的苦而刚强、沉稳，并把一份对未来的真情，坚持下去，挺立下去的啊。

我要描述的是核桃树的核桃。深秋时节，核桃上市了，浑圆、潮湿，在篮子里磕碰有声。每一只核桃，都镂刻了深奥的图案在坚硬的壳上，仔细端详，却又是各不相同的。远不知来去，似乎无意伸缩，却又经营着天地的成因，核桃自己会作出解答吗？敲开核桃，裸露出来的是活生生的核桃仁，拥挤、折叠的沟皱，刚刚成熟的思想，使我蓦然发现自己竟在浅薄地活着，不能谋图核桃的大略，不能把所有的苦都营养为这绵绵的油香……

我更关注的是结在树上的核桃，那是在核桃的壳外面，还裹着一袭壳的。如果里面的壳，是核桃的骨头。外面的壳，就该是核桃的血肉了。这是绿色而多汁的壳。光滑、结实，这一层壳，真正的如苦胆般收集了天下的至苦，是一直不肯脱落的。当核桃还小如雀卵，这绿壳就有了，核桃长多大，这绿壳就长多大。被核桃叶遮掩着，浅绿或深绿，吸收夜晚的黑也吸收白天的光，绝不会绣上半边诱人的红色，像苹果那样去羞涩的。核桃树啊，你不吐露七彩的光芒，会拥有什么样的爱情？这绿色的核桃，这没有大喜大悲的核桃，只是不声不响地膨大着有形无形、似直似曲的核桃仁，而一直等待着最后的奉献啊。绿核桃，你护佑着的是小小的果实，也是小小的星体。谁能说认识了你，就不能认识宇宙！

核桃树

　　高出屋檐的核桃树，树干上有裂纹的时候，就该挂果了。核桃树还是那么苦，苦得纯朴，也苦得自在，虽然才开始接近高远的天空，却如同一位久远的悟道者，似乎是历经了无数沧桑的演变。我什么时候才会有核桃般高悬的心灵？

　　这一年的秋天，没有人采摘核桃。那几枚硕大的核桃，是自己掉落在地上的。那是一个有风的夜晚，核桃重重地敲响了乌黑的地皮，核桃外面那一层绿壳，也已枯干而失去了水分，随着核桃落地，剥离开，碎成了几片。

　　那几枚硕大的核桃，算得上核桃里的尊者。它们被交给了大院里年龄最大的一位老人，他日日把核桃攥在手心，不停地滚动，核桃被双手磨得油黑发亮，就像是精工雕刻的宝物一样。而那些用核桃树叶包住手指甲的女核子，却都已经盈着一身子的水灵长大了。

桑科草原的雨

初夏时节，我来到了群山荡漾的桑科草原。一条宽阔的谷地间，大夏河"哗哗"流淌，两边的山势向外舒缓出去。更远处，起伏着的依然是山原平坦的脊背。整个地覆盖了大地的绿色是雄性的还是雌性的，或者兼而有之，我无法判断，但力量和柔情似乎都蕴含在这无边的绿色之中。这生殖的土地是阴阳平衡的，这绿色，这勃发的青草，天然地生长在桑科，是胎衣，是皮肤，是和桑科一体的，是不可剥离的血肉和毛发。就在桑科草原，有一天，我八次和雨水相遇。除了黄昏的一次持续了一个多小时，每一次都很短暂，雨水走了，又是蓝天白云，太阳亮晃晃刺眼。甚至，一朵牦牛的乳房般肿胀的云彩出现在头顶，雨水降落着，走出八步十步，却是晴朗的光照。我没有躲避，草原是敞开的，我到哪里躲避呢。草原在以承受的姿势，把每一滴雨感恩地接下，吸收进泥土的动脉和静脉。原谅我的自私，我也愿意让清澈的雨滴，透析一身的浑浊，把我半世赶路的尘土洗净。

我的确奇怪，是桑科的雨水丰沛，还是我的幸运，我竟然一次又一次得到眷顾，一次又一次，雨水在我的手上、脸上击打出水花，像是在雕刻一个新的我，浇灌另外一个我一样。我的身子潮湿了，双脚也酥软着，如一株藏地的格桑，要向下扎根，成为这片土地的常住。这全是因为桑科岁岁枯荣积累的弹性，触碰着我脚心最敏感的神经源。

桑科草原的雨

在宽广的草原上，突兀的我愿意矮小下去，和青草的高度一样。我知道，桑科的海拔是三千米，这里的一株青草，也高过了我的额头。每个人一生里都会经历无数次雨水，我的记忆系统里隐约存储着一次次雨天的情景，印象深刻的没有几次。但是，一天里和八次雨水结缘，于我是从未体验过的，以后恐怕也难有这样的经历。我觉得，是上苍对桑科给予了特殊的关爱，像一位仁慈而勤劳的园丁，照料和体贴着桑科，用天国的乳汁，喂养着桑科。雨神也开了一扇门，让我这个懂得珍惜的外来者，得以窥见奇迹的发生。

这里的山川没有经过修改，生活在这里的藏人，只是给起了个名字，只是把土屋搭建在山脚下，升起一缕简单的炊烟。只有欲望简单了，才能减少对世界的索取，幸福也就在血脉里传承，对于日月的困苦，也认命地担当，视为一生的必然。谁能把海拔改变呢，谁又能把四季改变呢？桑科的山川是原来的，一直就是这个样子的。这里的藏人属于桑科，但不支配自然，人本身就是桑科的一部分，人和土地是融合的。唯其如此，泥土生长着加倍的青草，流淌着甘甜的河水，把最清新的空气，赐予了知足的藏人。牛羊似乎不是被牧养的，自动来到草原上一般，奉献着牛毛、羊毛，奉献着乳汁和肥美的身体。牛羊从草地上走过，啃食着多汁的青草，粪团落在草根，一场雨水，又是茂盛的摇曳。牛羊是桑科生长出来的移动的植物。

我活到现在，从来没有看见过如此洁净的草原，看见过用如同绿色的颜料整个涂抹了的大地。我的心灵受到的不仅仅是震撼，我几乎

美

佛

处于失语状态，大自然的神性已经摄走了我的思想，我的情感基因里，找不到和这方天地对应的条码，我就像一个痴呆儿，久久沉默，无所适从。刚进入桑科，我就已经被草原的绿色同化了。在一片随意落脚的地方，厚毛毯一般的青草，像是缝合到了地皮上，几乎全是蕨麻，有的开着有五个花瓣的黄色小花自在地生动着。我不由坐了下来，后来我索性躺倒，空了脑子，只是放松，完全地失去意识，被蕨麻簇拥着，变成了一个幸福的植物人。这时，我被唤醒了：脸上湿了一下，甚至是轻轻疼了一下：下雨了。雨滴舒缓地滴落，像一支曲子在低声部回旋，我仰起脸，迎接着雨滴的弹奏。我发现，头顶的天空，飘浮着大团大团的云朵，却只有一朵云在降雨，这一朵云，颜色要比其他云朵深，是那种乳晕的深。这样，草原上有了明暗的对比，没有下雨的地方，依然晴朗着，而且，一些光线竟然向下雨的这边投射，像舞台上缭绕的光柱。于是，这边的雨滴，每一滴都染上了彩虹般的色彩，把花魂揉进去了一样。我要承认，世上的尘烟熏烤着碌碌的我，我的感官早已十分迟钝，不要说浪漫和放纵，就是轻微的抒情，我也铁一般陌生。但在桑科的土地上，我再生一般看到了人间的大美，原来还没有丢失，而且完好地保留着，在蓝天下，在藏人的眼神里，在这缤纷的雨水中。在这里，我明白了，宗教的诞生，是由于人类的深重灾难没有止境，更与造化的神奇永远相连，我只是祈愿这方也许是人类最后的净土，永远不要消失。

　　我往草原的深处走，一条土路，在大地的腹部延伸。桑科不是那

桑科草原的雨

种一望无际、平展如镜的草原，群山斗篷一样在四野张开，目光有了阻挡，反而变化出了神秘，更增添了诱惑。没有树，高的矮的树我都没有见到，所有的绿色都是青草的绿色。草原和天空挨得更近了，似乎走在草原上的羊群和牦牛把天空支撑起来了一样，似乎天空的高度，就是羊群和牦牛的高度。一条小河横在面前，河里散落着石头，河水很浅，刚能把平放的巴掌盖住。从河水里跳着过去也可以，只是鞋面会被打湿。这个季节的河水，依然冰凉。有一座小桥，刚好放上去两只脚，摇摆着过去，耳朵里还响着河水的"哗哗"声。河对面是一道漫坡，走上去，浓烈的牦牛粪的味道扩散着，就看见一群牦牛被圈进一个栅栏里。栅栏外的地上，铺了一层牦牛粪，已经半干，我的心里一阵温暖。牦牛粪点着后，燃烧是相当持久的，经过一个寒冷的夜晚，还能保存沉稳的火光。闲散的牦牛，不全是黑色的，还有黄色的和身上带着大团大团粉白的。有一头牦牛，黑色的脸上描着横竖的白道道，眼圈是一圈白，看去像是戴着一个拜神的面具。我看牦牛的时候，牦牛也看我，我们互相不认识。是的，我是第一次看到牦牛，我惊奇牦牛的大骨架和自带的厚毛衣。天气正在转暖，牦牛在脱毛，肚子下絮絮索索吊了一绺绺长毛。牦牛在给自己的厚毛衣拆线。我盯着牦牛，牦牛看了我几眼，就不再看了，我还站着不走，还在看。牦牛歇息的旁边，搭建了一间土房子，一个穿藏袍的妇女出来，提着一只白铁桶，走到一头牦牛跟前，蹲下，挤奶。牦牛奶是什么味道，我没有喝过。这时，雨水无声地落下来了，抬头看，头顶没有云朵，山那边的高空，倒是簇拥着大团的云朵。雨是哪里来的呢？可能是一阵风吹过来的吧。这阵子雨，像是雾，潮湿的雾，过来增加了一下空气的湿度，见我一愣神，又离开了，不知道到哪里去了。这一天的桑科，雨是最繁忙的。

草原上空，光线似乎每一秒都在调整角度，这既和云层的遮掩有关，也是太阳不断移动位置的结果。我的视网膜，也随着青草的浓淡，感光着细微的不同。我发现，每一次的变化，眼前的景象都更新幻灯片似的有别一番模样。也许就在脚下，我不留意，会出现一个小土堆，新鲜的黄土，呈颗粒状，显然是甲壳类昆虫刚刚完成的作品。蚂蚁也走了一生中可能最长的一段路程，一截草秆，一只蜻蜓的残骸，被运送到了家门口。牛虻、苍蝇"嗡嗡嗡"飞高飞低。蜜蜂也停留在一朵羊羔花的紫色的花心里，后腿上已经沾满了花粉。据说羊羔花含着轻微的毒素，但我见到一个叫娘毛才让的姑娘拿羊羔花编了一只花环，戴在头上，密密的花朵，指甲盖大，十分好看。娘毛才让说，羊羔花的花环，戴上一个早晨，就不能戴了，再戴，头就要疼。美，也有时间限制，娘毛才让知道把握。

我脚下铺展的这一片草地，一簇簇青草中间夹杂着干枯的草茎，甚至高过了新生的草叶。干枯的草茎，原来可能是倒伏着的，向上的草芽在拔节的过程中，将干枯的草茎扶直了身子，而干枯的草茎也用消失前的最后身影，给初生的鲜嫩以支撑。一眼看过去，摇曳的青草，黄绿交织，有繁荣，有寂灭，正把枯荣替换的必须，随着一场又一场雨水，而认命地出场和退场。我走在草地间，起伏的双脚一次次被埋

桑科草原的雨

没。远处，一群羊在吃草。桑科的羊，驼色的毛，高大健壮的身子，是高海拔的地域所特有的品种。我走近时，羊群收缩般往一起集中。我停下，一会儿，羊群似乎解除了对我的敌意，略略散开了一些，抬头观望的羊减少了，大多数都勾着头，嘴唇前一下，后一下，舌头和牙齿配合着，咀嚼的动作却没有停止，脸上的肌肉因为口腔的牵拉而生动。吃草的声音汇聚到一起，嘶嘶啦啦，像是在下雨。刺激我耳膜的，似乎只有羊吃草的声音。桑科的雨从天而降，一路没有障碍，一次就抵达草地，却像带着猫爪，探入泥土，几乎发不出声音：草地是多么地柔软和酥松！潮湿的根，也在松开，松开雨水的入口。

　　桑科是宽敞的，天空和草地一起提升，浮动着魔幻的云朵，有层次，有形状，也有呼吸。桑科的云朵是活的，有生命的。抬头看着云朵，就觉得心里的空间放大了，云朵也在心里飘。就愿意松弛下来，没头没脑的，又特别敏感，或者乱想着什么，或者空白了自己。这时候的我是一个平凡的人，是一个伟大的人，这时候的我，六神归位，身子轻省。云朵有广大的领地，云朵会七十二变。云朵把世上有的变出来，把世上没有的也变出来。一朵云就在变大变小中染了重重的墨色，下沉着来到了我的头顶。身子一阵清凉，我知道要下雨了。如果这时候我赶紧跑，就能跑到云彩的外面去，雨水就淋不到我。我没有跑。桑科的雨，金子一样，我怎么能跑呢。我就等着雨水落到身上，哪怕全身湿透，我也要把身子打开。雨水流进我的嘴里，我咂巴着，味蕾告诉我，不仅仅是甜，不仅仅是纯净。这样的雨水，不仅仅包含着营养。雨水过去，又被太阳照耀，还蒸发出了一股股热气，我的身上又干爽了。

到了桑科，肯定要喝酒。酒是青稞酒，虽然暴烈，却没有杀气。这是适合痛饮的酒，适合拿碗喝。没有酒量的人，只要大着胆子，就能体会到这豪放的液体，也是雨水的精灵。在桑科，即使醉倒了也不后悔。桑科同样是一个适合醉倒的地方。我到刚认识的藏族朋友多洛的泥屋里喝酒。泥屋建在大夏河边，背靠青山，面前是汹涌的草地。我们喝着酒，头上汗出来了，脸上烧起来了。我喝多了光知道傻笑，舌头大得说话不完整。多洛喝多了，把藏袍剥到腰上，唱起了我听不懂的藏歌。我就问唱的啥，唱的啥？多洛说，唱的是《求雨歌》，意思是"天空从古到今都是幸福欢乐，如果龙王能够来到天空就好了，如果能再下一点毛毛雨就更好了……"我就说，我今天遇到一场又一场雨水，你还嫌不够啊。多洛说，雨水嘛，多了更好。草原上，不嫌雨水多，就像草原上的男人，再放开喝酒，也喝不多。正说着，闪电像撬杠撬着云朵，紧跟着打了一个响雷，大雨"哗哗啦啦"就下来了。这一场雨，下得时间长。天都黑了，还没有停。我喃喃地说，大夏河要涨水了，就醉得不知道啥了。

隔壁的樱花

早晨，阳光新鲜，又经历了一场夜里的细雨，道路隐约湿痕，尘土安静着，我有了走走的心情，我去看樱花。

樱花就在隔壁的院子里，开了快三天了。听说了，我却没有过去。当时想过，仅仅想过了而已，身子还是不动弹。不是远，不是被谁拦挡，隔一堵墙，铁门大开着，抬脚就到，就几步路。要是在这边院子里，我来回走，停一下，就把樱花看了。一定天天看，一直看到樱花谢落。就因为要到另一个院子里去，我就耽误了看樱花。

似乎，专门看樱花是很奢侈的。似乎，到另一个院子看樱花，也是一个决定，而我不愿轻易作一个这样的决定。

我已经看到这一排樱花树了，大约有五六十株，生长在道路两旁，树冠上全是盛大的樱花。看过去，满眼樱花。我站在一株樱花树下，仔细看，层层花瓣，紧凑，肉质，娇弱，簇拥着张开，红白相间的颜色，互相浸透，都很热烈。我嗅到了花香，也是浓郁的，很快充满了我的鼻腔。

我马上就联想到，这是日本的樱花，这是来自另一国度的树种。我看到法国梧桐，我就不会这么联想，即使名字前面缀了"法国"两个字。这也有些奇怪。大概，樱花留给我的印象太深了吧。大概，我的头脑中，留存了太多和樱花相关的信息，历史的、感情的，让我无法把它当成纯粹的树木来看待。但它的确是树木，春天开花的树木。

而且，我迟了几天才来看樱花，却与这些无关。只是与隔了一堵墙有关。就这么简单。

我说的院子，不是过去的那种院子，土墙，平房，安静的门环，或者一户人家，或者十户二十户人家，不是的。这样的院子，在家乡，在我小时候，是住过的。如今，已经越来越少了。我说的院子，大的名字，应该叫小区，里头是楼房，高层的、多层的，人们一层一层地，居住在高处。我就住在六层，上下一次，腿脚酸困。住在楼上，身体不接地，对于季节，对于风雨变化的感知，是麻木的、迟钝的。人和人相互也陌生。我对门住着谁，我不知道，只在恰巧一起进各自的门出各自的门时，会点一下头。和院子里的其他人，更谈不上交往。

但我熟悉院子里的各种树木。楼下栽种的三棵法国梧桐，我每天都在窗户前看一阵子。从第一片叶子萌芽到最后一片叶子凋零，我都亲眼见证过。我平时出门早，会像一头动物，在这棵树下站一会儿，把那棵树身摸一摸。我喜欢树，树木在春天生长，在冬天睡眠，都被我关心。似乎，这些树木跟我有血缘关系。

我是外来的，从很远的地方，到这座城市谋生。我曾经因为饥饿睡在床上两天不起来，如今依然不断遭遇白眼和欺骗，生活的不安和紧张一直伴随着我。我要过上幸福日子，可是，幸福离我是多么遥远啊。可是，我还是拥有幸福，和树木在一起，我是幸福的。

可是，树木幸福吗？树木和我一样，也是外来者。在这个小区里，泥土、空气、阳光，都和树木的出生地不一样啊。有的树木不能适应水土，干枯了，死了。还是有更多的树木，根扎深了，枝权延伸，腰围变粗。树木似乎明白，这里虽然陌生，是他乡，但这里是居住地，靠自己的努力，依然可以把年轮扩展。

我就这样认同着这个小区，认同着我晚上睡觉，睡着了做好梦也做噩梦的地方。甚至，对这个小区，我有了某种微妙的好感。甚至我觉得，这是别人的小区，也是我的小区。只是，我失去了许多，原来的，我觉得正常的，应该永远属于我的，都失去了。可能是一顿饭，可能是一次和父亲的谈话，可能是一片月光下的阴影……

隔壁院子里的樱花，我有什么理由不去看呢？樱花原来生长的泥土，更遥远，但也在隔壁的院子里，美丽着头顶的天空。樱花被种下，大概也有十多年了，以前，大概有八九年吧，我竟然没有留意过。隔壁小区的院子，和我居住的小区的院子，只是隔了一堵墙、一扇门，有时从外头回来，图方便，我也穿越隔壁院子的后门。我怎么就没有在一个春天，稍稍抽出一点时间，关注一下这一排生长着的樱花呢。也许，我曾经从樱花树下走过，樱花的花瓣落在我的肩膀上，但我心里有事，便不经意地忽略了。

有时候，人连自己也左右不了。我没有预想到我会离开家乡，但如今已漂泊了数十年，我没有到这个城市生活的想法，但我去年已经贷款把这里的房子买下了。这个时代，会朝向哪个方向，也存在许多未知。我有迷失，有惆怅，有喜悦，也有幻想，但无论如何，我已经

美

佛

不能从原路返回了。明年后年，我会在哪里，这同样无法确定。只有春天是准时的，樱花的开放是美好的。这个春天，我要看樱花。下一个春天，我一定还要再看樱花。专门到隔壁院子里看。就几步路，不难。我应该有看樱花的心境，即使它开放在另一个我没有居住的院子里。我要让樱花进入我的生活。我的生活里应该有樱花。这挺好的，真的挺好。

榆树的回忆

　　我记忆里的榆树，都没有生在鲜亮地界，而且多是老树。我见到的最丑的树，也是榆树。

　　出了家门，顺二道渠往西走，靠南边，渠畔是电子管厂的后墙，只剩下能容下一个人走的小路，还要侧身子走。平时，几乎没有人走，宁愿绕道，也不走。我却喜欢走。走一半，三棵榆树，两株紧挨着，一株离不远，都歪着身子，挡在小路上，要过去，得收缩肚子，和榆树要拥抱似的，挤着过，真的拥抱着，脸都贴到树皮上，倒换姿势，才能过去。

　　榆树都有一搂粗，应该是一起种下的，或者就没人种，哪里遗落的种子，自己长，长了几十年，长成这么大了。

　　要是地点周正，榆树也许就存在不了这么长的日月。榆树尽在厕所旁、污泥坑边，还有墙角、河沿这些僻背处安身。

　　二道渠的榆树，身子弯曲，身上也布满疤痕。有的结疤，小盆子那么大，往出流污浊的汁液。榆树身上的虫子也多，蚂蚁、毛毛虫、蝇虫在树皮的褶皱里爬动。有一种虫子，土色，长薄翅，接触后，手染一股臭味，长时间不散。树冠上也往下掉虫子，有时落进衣领，凉凉的，我把这种虫子叫线线虫。这样的树木，木纹扭曲，洞洞眼眼，做不成材料，烧火也点不着，烧火只是冒烟。有人不相信，搬回去一

美
佛

截子榆木，斧头砍，锯子锯，斧头卷刃了，锯条崩断了，榆木还是榆
木，只好扔到门外头，也就一直在门外头。说人榆木疙瘩，就和愚笨、
顽固和不开窍发生了联系。这多说大人。我和伙伴在一起，有时扳着
头看，多数头顶上只有一个旋，谁两个旋，多不在正中，偏在头顶的
边上，一起玩耍，也认死理，不合群，就评价说，跟榆木疙瘩一样。
我的头也被扳着看过，有一个旋。但我怀疑看错了，想自己看，看不
成。我也犟得很，不听话，老惹祸，没有少挨大人打。上学前，我的
头后面，脖颈往上一些，留了一撮毛，小辫子一般，叫"气死毛"。脾
气上来，哭着哭着气出不来，脸憋得青紫，揪一揪"气死毛"，一口气
才回来，就气不死了。长大一些，"气死毛"难看，不留了，我也没
有再上不来气，但依然爱生事，不学好，所以，我老觉得我的头上最
少该有两个旋，就像榆树上的结疤一样。

　　在我童年的生活里，榆树是我的一个伴，而且，还给我带来许多
的快乐。春天，榆钱一串一串的，抓住一枝，捋一把，全吃进嘴里，
味道清新。榆钱里往往藏着小虫子，我吃得粗心，也一起吃到肚子里
去了。吃了就吃了，我不在乎，也没有事。我那阵子热心养蚕，同学
里养蚕的很多，都是玩着养，相当于如今养宠物。一个铁盒子，盖子
上钻满眼眼，蚕就待在里头。铁盒子待在我的口袋里。总盼着黑线头
一样的蚕快快蜕皮，长大，长胖，变白。课堂上上课，都要偷偷拿出
来看上几回。蚕吃桑叶，但十分难找。桑树也稀缺，听说只有山里才
有。路远不说，人家也看得紧，不让随便揪。实在不行，榆叶成了替

榆树的回忆

代品。桑叶大，表皮湿润，滑溜，蚕一口一个豁豁；榆叶粗，摸上去麻，蚕不爱吃榆叶，不好好吃。我把桑叶和榆叶都放嘴里嚼过，别说，口感就是不一样。桑叶是细粮，榆叶是粗粮。那时嘴馋，榆树皮我都吃过，是指头粗的枝，剥下皮，吃里头那一层。黏黏的，略甜，往下咽。没啥解馋，胡乱吃呢。

走完狭窄的小路，是一道横着的土坎，下面，是南河的河道，流向泾河。二道渠的水，在这里与南河交织，却不汇合，通过涵管，一路向东走。这里我经常来。土坎宽，也是少人走。春天，我在土坎上挖辣辣根吃。从家里偷拿一个蒸馍、一个西红柿，我也到这里来吃。没有干扰，吃得安心。不然，被大人发现，又是一顿骂。升初中后，我来这里，想心事，抽纸烟。风吹着，河水"哗哗"，看南河道对面的庄稼地，看人家房屋的土墙，看偶尔推自行车过去的人，常常消磨一下午。那个年岁，也有了苦闷烦躁。没有别的排遣方式，又只愿意一个人独处，就跑到这里来了。

一次，我经过榆树，身子受压迫，挣扎着上移，发现后墙虽然高，借助榆树，能攀爬上去。出于好奇，上到墙头上，看到了礼堂那么大的厂房，厂房外的沙子堆，还看到方块的铁，也是一堆。看着没有人，我大胆翻了进去，猫着腰，悄悄接近，到铁堆前，手推了一下，才发现是吸铁石，每一块都有砖头大小，我一下心动了，搬了三块，转移到墙下，一块一块扔过墙头，又翻出来，顺榆树下来。结果，只找着两块，还有一块掉进河里了。河水浅，我脱鞋下去摸，也摸着了。怕

美
佛

别人看见，我在榆树旁挖个土坑，埋下吸铁石，然后就赶紧离开。熬到天黑，又一个人摸索着过来，挖出吸铁石，三块一起拿，太重，一次一块，藏怀里，运送到家里。不敢让大人知道，藏到伙房后面的烂砖头堆里，上头盖些干草，这才长长出一口气。

这是我童年时期最大的一次冒险。平日里，伙伴玩耍，没有啥刺激。晚上到路灯底下追逐，看到蝙蝠掠过，脱下鞋扔上去，有时带下来一只，算是一种刺激。听说哪里着火了，不管多远，都要赶去看热闹，却常常是我跑去了，消防车也离开了，人都散去了，空气里弥漫着一股焦煳味。这个也挺刺激的。至于枪毙犯人，我没胆量去看，想象一下，我都害怕。

可是，我竟然翻墙进入电子管厂，从里面偷出了三块！

吸铁石真的神奇，在土里头搅动一番，上头一下依附了许多铁屑，还经常吸引来铁钉、螺丝这些大一点的物件。我班上一个同学，就有一块吸铁石，虽然只有桃核大，那也不得了。他拿着在我们面前表演，一次又一次，吸上来一些铁件。我也是嫉妒，有一次就说，要是你爸把秤锤丢了找不见，吸铁石能给找出来吗？对方瞪了我一眼说，秤锤多大，我这吸铁石多大？那得头大的吸铁石才行！他又自豪地说，不过，我妈把针掉地上，是我用吸铁石找出来的。我还是不服气，就说，看你还是个没能够，要是有一块吸金石，还不能到天上去。对方显然比我有知识，说世上就没有吸金石，倒是有试金石，金子是真是假，一下就试出来了。我想象不出试金石啥样式，我要是有一块拇指蛋大的吸铁石，我就知足了。

现在，我有三块吸铁石，而且每一块都和砖头一样大，谁就是真的把秤锤找不见了，我也能给吸出来。我的喜悦是巨大的，弄得我都有些惊慌了。

其实，我更加在意的是吸铁石的另一个用途：做收音机。有了二极管，有了铜线圈，有了铁盒子，再有一块吸铁石，就基本齐全了，就能做收音机了。那时，自然没有电视看，看电影也是极其难得的，看戏，更是比过年还少。要是有收音机，随时拧开，就能听广播，这其中有许多未知，也让我了解了世界的辽阔，而不像我抬脚就能走遍的小县城，出门看到的人，即使不认识，也都十回八回见面，像都认识一样。商店里的收音机，要花很多钱，拥有的人家很少，于是，有人自己制造收音机，虽然看着简陋，声音的效果也差，但总归能收来几个台，能听见里头人说话唱歌。

我最终没有拿出吸铁石。短暂的兴奋过后，一连多日，我都处于后悔和恐惧之中。要被人知道，说我偷了吸铁石怎么办，我没有对策。晚上做梦，公安局来抓我，出了一身汗。思来想去，我打算把吸铁石还回去。我先去侦察，走在路上，来到榆树跟前，又蹬踏着上去，刚露出头，看见工房里有人影，吓得我又缩回来，榆树上的黏液都糊到身上了，我也不理会。我犹豫了，上次翻墙，只有榆树知道，这次归还吸铁石，说不定被抓住，那我以后咋活人。我又改变了主意，决定给谁也不说，也不往出拿，权当没有吸铁石。我要让吸铁石这件事烂到我的肚子里。

　　有时我就想，人都无所谓好坏，常常的，一个念头、一个动作，一生就定了性了。和那些变成强奸犯、杀人犯、盗窃犯的比，我的内心，也许就隐蔽着这样的魔兽，只是没有遇上特定的场合、合适的机会，遇上了就出来了。当然，我也有我的克制和理智，我也知道什么该做什么不该做。但是，人生常常出现意外，发生一件事情，有时由不得自己。我偷了三块吸铁石，如果当时被发现，我的命运一定会偏离自身的轨迹。如果我偷了以后，拿着换钱，尝到甜头，觉得挺容易，再去偷，一下收拾不住，那么，我迟早会出事，说不定就把自己给毁了。

　　我庆幸没有被抓住，也感谢自己产生了后怕，没有继续这样的行为。我就这样作为一个平常人一路过来了，我以后做人的安分，也许就与偷吸铁石带来的教训有关。我记住了二道渠，记住了榆树，在我懵懂的青春期，的确没有发生多少特别，只有吸铁石这件事情，让我没有忘却，一直牢牢记着。

　　后来，我出去工作，吸铁石哪里去了，再未追究过。吸铁石已经不再吸引我了。那三棵丑陋的榆树，也因为城市改造，终于没能躲过砍伐，已经从二道渠彻底消失了。二道渠也被填平了，上头变成路了。电子管厂的工房也拆迁走了。树木不会言语，人要行动时，不可能为树木着想的，何况是没有什么大用的榆树。人能改变自己，改变自己周边，包括改变榆树。榆树的生死，随便就被人决定了。

榆
树
的
回
忆

　　总之，长着三棵大榆树的这一片地方，早就不是原来的模样了。就连我，也是三 五年才回去一趟，待上几天，又离开了。我也和这个我长大的小县城越来越疏远了。我不愿假设，榆树还在的话，我回去，会到榆树跟前停留，并且回想起过去的种种吗？我能还原过去，但无力制造事实，也就是在那些失落而寂寞的日子里，我接近过榆树，和榆树有了一些关系。榆树是我一段生命历程的见证，而且，还不是全部，只是一小部分。明亮也好，灰暗也罢，只是一小部分。即使如此，榆树对我的影响是深刻的，不然，过了三十年了，我怎么还在述说呢？我的记忆里，榆树的样子，大概永远也抹不掉了。

一棵枣树

这是一棵虚幻的枣树。

我要表达的意思是，这个枣树可以是任何一棵枣树，也可以是世上唯一的一棵枣树。可以是南山上枣树林里的一棵枣树，可以是纸坊沟里河渠边孤零零的一棵枣树，可以是天下任何南山、任何纸坊沟河渠边的一棵枣树。自然的，也可以是八盘磨7号院里的一棵枣树。

我为什么要觉得这棵枣树虚幻呢？似乎有理由，似乎又没有理由。但是，当我想到枣树时，我想到了所有枣树，我见过的、没有见过的、书上画的、耳朵里听过的，我想到了所有枣树。可以肯定，我一定会想到八盘磨7号院里的这一棵枣树。我把这一棵枣树从所有枣树里挑出来，想它的样子，生出叶子的样子，开花的样子，结果子的样子。想到这棵枣树，对我来说是自然的，也是必然的。

实际上，八盘磨7号院里的这棵枣树，早就消失了。这棵枣树没有生命活动，不进行光合作用，不再站在地上；这棵枣树的身体，也消失了——变成柴火，变成火焰，变成烟缕，飘散到天际的远方，连一丝气息也没有留下。这棵枣树原来扎根的地方，堆着一堆破砖烂瓦，还打了一道隔墙。我纠正一下，我说这棵枣树消失了，也不完全确切，消失了的，只是地表部分的枣树，如果挖开泥土，一直挖下去，估计挖到一人深；这棵枣树的盘根会暴露出来。不过，也有一种可能，挖

一
棵
枣
树

开泥土，并不能看到枣树的根，只是看到颜色发黑的腐土和残碎的木屑。我要说的是，枣树的根早就腐烂了，失去了完整的形态，它的根块、根茎、根须已经被泥土吸收了。

这就是我认为这棵枣树虚幻的原因。

我想起枣树，想起天下的任何一棵枣树，也就是想想而已。的确，我喜欢树木，尤其喜欢枣树。走到哪里去，看到枣树，我一定会多看几眼的。如果可能，我还会摸一摸枣树的树干。枣树的树皮通常非常粗糙，手掌的感觉是明显的，甚至还略略产生一些疼痛。但是，我只要想起枣树，会很自然地想到八盘磨7号院里的这棵枣树，每一次都是如此。原因很简单，八盘磨7号院是我们家。这棵枣树就长在我们家正房的窗口跟前，有四五年时间，我天天都能看到这棵枣树。

那四五年，正处在我的少年时光。我最忧伤的时光，就在这四五年。我最张狂的时光，就在这四五年。我最幻想的时光，就在这四五年。我最失落的时光，就在这四五年。我这一辈子，都不可能再经历这样的时光了。有过这样的时光，对我来说已经足够了。这样的时光，我只能承受，只能让它发生。就是这样的时光，决定了我的性格、习惯和处事方式。甚至还在很大程度上决定了我对待人生、对待社会的态度。

这棵枣树了解我的心事，也看见了我的快乐。当坐在枣树下，我会变得安静。头顶的天空，因为枣树树冠的遮挡，而出现了镂刻上去般的花纹。枣树的身上，总是散发出浓郁的香气，不光是六七月开花

美
佛

时节。那细碎的枣花，颜色素净，开在枝上的、落在地上的，都让我的心尖品味到一丝丝香甜。实际上，就是在寒冷的冬夜，落过一场大雪，枣树的铁丝一般的树枝，有的断脱了，落在雪地上，铁笔画一样，我还是能闻到枣树散发出的浓郁香气，在清冷的空气里飘荡。直到今天，我想起这棵枣树，也有浓郁的香气在我的鼻翼流动。这浓郁的香气和我三十年前闻到的，几乎没有区别。这是心理暗示的作用，还是意识流。似乎不是。我不能怀疑自己的嗅觉。

枣树的果实成熟了，诱人的星星在头顶晃荡。开始，枣子自己不会跳下树的，够得上的，一枚枚揪下来，够不上的，要用竹竿敲打，下面用床单兜着，才能把高枝上的枣子收走。枣树枝上生有尖刺，人轻易不敢上树。当全红的、半红的枣子，雨点一般掉落下来，这一定是热闹而欢快的场景。但是，我从来没有在八盘磨7号院收获枣子的季节体验到什么热闹，什么欢快，我是一个缺席者。我甚至在内心强烈地希望枣树只生叶子，只开花，不要结果，即使非结果不可，就结上一些土疙瘩，或者结上一些苦得不能吃的枣子也行。虽然我知道枣子是那么脆甜，而且，有时下暴雨，会打下几枚熟透了的枣子，我捡起来，藏在口袋里，到外面偷偷吃下去，很幸福的样子。每到枣子将熟的日子，看着树枝上跳跃的枣子，在一阵阵小风中不小心触碰在一起，又很快分开，那轻微的声音，分明是枣子内部甜蜜的汁液，在互相摩擦中产生的。我看着看着，想着自己也变成一枚枣子，和其他枣子一起触碰，这一定也是很幸福的。

一
棵
枣
树

　　这棵枣树收获枣子的那天，我如果在家，是不会出去的，我们全家人都不会出去。一家人静静待在屋子里，谁也不出声，耳朵里听见了外面的喧闹，也不出声。这是因为，这棵长在我们家门前的枣树，却不属于我们，是别人的。在我们家从中山桥搬到八盘磨7号院来居住的时候，这棵枣树已经长到这里了，已经有主人了。这一点也不奇怪，土地转手，房产流变。一棵枣树也不由自己，被倒腾了几个来回，被现在的人家记到自己的财产账上了。这棵枣树要是我们家的，该有多好啊。别人在收集满地的枣子，却与我无关，我心里起着一阵阵的不舒服。一阵吵嚷之后，地上是破败的枣树叶，枣树上已经没有枣子了。我能听见母亲一声轻轻的叹息，然后像没事一样，又忙着拆洗一家人的冬衣。每年，母亲都是在秋凉时，把大小不等的棉衣棉裤拾掇出来。父亲的表情，几乎没有变化，坐在炕上，似乎在盘算什么，又像是在打盹。父亲在夜里做木工活，白天，只要不出门，只要不使唤刨子，不推木板，不锯木条，就坐着。坐着坐着，瞌睡就来了。

　　能不能把这棵枣树买下呢？我曾经这么企盼过。父亲也有这心思，去找过拥有这棵枣树的人家，当面提了一回。对方呢，也没有不愿意，但是，却出了一个很大的价钱。那阵子，正是我们家日子最难过的阶段，吃饱肚子都成问题，如何有买下一棵枣树的宽余。这么一耽搁，失去了机会，对方倒像憋了气，就再也没有回旋的余地了。

　　这棵枣树，不知道这些人世上的纠缠。下雨了，枣树知道，刮风了，枣树知道。在最热的夏天，枣树的影子，移动到让人乘凉的地方。

枣树把荫凉给予了我们。在我看来，枣树还带来了很多，就是长在我们家门前这一点，就是让我天天看着它、也让它天天看见我这一点，这已经是枣树和我们家和我的难得缘分了。我的少年时光，要是没有这棵枣树，寂寞也会多上一分。多少个日子，我常常一个人坐在枣树下面，我变得安定，吃了药一样安定。我喜欢一个人和枣树相处。吃饭时，端着碗，也爱往枣树下走。看书时，坐在枣树下，思绪变得烦乱。我最愿意在枣树下一点一点想心事，或者什么也不想，身子上的凉意，在慢慢加深。什么时候，我才能出门远行，在一片未知的天空下，找到我的位置，展开我的未来呢？我这样的年纪，想得多，又不实际。但是，对于独立生活的向往，无法克制，这是必然的。人长到我这个阶段，都是这样。

夜深了，枣树是不睡觉的。我似乎看见，枣树也能走动。它悄悄走出去，也许去泾河滩，也许去柳湖周游一圈。但它认得路，又原路走回来。就像没有离开，就像一直在老地方一样。枣树出去干什么？也许是找别的枣树说话去了，也许就是为了看看新鲜。当枣树一动不动的时候，枣树的身子上是开着一扇门的。如果打开，会漏出强烈的光。银子的光，把门口这一片一下子照亮。借助枣树漏出来的光，跑出来一匹马、一只羊、一条狗，步子夸张，不出声，也不走远，一会儿，又折返回来，原回到枣树身子里去了。枣树的身子里，真的有这些动物，就在枣树的结疤后面。有时候，我在白天盯着这些结疤看，隐隐能看出这些动物的模样。

一棵枣树

在枣树的内部，还有一面圆圆的镜子，还有绣花针，甚至还有一架旋转的梯子。有一天晚上，恍惚间，我竟然走进了枣树开着的门，先是刺眼的光，然后我竟然看见了自己，看去像没有睡醒。等我看见绣花针，一下子高兴地笑了说，别藏了，快出来吧！我觉得藏在枣树的木纹里的是我们班的女同学。她和我同桌，一次，我的钢笔没有墨水了，她说给我挤一点她的墨水，我就将我的钢笔尖对准她的钢笔尖，她挤她钢笔的装墨水的软管，我也捏一下松一下往我这边的软管吸收。她怎么跑到枣树里来了？等了一会儿，她真的出来了，手里拿着一只鞋垫，上头绣了一条辫子，是我熟悉的那条辫子。我曾经想拉一拉这条辫子，但没有胆量。这条辫子又粗又亮，还显得很结实。但在今天，我没有丝毫犹豫，就伸手拉她，不是拉辫子，而是拉住她的手。她也不生气，还很愿意的样子，让我拉上，我们一起登枣树的梯子，一圈，一圈，我也不头晕。梯子的尽头，是一个出口，很大。出去，是枣树的枝杈，奇怪的是像摇摇椅一样，能坐下两个人，我们就坐上去，吃枣子。一伸手，就摘下一颗枣子。我不吃，喂给她吃，她真的就张开嘴，把枣子轻轻叼住，嘴唇移动，枣子进到嘴里去了。脆脆的咬枣子的声音，我都能听见。她也给我喂了一颗枣子，我一口就吃到嘴里了。我们的头顶，星光点点，明亮如她的辫子，潮湿如我的手心。凉风吹动，我们不觉得冷，我们像坐摇摇椅那样摇着，边摇边吃枣子，吃枣子的声音很响亮，很响亮。

我醒来已是早上八点以后了。漫长的星期天，我无所事事，早上

美
佛

起来晚，吃过饭，坐着坐着，常常就躺下了，靠着枕头，又睡上一个回笼觉。而且，我的睡梦也多起来了。有的梦让我高兴，有的梦让我难受。当我醒来，当我回到现实中，我的心情，又变得沉重起来。明年就要参加高考了，我能考上一所大学吗？

那阵子，我有个乱写乱画的毛病，许多地方包括厕所里的土墙上都留下了我的笔迹，但我没有在这棵枣树上刻下一句誓言。虽然这棵枣树不是我们家的，但我已和这棵枣树建立了感情。我可以在石头上刻字，墙上涂鸦，但我不愿意让这棵枣树受一点点伤，我希望枣树好好长着，就一直长下去。属于谁都不重要，枣子被别人收走也没有关系。只要有枣树在，只要一天到晚能看见枣树，我就感到满足了。看见枣树，我的心能安定下来。

我的愿望最后还是落空了，枣树还是被砍掉了。那是几年后，我已成为一个出门在外的人，成天在大山里搬铁疙瘩，油泥粘到身上，洗都洗不掉。我有不甘，有挣扎，但吃苦受累，我都默默忍受。不论咋说，我有了一个饭碗，我能自己养活自己了。生活的磨砺，也使我不再是那个多愁善感的少年了，我从一个我蜕变成了另一个我。一次我探亲回家，没有看见枣树。是拥有枣树的那户人家，用斧头把枣树放倒，把树干拉走了。我爸说，可以拿出一笔钱了，又去找，人家不要钱，枣树又移不走，于是铁了心，不让这棵枣树立在我们家的门前，就在春上，就在枣树就要生发叶子的日子里，对枣树下了手。我看看院子，眼前没有障碍，望望头顶，缺失了一大片遮挡，我有些不

一
棵
枣
树

适应。斧头落在身上，枣树流血了吗？我不在场，自然不知道这些情
节。我为这棵枣树悲哀，也为拥有这棵枣树的人家悲哀。但是，我似
乎没有责怪人家的理由。从对方的立场来看，砍与不砍枣树，都是随
自身的态度而作出的一个选择、一个决定而已。也许对方也很看重这
棵枣树，只是不希望它长在我们家门前。类似这样的事情，生活中发
生的太多了。

　　的确，这不是一棵虚幻的枣树。

　　当这棵枣树消失后，每当我想起它的样子，都十分真实。这是一
棵活生生的枣树，不光在我的记忆里。实际上，这棵枣树并没有消失，
就像我的少年时光，虽然不再重现，却在我的身体里永远储存着。这
棵枣树，还在生长，还有枣花，通过另一个时空，零零落落地落在我
的身上。就像这个枣树开花的日子，就像今天这个下午。

叫声好听的鸟

我有早起的习惯，进入中年，又热衷走路，无论寒暑，都是在凌晨5点以前出门。这个时间段，外头是清寂的，也是黑暗的。有一次，时在深秋，我走路，竟然听见了鸟叫，我以为是错觉，再听，就是鸟叫，而且婉转多变，长短流利，时而又突然尖锐。我就留意起来，四下凝结了夜色，自然看不到，只能大体确认鸟儿所处的位置。由于多种音调交替发出，起先，我以为是许多只鸟，但再仔细分辨，终于确认只有一只鸟。不过，鸟叫得确实好听，我以前没有听到过，就觉得即使在秦岭深处，遇见这样的鸟，也是稀罕，都会让我停下脚步的。

城里嘈乱，人流车流，拥堵阻隔，树木都被笼罩在喧嚣和尘烟里，要吸引鸟儿来是困难的。看到最多的就数麻雀了。成群翻飞的、落地上跳跃着走的，也不怕人，人过来过去，在树上的还在树上，在地上的也不飞走。有时没有受惊，却"呼啦"一下一个个混乱着把自己扔出去很远。麻雀就一身衣服，脏了也不换洗，叫声也单调，尽是唧唧喳喳。不过，对麻雀，我抱有好感。我不讨厌麻雀，麻雀是看熟了的，是和我生活在一起的，甚至我也把麻雀看成和我一样的同类。忙忙碌碌，满足于当下，一点吃的、一滴雨露，都能高兴一整天。我就这样。鸟长得漂亮还是平凡，那是人的看法，鸟儿自己都有自己的美好。不过，对于别的鸟，我也爱多看几眼，爱听不同的叫声。还有一种鸟，

叫声好听的鸟

只有在深冬时节才能看到。这种鸟，也是集体出现，叫声如同劈柴，干燥、紧凑。我查资料，知道是灰椋鸟。它们飞来，可不是休闲的。在我居住的北郊，种植了成排的女贞子树，属于常绿树种。也不是不落叶子，通常，在春季，人掉头发一样，地上落一层叶子，是替换下来的。不再落叶时，就该开花了。结下的果实，是一簇簇颗粒，绿、硬，只有到了冬天，才变黑，变软。灰椋鸟来，就是来啄食女贞果的。吃够了，不走远，找跟前的大树，在顶端歇息。而且，排下一摊摊粪便，把人行道都腐蚀了。人从树下走，就得当心。即使这样，我依然喜欢灰椋鸟。在冬季，我会专门到女贞树集中的地段，等着看灰椋鸟。灰椋鸟来自哪里，我不知道，有时，真的想寻访它们的栖息地，看看不吃女贞果的日子都在怎么过。城市里，也有些其他鸟类，数量少，有的是过路的，有的是季节性的，如果留意都能看到。我就看见过啄木鸟，独自活动，头上是惹眼的装饰，会贴在树身上，用随身的榔头不住敲打，像个探矿者，实际在找虫子呢。

　　我在黎明前，听见了鸟叫，就这么一只，叫声却这么好听，我就怀疑，这只鸟不是定居在城市的鸟，也不是从别处飞来的鸟。我猜测，这应该是哪个人养在笼子里的八哥，跑出来了，自由了，在暗夜也兴奋着，才不住地叫。我走路的地段，是一个小区的环道，从声音的方位判断，这只鸟就在靠北边的大楼顶上，我每走一圈过来，都能更清晰地听见各种各样的叫声。仔细往上看，隐约间，有一团颜色更黑一些的影子，似乎是这只鸣叫的鸟。我就记起，人养的八哥，会用鸟音

美
佛

学人说话，像简单的"你好""再见"之类。为了验证，我就用人声模仿鸟声，也说"你好""再见"，看会不会勾引起这只鸟的回忆，也响应一下。结果我失望了，我连说了几遍"你好""再见"，这只鸟都没有搭理我。这是否证明，这只鸟不是人养的八哥呢，如果不是，那么，又会是什么鸟呢？我虽然也算个爱鸟的人，可是，对于鸟的知识，我是匮乏的，何况还是在天还没亮的一大早，我又看不清这只鸟的模样。

这只鸟是偶然来到这里被我听见了叫声，还是就住在附近，我只是才发现，我挺好奇的。可是，这以后许多天，我再也没有听见这只鸟鸣叫。这样一来，我听见的，就只是我的脚步声了。像我这么早起来走路的人不多。这个时间，多数人都在睡觉。这个时间，鸟儿也在睡觉。在这个时间鸣叫的鸟儿，我只遇见这一只。我估计，这只鸟再也不会来了。虽然我在心里盼望着能再听见这只鸟的鸣叫，毕竟，我这么早走路，耳朵里有鸟鸣，也是一个情趣上的调节。

我应该感到幸运。过了大约一个月，季节交替，枯叶飘舞，冷风割面，使我在大清早走路，心里头总感到荒凉。可是，这一天，我在黑暗中，又听见了响亮的鸟叫。而且，我从声音里判断出来了，这就是我之前遇见的那种鸟。是同一只吗？我得不到答案。我还是只闻鸟声在夜空清晰，却看不清鸟的真身。我走路的地方，面积大，却有一条环形的水泥路，和体育场的跑道一样，按路段的不同，路边种植了各种树木，最多的是垂柳、国槐，还有合欢、栾树。楼房在环形路的

叫声好听的鸟

一北一南，空着的地段，全是草坪，低矮的灌木。我不住这里，这里离我的住处近，我走路就来这里走。开始，保安盘问我，后来面熟了，也是看我面善，就让我进来走。我在这里走路，已经走了好几年了。以前，早早的，有叫声好听的鸟叫吗？似乎没有。也许有，可我的心思没有停住，就忽略了。这也是有可能的。这一次，我听见的鸟鸣，在北边。我在远处，就能听见。我每一次走近，都会放慢步子，我是愿意多听一会儿的。我也边走边抬起头，想要看这只鸟长得什么样子。遗憾的是，我依然没有看见这只鸟的真身。离天亮还早，不过我走路走到最后，天色有些微醺般的亮的底子了，我就仔细寻找，终于，我隐约看到，在楼顶上，有一团影子，似乎不动，静止着一般，却分明是鸟的轮廓，而且，我能够进一步确定，好听的鸟叫声，就是从这团影子所处的位置释放出来的。

这种鸟的肚子里，到底装进去了多少件乐器呢？也是我有福气，这以后，每天的黎明前，我走到这个院子里，都能听见这种鸟的叫声，有时在北边，有时在南边，这让我欢喜不已。我是偏爱安静的，可是，对于鸟的叫声，哪怕是麻雀的叫声，我是不烦的。这是鸟儿的天然的嗓音，这是鸟儿发自本性的鸣叫，听着这样的声音，我反而能够定下身心，做一些需要集中注意力才能完成的事情，并从中体验到乐趣，也觉得时间过得既快又慢。我原来只是对早早起来走路上心，现在我多了一个牵挂，就是听鸟叫。起先，我听出了五六种叫声，都不一样，都好听。有两种我记住了，一种像是把金属的弹簧用硬物敲击了一下，

美
佛

又迅速脱离接触而发出的声音，是一直连续的颤音；一种是悠长的带回环的声音的波动，收尾时，还拐一个急弯，再慢慢缓冲。再后来，我发现声音不止这些，有七八种，这样已经够多了。结果呢，还是我错了，我仔细分辨，这种鸟的叫声有二十多种，甚至更多！它怎么就认识了如此多的乐谱，轮番地用鼓、用管、用弦甚至其他器物，似乎是即兴的，却是烂熟于心的，一一吹奏打击出来呢？我实在钦佩这种鸟是最杰出的音乐家了。而且，我在走路的过程中，有时候也学着其中好学的一两种声音吹口哨。只是，我人笨拙，以前也没有吹口哨的爱好，加上走路消耗体能，学了一阵，就嘴唇发干发困，也就不学了，一边走，一边专心听鸟儿自己的鸣叫。我估计，就是口技演员，也得学一阵子，也未必能学得像。

通常，别的鸟，都是天亮了才叫，冬天天亮得晚，鸟叫得也晚，夏天天亮得早，鸟叫得也早。这我是留意过的，而且很准时，就是天亮得差不多了，先是一只鸟叫，接着其他鸟跟着叫，只一会儿，鸟叫声就笼罩了头顶。也会有一两只或者一群，以射箭的速度，极快地从半天空掠过，却自如地完成着忽高忽低的变化。难道真的有这样的鸟，选择天亮前的黑暗，孤独地、执着地在叫吗？这是确实的，这是我发现的啊。而且，我还观察到，这种鸟，似乎只专注于高处，要么在楼顶，要么在树枝的最高端，这种鸟只选择高处，这是一；第二，这种鸟只要待在一个高处，便不再挪地方，一直待那里，长时间待那里，我走路一般走一个钟头，我听到的鸟叫声，来源地很少有变化。我每

叫
声
好
听
的
鸟

走一圈过来，都要盯着看，虽然看不清眉目，但楼顶上的那一团影子，我是不会看错的，也有疑惑，看久了，会觉得那是楼顶上本来就有的一只鸟的雕塑吗？不过，这个雕塑是能发出声音的，而且多，好听。

我的另一个疑惑是：这只鸟这么早叫，叫给谁听呢？难道是叫给自己听吗？肯定不是叫给我听的，只是我恰好喜欢早起，又到了这个院子，我才听见了。这么早，又是一只鸟在叫，我只能认为，它是叫给它自己听的。在这个时间段，这只鸟，给自己召开了一个专场音乐会，它既是唯一的表演者，又是唯一的观众。这只鸟不会受到任何干扰，这只鸟的叫声，在清冷的黎明，是那么地透彻，那么地不可思议。它是什么时候开始叫的？前半夜，我没有听到过，夜深了，我睡觉了，听不见。反正，在凌晨4点多鸣叫的鸟，就只有这一只，没有别的。这只鸟多么自信啊，它也一定知道自己叫得好听，可是，它叫得太好听了，反而愿意选择独自歌唱，这也显得另类。它自己能独奏，也能伴奏，黑暗中，持续的、蓬勃的，吐露着心声，而不理会其他。

入春之后，情况发生了变化。一天，竟然有三只鸟，在黑暗中鸣叫，是相同的，是同类！我就猜测，鸟儿鸣叫，是不是在求偶呢？春天，正是鸟儿发情的季节啊。但我又有了不解，如果是谈情说爱，那得众鸟喧哗才合适，可是，我在深秋听到的那只鸟，孤独鸣叫，一直坚持到现在，是为什么呢？难道那只鸟比别的同类都早熟，身体里的情感促使着它，也支配着它第一个出场，耐心地等待着回应，哪怕要经历漫长的冬天，也不在乎，还越来越兴奋？也许是这样。我只是听

美
佛

着鸟叫得好听，但我翻译不出鸟儿的语言，我无法理解这叫声里包含的意义。这一天，我发现，垂柳的枝条不但柔软了，柳梢上还起了一串疙瘩，那是芽苞，还没有绽开。不过，随着加入进来的鸟儿越来越多，也随着春天的深入，我发现，在天亮之前这一段时间里，鸣叫的鸟，依然只有这一种。而且，它们都不在一起叫，而是分开，在不同的方位叫，相互间的距离，最少也会间隔五十米以上。等我能听到有七八只鸟的叫声的时候，所有的树木都披挂上了绿色，能开的花也开得尽情，春色把低处的高处的面貌都改变了。这种鸟儿的叫声也更加勤奋了。

我也更加高兴。一只叫声好听的鸟，都让我在寂静的大早，有了额外的感官享受，这么多的鸟此起彼伏，比赛一般叫，我的听觉，也被刺激得更灵敏了。我走路已养成习惯，也是需要坚持的，有鸟叫声相伴，就更精神了。有时，我还多走几圈，也不觉得累。时令变化，天亮得早了，原来，在冬天，我走路走毕，天还黑着，现在，我走路走一半，天上的亮光明显地增多了。可是，这种鸟儿，似乎更迷恋天亮之前的鸣叫，即使到了春天，也是如此。我打算在天亮了留意一下这种鸟的样子，却一次次未能如愿。这种鸟还是在高处鸣叫，不到低处来，更不到地面上来。在树木顶端叫的，树叶密集遮挡，我左看右看，看不见；在楼顶上叫的，我眼睛都看疼了，也只是看到一个鸟儿的形状。更让我不解的是，天大亮之后，随着其它鸟儿开始叫，也随着人的活动，各种嘈杂的声音都出来了，这种鸟却都把自己的音箱关闭了，不叫了。不知道哪里去了，也不知在干什么。

　　到现在，这种鸟长什么样子，我确切不了，叫什么名字，更肯定不了。也不知道平时在哪里安身，搭窝了没有。这种神秘的鸟，这种天亮前鸣叫的鸟，给我的记忆，只有好听的、丰富的声音。在我走路走累，开始为一天的生计忙碌之前，能听上这么动听的声音，也是难得的，我要感谢这种鸟给予我的快乐。至于鸟的身世，我只能以后再探究了。那只深秋就开始鸣叫的鸟，也早早找到了爱情吧？祝愿它生育出和它一样甚至强于它的后代。

美

佛

来一碗

我在外头吃饭，就是吃面，吃汤汤水水的吃食。平常，便宜，烟火气足。我图的是吃饱，自然也愿意吃得香。这都不难。在西北的许多地域，天天受苦累的人，吃一碗简单的饭，总是舒展了脸面，有好胃口，也有好口福。

西安城里，这样的馆子，在繁华的街道上难得出现，往往隐蔽在小巷子的深处。铺面都窄小，里头也不亮堂，桌子、板凳表面都斑驳陈旧，很有了一些年头。但这不影响生意，人们也不太介意。不用吆喝，早上门开开，人就不断。

今天上午，我就走路到方新村，去吃水盆羊肉，是老李家的。我只去这一家，经常去。

上了台阶，进去，到一个窗口开票，拿饼子，再到另一个窗口，等着端碗。饼子是熟面饼子，两只手掌大。是泡进汤里吃的。碗是大碗，叫大老碗，装满汤，手劲小的，一只手端不住。我看着伙计从整块的熟肉上，一刀一刀把肉片下来，五六片肉的样子，再从一大束粉丝上揪断一把，搁进碗里，这是头一道工序。靠里头，支着一口大锅，锅里煮着骨头，另一个伙计接住碗，往碗里添骨头汤。添一半，又倒回去，再添，再倒回去，这样，肉就热了，粉丝也软和了。第三次，才添满了，给我递过来。我端上，找了座位坐下吃，找不上，就

来
一
碗

蹲下吃。

在这里，有要求要说，比如肉要肥瘦还是纯瘦，辣子多还是少还是不要，葱花、蒜苗要还是不要，都要自己交代。每个人都这样等着端碗，每个人都会说几句。要是不说，伙计会问。伙计知道，这是生客。即使生客，也要吃得合心合意。

西安人把水盆羊肉直接简称为水盆。有时问吃的啥，说吃了个水盆，都知道意思。我到这里吃水盆，还是一位熟人带来吃的。肉烂，汤浓，吃了一回，就记下了。以后我自己来，也带朋友来，吃了都说好。隔些日子，我肯定会来上一次。就觉得，活在世上，有这水盆吃，没有亏欠了自己，没有白活。面前头有一碗水盆，我的幸福，具体、有热度，是属于我的。我知足了。

老李家的水盆，只在上午有，过了中午十二点，去了白去：关门了。

我爱吃水盆，也爱吃面。哪一家的面好吃，我一定会去吃。要合口，就一次又一次去。在西安，我经常去的面馆有六七家，分布在不同的地带。有时候，为吃一碗面，我从城北出发，路上倒三次公交车，折腾两个小时，才能坐在桌子跟前。这我愿意，腿脚累了些，我不往心里去。面吃到嘴里了，我欢喜着呢。

有一次，谁随意说，在太华路转盘的东南角有一家二杆子面庄，干捞的宽面、窄面、汤面片，都下足了功夫。我悄悄记下，当天就去，吃了一份大碗窄面，就认下了，成了常客。面是手工面，我能吃出来。

美

佛

面的筋道刚刚好，我能吃出来。配料也精心，豆腐、韭菜，大小、形状，都费了心思。我能看出来，能吃出来。

在西安，户县软面、杨凌蘸水面、蒲城旗花面、大块牛肉面、山西刀削面，哪一家好，路咋走，我都知道。我是拿嘴吃出来的。不合我的口味，吃一回，就不再去了。岐山臊子面我不爱吃，汤和肉的那种酸，我不习惯。

出去闲走，看到一家馆子，门口围着人，里头坐满人，我就多留意。别人介绍的，我也认真记下。去吃，通常都带来喜欢。

一碗面吃高兴了，我一天都高兴。

也有过失望，一次坐出租车，司机说张家堡西拐头有一家，葫芦头一绝，尤其是晚上上灶的伙计，调制的味道，更赢人。葫芦头是猪大肠做的，也是一大碗，也是自己掰饼子，掰成大块，放进材料，浇上汤吃。一天后半夜，我到火车站送人，往回走，特意过去吃了一回，量大、盐重，虽过得去，但味道一般。

西安人吃羊肉泡馍，都有自己的地点，不乱跑。往往店面普通，离家不远，进出都是熟人。坐里头，除了手在一丁点一丁点掰馍，人整个人定一般，表情是放松的，也是庄重的。说是吃饭，倒像养性。这时候，时光是漫长的；这时候，过程相当重要。不能急，不能心慌，要慢，要稳当。热气腾腾的大碗到了面前，拿筷子，搁香菜末，调辣酱，都有次序，有节奏。吃羊肉泡馍，吃出了西安人的气象。外面来的人吃，是吃名气，吃新鲜呢。

来
一
碗

　　我去吃饭的这些馆子，从来都是只经营一种吃食，似乎很顽固，不合多样化的潮流。多亏这样。有些东西，比如吃的，不变才正确，不变就是真理。于是，卖面的就只卖面，卖牛杂肝汤的，就只卖牛杂肝汤，当然还有配套的牛肉夹饼。一百年前是这个样子，一百年后，要能拿一起比较，肯定还是这个样子。这是一种冒险，也是一种自信。只有一种吃食，就得有特色，能吸引人。这是一种排除法，也是一种选择法。来吃的，都是喜欢吃的，不接受的，就不来。即使进来，转一圈，也走了。食物和人，互相选择。关系确定下来，就极其稳定，极其长久。

　　全心全意为一种吃食着想，专注于一种食材的加工，却是大众的，普通的，随处能寻觅到的，还要留住人，让人吃了还想吃，这容易，也难。

　　肯定经过了反复琢磨，也许还有独到的配方，但定了型，就不再改动，就一直持续下来，一代又一代人，都使用口传心授传承下来的做法。所以，这些馆子，多是老店，多是家族式经营。几乎不担心没人来吃，也不会倒闭。这样的馆子，也没有竞争对手。怎么竞争呢？味道就这么个味道，只有这家馆子才做得出来，只有这家馆子的人，才长着做这么个味道的鼻子和手，学是学不走的。没有超越的概念，永远不过时，永远停留在一个位置。这样的味道，已经达到了它应该达到的极致。这是由做的人和吃的人共同认可、坚持和维护的味道。

　　这其中，用心、诚信、善意是最重要的。也一定包含了其他看见

美

佛

看不见的因素，是自带的，随人的。食物也许没有那么复杂，也许谁都能做出来，但就是做不到家。或者在一段时间能做到，也只是表面，又容易动别的心思，来人一多，就马虎了、应付了，熬汤时间不够，减了肉的分量，或者在言语上、举动上，有那么一点生分，不明显，看不出来。但是，食客的感官是极其灵敏的，只要察觉到，下回就不来了，连改正的机会都不给。

于是，来吃的，都是常客。也有新加入进来的，但和前面的食客有着同样的味觉和知觉。似乎是签订了一份契约，一家馆子，总是和一群固定的人保持着关系。这群人，忠实于这一家的食物，到这家馆子吃饭，似乎是老天定下的，是命运的一部分，和身体舒服程度，和心情好坏，和办事顺利，和出门安全，都有极大关系。只要没有病倒，只要不死，隔些天，肯定来，来吃一大碗。

这样的馆子里，吃的人都吃得专心，低着头，抱着大碗，顾不上说话，也不分散精力看别人，只吃得汗流淌，鼻尖发热，也不愿停下。吃完了，把最后一口汤也咽下去，这才回过阳，如完成一个仪式。吃的时候，死了一回似的。死去又活来，太受活了。

日子过得不怎么顺畅的人，来吃上一碗，心里就踏实了，怎么能不珍惜呢。也有手指白净的人来吃，也吃得香。大碗不分人的贵贱，对每个人，都一样，都公平。每个人的手里，都是一个内容、一个主题的大碗。

专门做一种吃食的馆子，西安城里遍地都是，但被人教堂一样记

来一碗

在心里的，不多。我就想起，在家乡平凉，很早以前，城门坡下头，一家专卖凉皮的馆子，凉皮最好。谁想吃凉皮了，就说，到城门坡吃凉皮去；中山桥旁边，一家专卖小笼包子，小笼包子数第一，谁吃一回小笼包子，一定强调是中山桥旁边吃的。遗憾的是，卖凉皮的、卖小笼包子的，都随着街道改造消失了。我再也吃不上最好的凉皮，吃不上数第一的小笼包子了。似乎时光收回了它们，到另一个空间，才能找见。

我怀念的，是一种吃食，又不完全是。

原来，我在甘肃庆阳生活，经常出门，偏西北，去宁夏的大水坑，偏东南，去西安，路上都得吃一顿饭。时间长了，有了比较，每次都去固定的一家。

去宁夏的路上，在惠安堡吃，吃黑子家的烩面。沉沉一碗，面片匀称、光溜，肉、菜都放得足，汤是专门调的。要顺着面片的层里，一层一层拨着吃，不能翻搅，不然，一碗面就整个粘连到一起了。吃去一层，再吃去一层，直到吃完，面一直利口，一直是热乎的。五六年了，黑子家的面，还是老样子。老样子里，有一份情意，对每一个上门吃饭的人都如此。

去西安的路上，路过亭口，吃老赵家的炝锅面。老赵家的馆子，开了十多年了，我来这里吃炝锅面，也十多年了。不论人多人少，老赵永远按他的步骤来：一把炒勺，炒上鸡蛋，炒上葱段、菠菜、西红柿，加水，水开了，往进揪面片，一次一炒勺，一次只做出一碗。下

美

佛

一碗，再继续。这样一碗一碗做出来的炝锅面，汤水丰沛，颜色好看，面软硬适中，吸溜着吃下去，精神回来了。继续剩下的路途，不饥不渴，也不烦躁。出门在外，吃饭吃窝囊了，是很容易上火的。好几次，耽搁了时间，也熬着，哪怕晚上一阵子，也要赶到亭口吃老赵家的炝锅面。前些天，再路过，只有小赵出来招呼，老赵过世了，唏嘘一阵，吃小赵的炝锅面，多了一种滋味。小赵做炝锅面也认真，地道。只是换了新碗，碗沿上，隐现着淡淡的花纹。

我吃的这些吃食，大多都是端一个大碗吃。大碗好，端着，有分量，有成就感，不担心天黑路远，忘记了世态炎凉。就想起，有一年去陇东，在阜城住了一段日子，一家的拉条子吃的人多。拉条子是盘子盛的，菜盖在上头。同去的朋友，是关中道上的人，非要一个大碗来，把拉条子倒进大碗里，再调些醋，调些油泼辣子，拿筷子上翻下翻，搅拌彻底了，这才眉开眼笑，这才大口大口吃。这一定和记忆有关，这也是人生的态度。我也愿意用大碗吃饭。把大碗抱紧，我获得的，不仅仅是胃的圆满，不仅仅是热量，是力气，还有把日子过下去的那一份坦然。哪一天，我端不住一个大碗了，活着就没有多大意思了。

水
盆

水盆

　　出北郊未央收费站，从西边北行，由于缺少了阻挡，风的鼓动可以从容。距离草滩不远，地势低落下去，眼界伸展开，满是乡村景色。大片大片的麦地，土墙围住的果园，和很早以前一样。间或有抱团的桐树林，多掩映着砖混的两层三层的窄版楼房，没有刷灰，也不贴瓷片，楼面粗糙，保留红砖或者青砖的本色。这是农家的房舍。

　　西安的郊外，就是这样地寻常。只是北郊更素朴一些，更简略一些。和我刚来西安那阵子比，亦没有太大的改观。这里虽然和城市相连，但风貌是久远的，自然分布的是泥土里生长出来的事物，天地之间空阔散漫，散发着沉寂的气息。这容易安定人心，也容易浮躁人心。十多年来，我见证了这里的变和不变，我对这里的感情，也一天天加深。这感情是复杂的，不仅仅是一个外来者的复杂。毕竟，我在这里开始了与以往不同的生活，适应着这里的风雨，连通着这里的地气，我也在变化，有的变化，我自己甚至也没有察觉。我居住的尤家庄也这样，由于更靠近城区，现在已经基本城市化，突然冒出许多人来，晚上也喧哗起伏，我常有认不出来的感慨，似乎又迁移了一次，又换了一片天地一样。

　　有不变，也有大变。社会似乎就应该这么发展，没有路的地方走出了路，有路的地方又被野草淹没。土地才被圈占，不几天就运来大

美
佛

型机械，"轰隆"着挖下去大坑，拉土车繁忙进出，过些日子看，高大的楼房已经站立起来。在北二环以北未央大道两侧，凤城路的名字是才起的，由一路开始，一条路便是一条商业街，数字小的楼房多餐馆多，数字大的有的才有雏形，有的刚完工，只是栽种了行道树。这样的路，一直排到了十二路，都快推进到渭河边上了。我熟悉的凤城四路，两边的建筑已经替换了四次，农舍变简易房，再变平顶砖房，又变楼房，如今，高层已经动工，一路看过去，塔吊的吊臂就有七八根。

　　不过变化再快，毕竟发生于传统沉积的土地，新旧交织，出现盲区是难以避免的。过了凤城七路，一条偏北的东西向柏油路，还是多年前修筑的老路。车辆往来，不断会有刹车声加油声充盈于耳，一股股尘土掀起来又落下去，视线模糊看不远，深色的衣服也成了浅色的衣服，使劲拍打，又是一阵尘土飞扬。我就想，等双向八车道的新路延伸过来，就不会这么浑浊了，也不会这么繁乱了。

　　就在这条路的一个拐弯处，突然出现的一样，有两间平房，常见的那种可以住人也可以兼顾成烟酒日杂的铺面。如果穿州走县，在城乡结合地带，多见这种地点。平房前面的泥地上，停满大小车辆，停车场一样。大车居多，有的车停不下，就停路边。干什么呢？吃饭。就在平房里吃饭。可是，这平房竟然没有挂招牌。平房的门面上，一个字也不写。不留意，以为是一户人家。把帘子撩开进去，摆了五六张桌子，都坐着人，有的勾头吃饭，有的在发呆，手里捏一双筷子。

水
盆

这里真的是一家餐馆。而且，这里供应的吃食只有一样：水盆。来这里的人，都是冲着水盆来的。

水盆是西安当地人的叫法，全名是水盆羊肉或者水盆牛肉。用大碗，肉切片，量少，加一把粉丝，汤热浇进去，快齐碗沿了才收住。这是一定的。吃水盆，主要为了喝汤，喝热汤。饼子是必须的，也要热的才得体。大块的饼子，随手掰扯下来，扔进碗里，沉浮，染上油汁，同样色香味俱全。吃水盆的人往往不等饼子泡开，就连吃带喝的，一阵阵，头上就冒出了热气。

西安人爱吃水盆，大街小巷随处都能寻到。我到北郊定居后，也迷恋水盆。尤其是大清早，肚子里缺水分，饼子又顶饱，吃着最合适。闻说哪里够味，是老店面，我肯定会专门过去来上一碗。而且，我还发现一个现象，越是好吃的水盆，馆子越不起眼，隐蔽于城市的角落，似乎被遗忘了，似乎在坚持着自己的存在。不过这都难不住我，只要里头坐满人，门口又有人排队，我就等，等半天吃上一碗，一定不会失望。不光水盆，好吃的面、好吃的肉夹馍、好吃的酸汤水饺，都是这么被我发现的。对一处地方的食物认同了，往往容易产生归属感。我不是美食家，但我看重吃，我对西安亲近，就与吃得满意有密切关系。

不过，随着城市的迅猛改造，老街区成片消失，许多这样的馆子也跟着消失了，不知道搬到哪里去了。我猜测，这些馆子，以前在醒目处经营，品种单一，往来的是熟客，相互有默契，共同维护一种口

美

佛

味。也不欺生，只要来一回，关系就建立起来了。这样的馆子和周边居民的生活是融合的，几乎就是他们日子的一个组成部分。只是随着社会发展，这样的小本买卖，本来只赚取微利，翻新的街面租金加重，只好向便宜的巷子深处转移，又由冷清到红火，可以持续许多年。每折腾一次，虽然地方简陋，但元气在，吃客还是追逐了去，还是认同的。这些年，这样的馆子找个安身的位置越来越难，终于到了末路上，的确踪迹难寻了。替代的食物，是快餐，是流水线作业，吃饱吃舒服的含义已经被简化掉了。要么就十分高档，那是为了炫耀，为了吃饭以外的目的，进出的尽是有钱有权的人。店面外观金碧辉煌，老百姓不进去受白眼。

　城市是要进步的，但不是什么都能够推倒重来。进西安城，看不见门楼子，没有钟楼，就不是西安了。那些新的大楼，能长久存在吗？十多年里，眼看着楼盖起，眼看着楼拆除，多少楼盘，没有被时间认可，成了一堆破砖烂瓦。重要的建筑成为标志，会受到保护，现在谁会觉得大雁塔占地方呢？和这些物质的东西一起出现，并一路传承下来的吃食，似乎无形，却是这座城市的生气所在，失去了，要找回来同样是艰难的。古建筑成了文物，文物是不可复制的，吃的东西比如水盆，也不能仅仅在人们的记忆里被怀念。天天端在手里，水盆是活的，是有生命力的，连接着人的内心，也表明了人们对生活、对人生的基本态度。平常的东西有其珍贵的一面，在这个价值观混乱的年代，人们似乎认识到了，又似乎满不在乎。

水
盆

　　这个地段偏僻，行动又不方便，我以前没有来过，也不知道。在这里开馆子，本身就失去优势，最奇怪的是连个名字都不起，从外头看又不像卖饭的，似乎不在乎来不来人，似乎不愿意声张。可是，这不合规矩的做法，怎么会有名声，把这么多人吸引来呢。实际上，在民间传播的吃食，最初都是这样兴旺的。采用的办法很原始，也最有效，那就是人的嘴。人长嘴就得吃饭，吃得满意不满意，嘴上知道，肚子有感觉，这是最真实的。一传十，十传百，就这么传开了，四下的人都知道了，几十里地远的人，也慕名而来。嘴吃出来的名声，是最硬的牌子。所以，遇见这样的馆子，我是不会绕过去的。但我也猜测，这家馆子开在这里，可能是主人做的水盆好，又不断受到赞扬，便增大锅灶，满足附近人的口福，熟人熟面的，自然不用招牌；要么原来在别处，总受挤压，索性一下子躲远，在这里求取安稳，考验自己也考验食客。不过我倒是听闻，来这里的，以过往的货车司机居多，出了城，还有远路要跑，来这里吃舒心，吃结实，上路心不慌。为了照顾这些路上走动的人，这家馆子的水盆是通宵都供应的，每一碗水盆，决不马虎和敷衍，都和白天一样认真，甚至更用心一些。司机都是吃四方的嘴，司机认可的，肯定好吃又实惠。

　　光是饼子就叫我欢喜。饼子现做，先上来。装在竹编的篮子里，拿着烫手，忍不住撕下一块，麦香散发出来，这是关中的麦子，养人也养精神。水盆得等，一碗一碗做，不能急。馆子里吃的人吃得忙，和我一样等的人，有的稳当，有的眼神波动。桌子陈旧，铺一块塑料

美

佛

布，上头摆着蒜篮子、醋壶、油泼辣子碗。摆得不整齐，用着却随手，吃水盆配的就这几样。有大声说笑的人，说的是别的，却开心能坐这里。有一家子都来的，娃娃被抱在怀里，由自己拿筷子吃。有两个人头对头吃的，眼前一次性塑料杯里盛着酒，不时碰一下。吃水盆，声音响亮，小小的房间里，响彻热汤和嘴唇接触又进入喉管发出的响声。这是最逗人的，我不由扭头往端出水盆的方向张望。那里有一扇门，是里间的门，水盆就在那里头加工。属于我的一碗水盆，应该快出来了。

吃完水盆走到外头时，谁要是不小心踩了我的脚，我是不会说脏话的。心情好了，人也多了善意。我琢磨着下一次再来，这家没有名字的馆子被我记下了。我吃的水盆，和其他显示功底的水盆一样，是靠手感调理层次的，也是靠味觉判断咸淡的，更是用感情掌握火候的。这是上辈子人传下来的，经营的人很聪明，也很笨，只是遵照与食客共有的意念完成一道道工序。一种吃食被创造出来，经过完善和丰富就不能动了，就这样固定了配方。这配方纸上不记载，也一点不神秘，偏就这一家或者那一家能做出来。依靠那么一群人，吃的人，做的人，一代一代，宗教一样维护着，是坚决不能改良的。世上的人穿的在变，吃的也在变，只有为数不多的几种吃食，一定要古老，一定要和祖宗吃的一样。我吃的这一家，应该就是这样香火一般延续下来的。

我要离开时，看到路对面一栋二层楼，楼顶上悬立着大牌子，写着"西安铁路北客站建设指挥部"的字样。这我早就听说了，还高兴

水
盆

了一阵子，盼着快一些开工，以后我出门也方便。再留神四周，我看见一些种庄稼的土地，杂生野草，明显已被征用，估计场址选在了这一带。如今实现一项大工程，速度特别快，熟悉的地面，一段时间不走，就改造得换模样了。再过些日子，这里也会出现巨大的变化。火车站建成，这里就热闹了。实际上，我不是一个保守的人，对现代的文明，我不拒绝，我也挺喜欢热闹的。

　　只是我再来的时候，又到哪里去找这一家没有名字的馆子，连同热气腾腾的水盆呢？

肉夹馍

肉夹馍，就是把刚烙熟的面饼，用刀从中间划开一个口子，再用手往开豁一豁，不要豁到底，另一头须连着，然后把剁碎的卤肉夹进去就好了。咬上一口，饼子吃了，重要的，肉也吃了。

有人问，明明是馍夹肉，怎么能叫肉夹馍呢？一位语文老师说，肉夹馍，乃古语结构词，即肉夹于馍，《史记》里、《汉书》里，这样的句式多得去了。这说明，肉夹馍有着久远的历史，是老祖先传下来的。肉夹馍最早诞生于哪里？我估计是关中一带。印象里，二三十年前，别的地方，真没见过卖肉夹馍的。但在西安，肉夹馍的百年老店，也还牌子高高挂着。人就是这样，在事物的名称上爱探寻出处，又喜欢发表见解，所谓的饮食文化，就是这样丰富起来的。还想起，西北人说话有一句"驴把人骑得乏的"，似乎是驴骑人而不是人骑驴。实际上，也是为了表示人乏的程度，另外还有刺激别人的相同感受的用意。说人乏，各种乏都有，突出驴，想一想土路颠簸，驴脊梁嶙峋，这乏就具体起来了。叫肉夹馍不叫馍夹肉，也是把肉放前面，逗引人的食欲。过去，不是随时都能随心吃上一口肉的。

还有一种说法，来解释不叫馍夹肉而叫肉夹馍的道理。假如用关中口音说馍夹肉，听着是"莫夹肉"，莫是没有的意思，明明夹了肉，哪个店家愿意否定呢，脑子进水了也不会这么傻。来个人，问一句：莫夹

肉夹馍

肉，哪叫我吃啥？不就把人给问住了。

有一次来了一位远方的朋友，吃着肉夹馍，又提出这个话题。看他大口大口吃得香，我灵机一动，回答说，肉夹馍总得吃吧，吃的时候，张大嘴，拿牙咬住，嘴一合，上嘴唇和下嘴唇这两片子肉，就把馍夹住了，所以叫肉夹馍。一笑。

肉夹馍是一种快餐食品，如今已普及四方。人们多在早上吃肉夹馍，坐下吃、站着吃、走着吃都行。在挤满小吃店的巷子里，在乱哄哄的农贸市场的边上，甚至在偏僻的村镇街口，都能找下卖肉夹馍的。一只铁皮桶改装的炉子，烙面饼；一口锅，卤汤里热着整块的猪肉；一截木墩，专门剁肉。木墩成天挨刀，一点一点往下减少，顶部的平面凹下去一个大坑，置肉于其中，汤水不外溅，倒也合适。剁肉时，还会舀半勺肉汤，淋到肉上剁，这样就增加了调料的味道，汁子又能中和进面饼里，吃起来，干脆又滑润，不噎喉咙。

除了肉夹馍，现在还时兴菜夹馍，把土豆丝、辣椒丝、红萝卜丝、豆皮夹进饼子，也实惠可口。还有鸡蛋夹馍，面饼夹一颗卤鸡蛋，要多浇汤汁。还有孜然肉夹馍，味重，也是一种吃法。这些，我都吃过。要我选，还是首选肉夹馍。如果头晚喝过酒，肚子抽搐得难受，早上一定得吃东西，肉夹馍就最适宜，佐以豆腐脑，顶饱，不反胃，缓解身体的不适。但一次吃一个肉夹馍即可，这是我的经验。

我20世纪90年代初在陇东过活，一年里有几次到西安，住在兴庆路一带。早上出来，不远处路口的一株大槐树下，有一个卖肉夹馍

美
佛

的，总有七八个人在排队。我也排到后面，慢慢移动，等着吃一个肉
夹馍。吃了一次，心里有了念想。每一次都寻过去，都还能看见那个
摊子。这一家的肉夹馍，摊档是一辆推车，镶着玻璃框子，里头顺沿
挂着一吊吊条子肉，色亮，放油光，肥瘦分明，是熟肉。排队主要是
等饼子，饼子现做，一次出锅九个。饼子外硬里软，划开，扑出缕缕
热气。报一声肥的、纯瘦或者肥瘦的要求，主家就拿起刀，看中部位，
从条子肉上片下来三小片肉来，并不剁碎，直接摊进饼子里。两手捏
着，饼子还烫手，慌着咬一口，油汁从口角溢出来。这一家的肉夹馍，
肉的卤制有秘方，肥的吃着不腻，瘦的吃着不干，都能吃出香来。饼
子做法虽平常，但面和得到，面粉优质，和卤肉配和，成为双绝。

后来我到西安谋生，安顿下来不久，牵挂起兴庆路的肉夹馍，竟失
眠了一回。一次办事路过，高兴着，却发现路口上空空的，大槐树不
见了，原地立一根电线杆，肉夹馍的摊子也消失了。我难受起来，但
还不甘心，就打听，下象棋的老汉说还在，进店面了，就跟前。果然
离不远，专供肉夹馍，而且，主家的脸面我也认得，就又吃了一回。
和原来比，感觉欠缺了一些，我一时有些失落。

在西安北稍门，有一家卖牛肉夹馍的，门口人不断。也是专门制
作的饼子，现做现卖，把腊牛肉剁碎，几乎剁成末，密密夹进去一层。
量足，耐咀嚼，好。我已经吃上瘾了，每周都要去吃上一两次，同时
还要喝上一碗牛杂肝汤。这两样吃食，已是我的最爱，要是十多天不
去上一回，就没着没落的。吃着喝着，满足的不光是口福，人生也有

肉夹馍

内容了，变得充实了。我最担心这家店关门，也害怕口味发生改变。如果这样，那对我将是严重的打击。

我还听说，在西安西门一带，有一家卖肉夹馍的，历史久远，每天人围满，我还没有去过。最近天冷了，出门少，但我还是打算哪天去吃上一回。有好吃的，我岂能错过？到我这个年龄，能吸引住我的，也就是个好吃的了。

吃好

吃饭图个可口，无关贵贱，更不在场面大小。老百姓挂牵的吃食，往往最能解馋。我到西安定居后，有几次经过一条背街小巷，看见一家卖牛杂肝汤的店铺，里外拥挤着人，就想着得吃上一回，这一下子给惯上了瘾，每个礼拜，最少要去一次，去喝牛杂肝汤，吃牛肉夹饼。这家店铺只有这两样吃食，我吃了也有五年多了，没见变化过。店家专心而执着，不追求花样的丰富和种类的繁多，只忠诚单一而不单调的风格，吃客也坚定着卑微的口福，只对这两样吃食有感情。这是用舌头和肠胃培养出来的信赖，某种程度上，这是吃饭的宗教。

我都是大清早去吃，吃了能管一天，中午饭就不用吃了。而中午过后，店铺就关门了，这也成了规矩，几十年如此，老吃客都知道。两边的馆子热闹着，独这一家门板上得严严的，有时会有几个闲人在门口打牌，有时会有一个要饭的靠在门板上晒太阳。这不奇怪，在店家的观念里，经营一上午，就完成了买卖。延长时间，汤味就寡淡了，熟肉放得太久，也会变色走神，这可是要毁坏声誉的。所以，就形成了铁一般的契约，这契约不写在纸上，写在良心上。来晚了，要吃，明儿再来。这又像一个民间的仪式，是限制了时间的，卖的和买的，都得遵守这个约定。

店铺不大，开门早，头顶吊着的电灯泡亮晃晃的。一面镶着玻璃

吃
好

的隔墙后面，大铁锅里沸腾着牛骨头汤，几根腿骨露出来，光滑，发亮，上面悬浮着一团幻化不息的热气。去得早的人，喝的是头锅汤，汤浅了要续水，味道就有了差别。另一边支着案板，摆放着各种配料。拿手一下一下捏着抓着，拿小勺勺挖着，大碗里依次丢进去切成片的牛肝、牛心、牛肚，以及粉丝、香菜、蒜苗丝，还有盐、味精、辣子面，再舀几勺子骨头汤，一碗牛杂肝汤的制作程序就完成了。等着端一碗属于自己的牛杂肝汤时，看着戴白帽子的伙计做这些动作，似乎自己也参加到了这个过程中，似乎在喝一碗牛杂肝汤前，这也是一个不可省略的环节，并延续进了随后的满足之中。我的眼神是虔诚的，等待之中也包含了幸福，这幸福能够接近，能够马上变为现实。牛肉夹饼的牛肉是提前卤制的，去了骨，用刀剁烂，鲜红色，能看清细短的纤维组织。饼子是烤饼，分两种，一种专用于夹肉，一种专用于泡汤，是不能替换的。夹肉的烤饼现做，隔上一会儿，就听见一声长长的吆喝"饼——"，后面有个伙计就端着一盘子刚出炉的烤饼出现了。

我为喝牛杂肝汤，吃牛肉夹饼，得坐八站公交车，再走两百多米路。有时都把冒热气的大碗端上了，外头天还黑着。一口热汤喝下去，身体里头似乎有个专门的器官就醒来了，似乎不是平时消化吃食的胃，似乎是为了盛放牛杂肝准备的第二个胃。我得了个半夜腿抽筋的毛病，梦里疼醒来，要不住用手揉搓，医生说是因为流失了钙质，药片片吃了几瓶子，没见到效果，喝了一段时间牛杂肝汤，竟然不再抽筋，真是药补不如食补。要是前一天喝酒喝多了，我后半夜就睡不踏实了，

美
佛

一直念想着这一口热汤。凌晨五点多，我已经摸黑出门，到马路边等头一班公交车，给人感觉像是去参加某个秘密聚会。我的欲望如此简单，但分明包含着神圣的内容。这时候，牛杂肝汤就是我的信仰，就是我的天。

　　铺子里的人，埋着头，个个吃得专注。多是住在附近的人，有拉班车的、开出租车的、做小生意的，也有夹公文包的干部、戴大檐帽的交警、长得鲜净的姑娘，大家都奔着一个共同的目标来了。吃食在喉咙里发出的响声，就是对生活的赞歌。桌子陈旧，墙面乌黑，地上丢满了擦过嘴的纸团团，但没有人在意这些，没有人在意随地吐痰，在意苍蝇飞舞，在意吃相难看。在意的是抱在双手中的大碗，在意的是辣子调够了没有，在意的是牛肉夹饼里夹的牛肉是不是要求的肥瘦。许多人没有占下凳子，只能蹲在门口的台阶上吃，情绪似乎也没有受影响。一次，我见一个胖子，和老婆一起来的，也没座位，只要了一份牛杂肝汤，奇怪的是胖子的老婆却小巧身材，脸面生动。胖子蹲不下去，老婆就给端着碗，胖子站对面，拿筷子在里头捞，有时两个一起把嘴挨到碗沿边，边吹气边两边倾斜着喝汤。我羡慕他们，包括他们的眼神，也让我内心潮湿。我到这里第二次就发现大蒜味道足，没有生芽，像从地里才拔出来的，我每次都会吃掉七瓣生蒜，最多一次吃了十五瓣，店家要是知道我这么能吃蒜，估计会心疼的。一口牛肉夹饼，一口生蒜，世上最大的享受就是我现在。要说有啥不好，就是口气难闻，往回走的路上我得嚼两片口香糖，回去还要捏一撮茶叶嚼

吃
好

一阵。一碗牛杂肝汤进了肚子，我满头大汗，鼻尖上也聚一窝汗珠，冬天夏天都是如此，夏天出汗更多，像从水里捞出来的一样。吃饭把我吃得累，吃得紧张，也就吃得满足，吃得心情好。吃饱了肚子，我还奢求什么呢？我的表情已经证明了我对生活的感恩。还有一个情况，我每次吃完，鼻涕特别多，要拿一张纸狠狠擤几下，感到呼吸通畅，人也爽快了。吃别的饭菜，都没有导致这个后果。因为老去，一些面孔就熟识了，有时会点点头，脸上是舒展开的，身子是放松的，心里是温暖的，虽然没有太多的交流，却像是扩大了自己对人世的认识和了解。要是一两年后还见面，有见了亲戚的感觉。

我有时想，再过几十年，我都死了，许多流行的东西也换了模样了，但这牛杂肝汤，还是这大碗，还是这味道，一定还吸引着那时的人。如果人能转世的话，毫不奇怪，吃客中一定有我。

饭碗

一

正月十五都过去了，我想吃一碗清汤羊肉，到老赵的馆子看了几次，门关着，人还没回来。门上的对联，独自鲜红着，这是回家前贴上去的。我就有些失落，甚至在心里还有些埋怨老赵。

年前，我在老赵的馆子，一边剥蒜瓣，一边说起过年，老赵说他二十七回，回老家去，票都买下了。我后悔忘了问啥时候回来，当时只是遗憾，过年喝酒喝多了，早上要吃清汤羊肉，就没有地方去了。要在平时，一大碗热汤装进肚子里，出上一头汗，一会儿就舒缓过来了，头也不晕了。

虽然说过年是给娃娃过呢，出门的人、在外地的人，过年回到家里的热炕上，也安慰心肠呢。老赵的馆子左右，卖面的、卖砂锅的、卖肉夹馍的都关门了，都回家过年去了。这些开馆子的，家都在远方。就是家在跟前，过年也不会开门。

我住的小区出去，路口，有一个火车票代售点，年前，我路过，天天看见排队的人，排一长溜，弯曲着，缓慢移动着，往窗口接近。这些人，也是决定回家过年的人。这些人的心，已经不属于这个城市了，有一个地名，有一个屋檐，正等待着他们。如果这些天到火车站汽车站去送人，人流涌动，全是急切的眼神、慌乱的手臂，各种口音

饭
碗

杂在一起，汇聚在这里。这些口音的背后，有多少家乡，无法一一统计，但可以肯定，从这里出发后，这些人，会越来越接近梦中的月亮，在那里，一片熟悉的月光，清凉如露。

以前，多少个春节，我也曾奔波在回家的路上，亲人的面容一遍遍在脑海浮现。所以，这样的场景，这样的情感波动，我理解。

二

就在凤城四路中段，再到红庙坡一带，有一大片地方，路南是一栋一栋整齐划一的楼房，是小区；路北，是大厂房，厂房前的空地，杂草丛生，大铁门似乎也一直关着。大铁门的西侧，一排平房，全是小饭馆。中午下午，聚集的人多。一次路过，我留意了一下，发现竟然有三家的招牌都写着"汉中热米皮"的字样。有一天，我特意过来吃了一碗，是蒸出来的，软和可口，汤汁有滋味。这样的吃法，我以前不知道，也没吃过。问人，才明白，在汉中，这是很流行的吃法，这是地道的汉中小吃。

为什么在这里集中了好几家卖汉中热米皮的呢？原来，这一带，有一家大型轴承厂，许多年前，从汉中迁到西安，自然地，也把汉中的饮食带到了西安。人在一个地方，爱吃什么，经常吃什么，成了习惯，也有了感情，轻易改变不了，即使换一个环境，也会依恋曾经熟识的事物，而吃的东西，便以最直接的方式表现了出来。

美
佛

西安是一座大城，各种小吃，充斥于大街小巷，受到普遍的欢迎。羊肉泡馍、水盆羊肉、肉夹馍、油泼面，一样一样，多得数都数不过来。这是土生的、原产的，自古至今，这块地面上的人，发明了这样的吃食，并一直传承了下来。同样的，粤菜、川菜、湘菜，在西安都有市场，风行多年，吃的人多。对于吃的接纳，不排斥，这也是一种胸怀，一种包容。吃也是文化，是彻底的、始终的、不能中断的，也是最难改变的。西安在吃上独特，也在吃上多元。在西安吃饭，满足的是肠胃，也是精神。

在西安的不同地段，我都发现了这种现象，就是随着一批人的到来，也把吃饭的习俗，从原来的地方带了过来。在新的居住地，通过外头饭馆经营的风味，就能看出来人们来自哪里，爱吃什么。劳动南路一带，有一家公司，是从兰州迁来的。一起过来的，不是兰州人就是在兰州生活过多年的人。早上起来，吃一碗牛肉拉面，这是一定的。于是，这里出现了许多家拉面馆，还特意在招牌上写明是兰州南关什字的或者是七里河的，以示正宗。虽然十多年了，这家公司的人，还是丢不下这么个爱好。

如果往远里说，出北门，就是铁路线，过去有"道北"的叫法。居住在这里的，多是河南遭灾逃荒过来的。在西安，真的是这一片河南人居多，铺子里买烟、坐三轮车、钉鞋掌，听到的都是一口河南腔。胡辣汤是河南人的早餐，本地人受影响，也吃，也喜欢上了，如今也是西安人的早餐。通行的范围，早就不局限于北郊了。

饭
碗

　　历史的云烟消散了，许多场景虚化了，唯有打上地域特征的饮食，能够穿越时空，给人们留下实证，提供一些追索的脉络。唯有饮食是鲜活的、当下的，是有源头的。饮食和骨血、和血脉的延续，都有不可分割的联系。

　　遥望秦，遥望唐，也有人的移动，也有不同的吃食在关中的土地上交汇和保存。长安城里，炊烟升起，弥漫的香味，让多少人安心，又让多少人思乡。如果用一份食谱展开大地上演变的图景，那一定是形象的、有热度的，也一定是述说不尽的。

三

　　没有特意寻找，我发现老赵的清汤羊肉馆，也是很偶然的。

　　那天，几个人肚子饿了，不想走远，就到农贸市场吃饭。这里的饭，简单、便宜、能吃饱，喝酒就从旁边的小卖部拿，也不贵。这里有一家川坝鱼馆，鱼鲜美，调料上下功夫。这家的玉兰片，也是一流的，光是那个清淡里蕴含的滋味，一般人做不出来。开川坝鱼馆的，是两口子，女的掌勺，一副干练的模样，男的却老实，只能打下手。他们为什么来这里开店呢，说有亲戚在附近，鼓动了一次，就来了。这不奇怪，川菜遍天下，被认可，要说原因，就是这样普及的。哪里有人，哪里就得做饭，四川人好吃也勤快，出门忧愁少，很快把麻辣传播到了四方。

可是，那天川坝鱼馆关门，无奈，就准备随便找一个。结果，看见了一个牌子，立在路边，不起眼，上头的字我看下了：庆阳下庄羊肉。当时就说，就这里了，吃上一回，看咋样。

就这样进了老赵的馆子。

老赵的馆子，是一间房，零乱，窄小。桌子凳子都不是原配的，大小材料形状都不一样，应该来自哪个旧货市场。不过，我马上闻到了熟悉的香味，再看老赵往碗里搁肉的动作、调汤的手势，以及伴随着的稳重的眼神，我当时就感到，我来对地方了。

四

大约十年前，西安的北郊，建起了一个容纳上万人的小区，原来的玉米地、水渠和果园全部消失了，站立起来的是一排排楼房，搬迁过来的人，充满新奇，走动过来，走动过去，对新的生活，有期待，也有焦虑。这个小区的人全部来自一个地方——陇东。这个小区的人，全都属于一家企业，一家找矿的企业。

原来在大山里过日子的人，进了城，手脚都不适应，却欢喜不已，做梦都不敢梦，却成了真的，成了城里人，感叹是一定的。而且，这城不是一般的城，这是一座大城，是西安城。

在陇东生活，与在西安生活比，肯定是不一样的。环境换了，能去的地方多了，购买东西选择多，吃饭也选择多，给生理上和心理上

饭
碗

带来的舒畅是以前没有的。

不过，人总归是感情动物，良心在哪里都应该是良心，到了城市，不能把大山贬低，离开乡村，也不能在城市迷失了自我。日子久了，难免回忆过去的生活，那也有温暖的场景，也有幸福的细节。尤其是陇东的吃食，有时挺怀念的。像清汤羊肉，我自己不会做，都是到街上吃，想吃了出去，哪一家地道，早就清楚，进去要上一碗，一天都有滋有味。来到西安，要吃，可就没有那么方便了。

北郊集中了这么多人口，一天的消耗大，渐渐地，小区背后东边一块闲置土地上，形成了一个市场。开始简陋，主要是一些卖菜的，自己搭一个土台子，铺一张塑料布，蔬菜分类摆上面，不时提起一把洒水壶，往青的芹菜、紫的茄子、红的萝卜上洒。洒了，水淋淋的，颜色显得新鲜。再后来，这里搭起了大顶棚，下雨不怕了，土台子变成了水泥台子，看着正规了整齐了。再后来，中间是卖菜的，外围一圈，盖起了砖房，里外相靠，靠外面的冷清，靠里面的红火，成为一间间铺面，经营米面熟食，也有开餐馆的，开商店的。就这样，这里经过演化，规模大了，人气旺了，连修自行车的、缝衣服的、卖膏药的也在这里找到了位置。甚至，有人搭起凉棚，支起麻将桌，也吸引退休老汉来消磨时间。总之，角角落落都可以容纳下一样生意，也会有人光顾。满天下的自由市场，大概都是这么个样子。

老赵来到这里时，有利位置已经找不下了，只有市场西拐角一间靠外的门面房，原来是一家麻将馆，不开了，往出转让，老赵就盘下了。铺面小，门额上挂不成招牌，就在一块木板上写上字，立在路边，还画了一个箭头。专门供应清汤羊肉的馆子，就这样开张了。

五

羊肉有多种吃法，因一地和一地不同而形成特色。在宁夏，羊杂最受欢迎，早上的街头，人们端碗吃着的就是这个。在西安，人们多爱吃羊肉泡馍，这差不多是名气最大的，还吃水盆羊肉，也成为品牌。在陇东，只有清汤羊肉吃了无数代人，还在吃。这几样吃法，各有各的好，与地理、与人的接受程度关联，但共同的特点是，都注重汤汁的调制。在我看来，清汤羊肉和西安的水盆羊肉有许多相似，都是以汤为主，都是汤多肉少，要上一碗，主要为了喝汤，必须是锅里沸腾的汤。饼子可以泡进去吃，也可以拿手上吃，随人的愿意。

让我来评价，我觉得，陇东的清汤羊肉更讲究。第一，羊必须现宰；第二，羊肉必须现煮，而且连骨头一起煮；第三，当天的羊肉，当天吃，用的是当天煮羊肉的汤。羊肉捞出来，切片，码在方盘子里，一般一碗搁进去二两肉，汤要满盈，几乎没有别的调料，最多加四五片白萝卜。所以，吃清汤羊肉，吃的就是个新鲜和热乎。这看似简单，却有难度，煮肉时调料的种类、深浅，火候的轻重、急慢，各家馆子都差不多，只有细微的分别。而那么多馆子，有的客满，有的冷清，区别就在这细微的不一样上。过去，当地人难得吃一回，嘴上不能吃亏，一定选择满意的，现在成天吃清汤羊肉，嘴上也不能应付，谁家合口味就去谁家，大家约好了似的。这样，对清汤羊肉的加工，就提出了很高的要求。

在陇东庆阳，名气最大的是下庄的清汤羊肉，几乎所有清汤羊肉的馆子，都有下庄这个名称。这里面有些是冒充的，有的还加两个字，写成：正宗下庄羊肉。下庄是一个村子，在陇东的彭原西边，这里羊的交易活跃，成为很大的集市，品质优良的羊都出自这里。自然地，这里贩羊的人多，开清汤羊肉馆子的人也多，而且，多数都是家族传承，以此为业。虽然身份是农民，却不种地，常年的营生，就是贩羊，就是开馆子。

老赵就是下庄人。我吃了几回，熟悉了，就问他，老赵说他是下庄的，怕我不信，还赌咒发誓。我说不用，我能吃出来，不是下庄人，做不出这么地道的清汤羊肉。老赵高兴了，主动给我送了一份小菜。

老赵说，他的爷爷那一辈就出来了，清汤羊肉的馆子就开在庆阳街道。他自己开馆子，也有二十多年了。我就说，那还不如在庆阳开，离家也近。老赵说，西安人稠，再说，是亲戚介绍过来的，亲戚就在你们单位上班。

我猜测，其中还有一个原因，这里居住着许多曾在陇东生活过的人，不能说他们离不开清汤羊肉，只是能在现在的家门口，看见曾经熟悉和喜爱的清汤羊肉的招牌，会觉得亲切，想吃了吃上一碗，觉得舒坦了，经常来，固定的食客，也足以把生意发展下去。老赵一定是

美
佛

这样盘算的。

六

我觉得，吃饭最能安慰人。吃小时候爱吃的，吃家里的，吃在一个地方时最想吃的，经常吃的，肠胃满足了，心理上也得到了照顾。这两样紧密联系着，分不开。

我在陇东的庆阳生活了十九年。

我是十七岁那年，携带着一口陈旧的木箱，一个人坐着同样陈旧的班车来到庆阳的。在家里时，成天想的，便是能远走高飞，离开贫苦的家，在外面的世界闯荡。真的来到一片陌生的天空下，短暂的新奇和兴奋过后，我陷入了对家乡对亲人无尽的思念。尤其是遇到挫折、哪里不顺心，家里那漆黑的屋檐，过去觉得破败，如今却那么温暖地浮现于眼前。我在老家长大，父母在老家，兄妹在老家，我只有出了门才知道牵挂，知道这牵挂也是一种疼。常常地，我会想起母亲在灶台前忙碌的身影，想起母亲做下的吃的。平日里，简单的饭菜，顿顿是粗粮，是腌制的白菜，我总是吃不下去，现在，却那么有滋味，要能吃上一碗，我一定大口大口吃完。我还梦见老家街上的好吃的，梦见城门坡下的凉皮，梦见中山桥下的小笼包子，梦见盘旋路边的卤牛肉，虽然吃的回数不多，但我全都牢牢记下了。

小时候，我贪睡，闻见食物的香味，一下就灵醒了。听说晚上要

饭碗

吃好的，也不爱出去跑了，怕错过好吃的。好的，无非白面条，无非韭菜合。小时候甚至出去工作后多年，我总为吃饭伤心，为吃饭劳神。过年没有新衣服穿，我难受，但有好吃的，就抵消了。我不担心被笑话，小时候，我掉眼泪，都是为吃饭，很少为别的。我长大后的自卑羞涩，都与吃饭吃得不随心有关。

后来，我在庆阳成家，一段时间，对老家的怀念没有那么强烈了。回家一次，吃家里的饭，也总会上街上去吃几次。回单位时，父亲买来卤牛肉、锅盔，让我带上。再后来，父母去世，我回老家没有了意义。清明了，回去上坟，平时很少回去，老家的老屋又翻盖了一回，已经没有我住的房间了。回去，住粮贸招待所，觉得自己属于老家，又是一个外人，一个旅客。老家对于我，渐渐变成了一个符号，一个远去的背影。

人对一个地方的感情，是慢慢培养的，甚至是不由自主的。我在庆阳生活，呼吸庆阳的空气，吃庆阳的粮食，我说话的口音、和人打交道的方式，和一直生活在庆阳的人已经没有多少区别了，我也当自己就是庆阳人。我的孩子就出生在庆阳，我在庆阳繁衍着自己的根系。实际上，这么多年，这么长久的光阴，一个娃娃长大成人都够了，我独立的人生，我的家庭，我平坦也罢曲折也罢的事业，也是在庆阳成就的。庆阳已是我的第二故乡。

就在我安下心来，要扎根庆阳的时候，我的人生地理，又一次发生了变化。我所在的单位，总部向西安转移，我也跟着来到了这个大

美
佛

城。年龄增长，时光加快，我到西安已经十年了。十年不短，人生没
有几个十年。

　　人不论走到哪里，跟着自己的，也就一个饭碗。能端住一个饭
碗，人才算安顿下来，人才会产生归属感。现在，我人在西安，对
庆阳有很深的挂念。这是正常的，也是必然的。我的孩子，已经上
大学了，假期，不愿意去南方，不愿意去海边，竟然要到庆阳去，
去看她上过的幼儿园，上过的小学，劝都劝不住。我就说，人怀旧
的年龄都提前了，便由孩子自己决定，只要愿意，就去，看一看，
感慨一番，没有坏处。这一辈子，我转移了几个不同的地域，情感
间歇性动荡，我也习惯了。来到西安，我过去的锐气已磨损了许
多，我的心态趋于平和，我已经打算在这里终老。不过，世事无
常，也许哪一天，我又得拔根离开，到另一片天空下安身。那时，
我怀念西安的感情，一定也很浓烈。那么，那时候，跟前有一碗羊
肉泡馍，会让我唏嘘不已的。

七

　　经过一段时间的试探，感到生意能稳当，还可以发展，老赵把一
家人都接到了西安。开始，老赵的大儿子和媳妇跟着，只是打下手，
掌勺的还是老赵。后来，老赵放手，让儿子也调汤。后来，一家子人，
老赵的老婆、二儿子和媳妇也过来了，都围着清汤羊肉的馆子转，老

饭
碗

赵的馆子总是热气腾腾，拥挤又热闹。

煮羊肉的铁锅，就支在门外的台阶上，房子里头摆了四张桌子。来吃的人多了，坐不下，又在门外头的走道摆了两张桌子。由于两边是麻将馆，也把麻将桌支在外头，在外头吃，就不断听取麻将的"哗啦"声。在外头吃，市场里的几只游狗，也闻见了肉香，过来，装样子互相撕咬，却留意着桌子上的羊肉。我有时心情好，给扔上一片，有时生气着呢，就夹一片肉，要扔的样子，等到狗过来，一脚踢过去，狗号叫着跑了。

我吃老赵的清汤羊肉，觉得合意，来了朋友，我也约到这里，一起吃，他们吃了都称赞。老赵的清汤羊肉，和庆阳的一样，分为一般、普通、优质三种，实际就是肉多肉少的差别，汤是一样的。不愿多花钱，多吃一个饼子，也能饱。我每次都要普通的，刚刚够。自从减肥后，我吃肉只吃牛羊肉，但不敢吃多。有时，我和朋友喝酒，就点两个菜，老赵主要卖清汤羊肉，菜只有三四种，一般我要一个凉拌羊杂，要一个凉拌萝卜丝，就可以了。老赵这里，适合酒后来，吃清汤羊肉喝酒，似乎喝不出气氛，酒的冲劲大，也觉得对不住这么可口的羊汤。

一段日子不来，我自己都会奇怪，老赵见了，也会奇怪。我是这里的常客，早上出现的次数最多。吃了几次，老赵就知道我吃辣子厉害，却不要油，我的碗里辣子多，红红的一层。通常，碗里加满汤，要另外加一些羊油，叫明油，这样吃，解馋，饼子撕开，丢进去，吸

美

佛

收了油，通过喉咙时滑溜。我克制自己，不吃油。早上去，七点以后才正是时候，羊汤翻滚，羊肉在汤里成熟，期待着，一会儿工夫，愿望就能实现。一碗汤喝完，我又加满汤，再放些辣子，也喝完了。每次，我都喝两碗汤。我的头上、脖子上，汗蚯蚓一样流动。我获得了这一天最大的满足。往回走，我的胃袋成了水袋，感到液体在里面晃荡，甚至能听见羊汤流动的声音。随着我脚步的移动，一会儿向这面，我感到胃壁被冲击，一会儿向那面，那面的胃壁又被冲击。我就这么被肚子里的大水晃荡着往回走。

又一次去，发现老赵的门前也支起了麻将桌，就开玩笑说老赵两头不误，会开财路。老赵无奈地说，这是没有办法的办法。就这一间门面，已经交了这费那费的，可是，门前的这一块空地，市场管理方也要收钱，一个月一百二，只好利用上。于是，吃饭桌和麻将桌就组合在一起，傍晚时候最是热闹，一边吃肉喝汤、喝酒划拳的，一边三六条四五饼在吆喝。最有意思的是，我几次发现老赵或者他的儿子也坐在麻将桌前，码牌出牌，手忙眼睛忙。一次，老赵摇着头对我说，折腾人啊，人家支起摊子了，三缺一，叫上去打，只好打一阵，有时，没有烟抽了，打发给买烟，也要跑得快快的。

不过，老赵的羊肉馆名气越来越大，跟前人来吃，城南专门过来吃的也有。我就遇见一个，说和朋友来过一回，实在想得不行，自己来，光是打的的钱，都够吃三五碗清汤羊肉了。早上和中午这两个时间段，老赵的羊肉馆里外全是勾着头喝汤的人，有的人没有座位，就站着吃，也吃得高兴。更高兴的是老赵，俗话说卖面的还怕人吃八碗，一样地，卖清汤羊肉的，也不怕人吃八大碗。

我后来知道，在北郊，开清汤羊肉馆子的不光老赵一家，有四五家呢。都是庆阳过来的人开的，分散在不同的小区。羊肉全来自庆阳，按照各家的预订，都是由贩羊的宰杀后交给往来的夜班车捎过来，这边接上羊，已是半夜，随即分割清洗，下锅煮肉，时间算准了，刚好赶上早上开张。

我认可的清汤羊肉，还是老赵这一家。

八

西安是收留人的地方。我感到，不论谁，只要愿意，在西安都能找到自己的位置。哪里的文化，西安都吸收，可以自然融合，也完全能固守不变。我要感谢西安的大气和包容，让我在西安不见外，能立足。

在这块地界上，我是一个外来者，却没有被排斥的感觉。我保持着以前早起早睡的习惯，却又增加了早晚走路的爱好；我说的还是自己的方言，也愿意模仿几句秦腔；当地人的饮食，我不拒绝，我原来爱吃的，继续吃着。我出去和别人交流，都是坦然的，没有压力，尤其没有身份的压力。

这也不奇怪，陕西的关中、陕北、陕南，文化的差异很大，却相

美

佛

处于一个省份的版图内，有碰撞却不冲突，有悬殊却能和谐。西安所在的关中这一带，历来就是人流物流的集散地，似乎有一种不同族群互相认可和共处的基因，被一代又一代人传承了下来。这给西安带来了活力，也使得西安总有新鲜的面貌，善于保持，更敢于变化。我走动了许多地域，甚至去了一些所谓的大都市，都没有发现哪一座城市具有西安这样开阔的胸襟。

在西安生活着，我已经渐渐适应，并且深深喜欢这里的节奏，这就是当快能快，该慢一定慢；我也迷恋这里独特的氛围，有老城门楼子顶杂草摇曳的时光，也有玻璃幕墙反射的朝阳的光斑。我走在大兴善寺的砖地上，是一种感觉，走在东大街的人行道上，又是一种感觉。不同的感觉，似乎就应该属于西安。

西安的人，早先安顿下的，没有这里就属于我、谁来就让谁低头的傲慢，后头才过来的，也不会产生受欺负的担心。大家在一起，背景不同，来历不同，却共同构成了西安的杂色与多样，也造成了西安的兴旺和开放。来到西安，就可以属于西安，待在西安，自然地认同着西安，觉得西安是我们的西安，我就这样和西安建立起了密切的关系。

就像我吃饭，不吃一碗清汤羊肉，我也能过下去，但有这么一口，我的心理感受是不一样的。而在西安，我能吃上清汤羊肉，也许喜欢这么吃的人不多，也许只有我这样的人才觉得这样吃舒服，这都不会有障碍，也没有人会奇怪。而且，我可以说我爱吃清汤羊肉，就像别

饭

碗

人说他爱吃羊肉泡馍一样。

九

西安的变化是剧烈的，尤其北郊这一带，几乎一天一个模样，我感慨这样的变化，也欣喜这样的变化。一个地方，老是一个模样，可以意味传统的牢固，也可以证明发展的落后。我住在北郊，以前，这里不吸引人，城中村多，杂乱，天黑了，我不出去，出去找不见路灯。如今，道路宽阔了，街面整齐了，绿地增多了，作为受益者，我发自内心地为环境的改善叫好。

可是，出乎我的预料，我居住的小区背后，原来的农贸市场，有一天竟然也给拆迁了。原地腾开，可能要盖大楼，开发成商业区。原来在这里卖菜的走了卖手工面的走了，裁缝牙医走了，卖花的卖铁皮桶的卖老鼠药的也走了，这些走了，我有需要，到别处去，无非多走几步路。可是，老赵的清汤羊肉馆，我也找不见了，不知搬到哪里去了。向人打听，也没打听出来。一段时间，老是回忆老赵的清汤羊肉，心里还有些难受。

吃的东西，关联的不光是肠胃，和经历和情感都结合在一起。我在庆阳时，隔三岔五，总要吃一回清汤羊肉，到处都有，不担心哪天会吃不上。到了西安，想吃了能吃上，觉得是意外的福气，突然中断了，真有些不适应。

美

佛

　　我这才发现，城市改造，也是有副作用的，就是一些小饭馆的消失，就是让我这样的人，要在外头吃饭，出现了极大的困难。通常，只有农贸市场，窄小街巷，由于租金低廉，又汇聚了人气，小饭馆才能立足，才能经营下去。失去了这样的依托，小饭馆生存不下去。楼堂馆所建设起来了，高档酒店一家家开张，高挂金字招牌，玻璃窗一面墙那么大，旋转的门口，站着穿旗袍的美女，走路时经常路过，我会张望一眼，又快步走过去。这不是我想去的地方。

+

　　不知什么原因，拆迁了农贸市场后，地块被砖墙围了起来，却一直没有开工。这里以前那么热闹拥挤，现在空空的，原来出现在地面上的物体和人，似乎蒸发了一样。起来一阵风，灰尘扬弃，晴天变阴天。

　　不久，在围墙南边，靠近凤城三路的一个三角地带，盖起了两排临时板房，样式门面都一致。接着，一间一间的，在门额上头挂上质地、颜色、字体和大小都不一样的招牌，一间一间的又都成了小饭馆，大概有二十多家。开始人不知道，渐渐人知道了，这一带又变得热闹起来。傍晚时分，附近建筑工地上的人、小区里的人、路过的人都找上一家进去，吃面，吃砂锅。外头路边，总是有一两个喝醉酒的人，纠缠着，一会儿停下，一会儿走。有一天，我专门一家一家看，看老赵是否也租了一间板房。别说，还真的让我找见了，我看到的，就是老赵。老赵也一眼就认出了我，"嘿嘿"笑着打招呼。

闲聊中才知道，原来的房子拆了之后，老赵一时没有去处，只好回到老家，闲蹲了半年多。中间，也折回来了几趟，有的地方倒宽展，往来的人也多，可这清汤羊肉，在西安知道的人不多，要打出名声，有一定难度，就思谋还得在北郊找，这里自己人多。可是，合适的地方都被别人占着，就发愁挣不上西安人的钱了，不行原在庆阳开馆子。也是凑巧，亲戚传回来消息说这里有板房，就赶紧号下了一间，又回来了。

我发现，老赵的清汤羊肉馆，和以前比，干净多了，桌子椅子都是统一的新的。而且，老赵还有老赵的儿子，都穿着白色的制服，是炊事员穿的那种制服。我就说，这么精神，这下是不是打算长期扎根西安了。老赵说，哪里啊，就这房子，听说只能维持半年，这以后能不能找下地方，还不知道呢。你也给帮着打问，只要办成了，每天你来，我都把羊蛋给你留着，谁要也不给吃。我就开玩笑说，羊蛋虽然滋补，吃多了，也损害身体呢。

十一

有一个地球板块形成理论，叫大陆漂移说，是一个叫魏格纳的德国人提出来的。据说是他看世界地图时突发灵感，随后，在实地考察

美

佛

中发现分割在不同大洲的大陆，其曾经的接合部的动植物化石有着惊人的相似，这证明了当初作为一个整体存在，然后逐渐分离，以至于相隔万里，似乎之间没有任何联系，似乎各自都是独立的存在，互不相关，但这些动植物透露出了它们曾密切相连的秘密。可是，即使以这样的形态呈现，即使再也不能聚合，一枚贝壳，还用形似的耳朵倾听，一棵树的年轮，还在扩散着可以重合的圆，一双翅膀，还渴望起飞，震动的幅度，能够默契一致。

大地如此，大陆如此，人也是如此。一个人离开一个地方，来到一个地方，原来生活过的地方，一定打上了记号，永远磨灭不了。人要吃饭，一天里，最重要的就是吃饭了。人吃饭得合口味，吃饭吃高兴了，比其他方面的高兴都持久，也更能振作精神。同样是吃饭，一个地方和一个地方的人，吃法不同，做法也区别大。吃什么饭，就成了一个地方的特色，就成了一个地方生活着的人的记号。这是不会随意改动的，是能够跟随一辈子的。

可是，人愿意生老病死都发生在熟乡热土，在很久以前，似乎容易做到，随着社会发展，山川面貌都在更替，人的流动也频繁起来了，要还像以往那样，很难。人离开了，似乎什么也没有带走，月亮带不走，水井带不走，树杈上有个喜鹊窝的杨树也带不走，可是，方言能带走，吃饭的碗能带走。这些，就是成为化石，也会保持原来的成分和质地。在陌生的天空下，多少人，吃着熟悉的饭菜，获得了生活下去坚持下去的力量。

饭
碗

　　在西安，在天下任何一个地方，都有把他乡当成故乡的人。如果能吃上一口爱吃的食物，感到这是额外的赐予，身心都会安定下来。而这食物，一定是经常吃的，怎么吃也吃不烦的。我在几十年里，经历了几次颠簸，只要在一个地方待久了，都会产生割舍不下的情感，而这个地方的食物，和人的联结是最紧密最难忘的。离开这个地方了，还能吃上来自这个地方的食物，满足的不光是肠胃，记忆深处的一幕幕场景，或者严酷，或者温暖，都鲜活起来，都那么珍贵。

附记：老赵的下庄羊肉馆被大火烧毁了

　　我出门几天，回来，走到凤城三路，去吃老赵家的清汤羊肉。到跟前，眼前的景象，让我吃了一惊，只看见焦煳的板房残骸萎缩成一团，空气里弥漫着刺鼻的人造革味，靠外面，被彩条布围着，似乎在保护现场。原来，这里是一排板房，隔成一间一间的小房子，总共有七八间，几乎全是饭馆。老赵就在中间的一间，开了个馆子，专门经营陇东盛行的清汤羊肉。不见老赵的身影，连忙打听，知道人都没事，就是把桌子板凳，一起烧毁了。大火就发生在前一天的上午，是另一家竹签烤肉馆起火，火势凶猛，把相连的五家饭馆点着，老赵的羊肉馆未能幸免，当时，满满一铁锅，还炖着晚上搁进去的整羊，也在大火里糟蹋了。

　　老赵从陇东到西安开饭馆，尽不顺当。起先，在凤城三路北边的

美
佛

农贸市场租房，位置不讨好，我经常来买菜，都没有发现。一次修自
行车，看见了，吃了一回，从此成为常客。刚造出影响，感到来西安
来对了，却遇上了拆迁，结果，营业没一年，这一块地皮被房地产商
买下，房子全部被推倒了，失意的老赵，只好回老家闲待了半年多。
其间，不甘心，一直打听消息，好不容易，才托人找下这个临时的板
房又折返回来恢复营业。虽然地点偏僻，价格也贵了些，由于羊肉是
班车从陇东捎过来的，都是连夜现煮，羊汤不膻不腻，味道鲜美，渐
渐又兴旺起来。我在陇东生活了二十多年，那里的清汤羊肉，最被认
可的是下庄的。过去，经常吃。老赵就是下庄人，老赵说他爷爷那一
辈人，就开清汤羊肉馆子。这么说，老赵这一手，还是祖传的。来到
西安十多年了，这里小吃种类多，我也习惯，也爱吃，但是，要是想
吃清汤羊肉，就能吃上一碗，的确能安慰我的心肠。我几乎隔上两三
天，有时是早上，有时是晚上，都过来一回，吃一大碗，觉得高兴，
觉得满足，这是别的事情替代不了的。来的次数多了，也和老赵熟悉
了。聊天中知道，老赵盘算着，再过些日子，手头有了积攒，另外选
一处场所，固定又能长久，在西安把下庄羊肉的招牌打出去。我为老
赵高兴，还开玩笑说不要太远，不然我还得坐车来吃，把加肉的钱扔
到路上了。老赵笑眯眯的，说早着呢，就是换地方，也得尽量考虑老
顾客方便。

　　别看老赵被烧毁的这一间板房，代价可不低。我原来老是觉得，
这样的饭馆属于小本生意，稍微投入点启动资金就可以开张了。从老

饭
碗

赵这里，我才了解到，没有一定本钱，轻易不敢动的。老赵的这间大约十五平方米的板房，还是从别人手里盘下来的，中间费就花了两万多，每个月还要交三千多的租金，这还不包括税费、水电费。老赵馆子里的桌凳都是新的，这也得花钱。这些开支，都靠老赵手里的铁勺一勺一勺赚取。羊汤舀进碗里，一碗一碗，得顾客吃到嘴里，得大家认可，老赵的馆子才能维持。每天的羊肉都能卖完，每天的羊汤自然也是新鲜的。这个，老赵办到了。老赵的手艺、为人，都在正路子上，这是很难得的。在外头吃饭的人，都会同意我的看法。我老来这里，喜欢这里的清汤羊肉，是一个原因，也喜欢老赵这个人，同样是一个原因。别说，老赵的羊肉馆，养活了老赵一大家子人，老赵的老婆、两个儿子、一个儿媳妇，都围着这个馆子忙碌。今年春上，我发现，馆子里端饭扫地的一个女的，身材矮短，里外勤快，却看着面生，一问，是老赵雇下的服务员。老赵在西安没有落脚点，还一月八百元，在附近租了一套单元房。就是这么一间馆子，也是一个微型经济体，而且很活跃。老赵为家人，对这个社会的贡献是具体的。我吃了老赵的清汤羊肉，心情改善，一天都有力气。

遗憾的是，老赵的馆子，被一场大火烧毁了。这样的打击，不知老赵能否扛得住。我以后晚上喝醉酒，早上起来，想吃老赵的清汤羊肉，短时间内，估计难以如愿，这是很难受的。过几天，我再过来，看看这里的动静，如果看到老赵，一定安慰上几句。老赵是外来者，我也是，来到这座大城，寻找机会，谋图生存，有希望，也艰难，能立足靠的是一份努力和坚持。只要自己不放弃自己，跌倒了再爬起来，前头的路总会宽展起来的。我希望老赵振作起来，能继续在这里经营清汤羊肉。在西安北郊一带，开清汤羊肉的馆子有许多家，我都比较过了，只有老赵这一家最适合我。要是老赵回老家去再不来了，一时间，我真的会有很大的失落感。

吃羊

天冷了，地上一块块结着冰溜子，风卷沙土，天空发黄，昏暗的街上，空落落得不见个人影。走进羊肉馆子，却挤满了吃客。要找又暖身子又暖心的地方，这里就是。在靖边，吃羊肉是人的口福，是天赐的特权。这一天吃了一顿羊肉，这一天就没有白活。烟熏火燎的房子里，靠里头，隔了半面墙，留一个走道，拐进去，火焰顶着的一锅带骨羊肉，就是幸福的源头。羊肉锅夜里就用猛火烧开，然后改慢火炖到天亮，拿一根筷子在厚实的肉块上戳一下，一下子戳到底，戳透了；拿一把铁勺飘半下，香一香鼻子烧一烧嘴，就知道肉烂了，汤稠了，能起锅了。馆子里热气散漫，夹带着厚重的油腻味，这是许多年光阴积攒下的味道，只有老店里才闻得到，味道就是信誉和招牌，勾起吃客的回忆和欲望。靠门口生一个取暖的火炉子，腔子里烧的是大块的炭，温度还没有起来，所以房子里的人一张嘴，呼出一团一团的白气。眼前有吃食的，都不说话，勾着头，吃得专心，听到的是一张张嘴发出的响声，看到的是碗里升腾的热气和嘴里冒出的白气。又进来一个，问老板要上几斤，手抓着大口咬，把肉多处咬没有了，再啃，啃到骨头跟前，嘴咧着，牙龇着，满脸糊上了油，还时不时捏住酒瓶子嘬一口，酒是六十度以上的白酒，能拿火柴点着，不加热喝，上头，后劲大。一只油手，在嘴上抹一下，又在胸前擦两擦，做这些动作时，

美

佛

嘴里鼓鼓的，还嚼动着羊肉。靖边地属陕北以北，靠近毛乌素沙漠，既分布成片沙地，又连绵土丘山岭。终年干燥少雨，一条芦河，水流却充沛；入冬滴水成冰，野地里待不住人。能烧的柴火全被塞到炕眼里了，人有事没事都盘在炕上，炕烧热了，哪怕外面风像刀子一样利，也伤不到人。当地人见面，不问"吃了吗"主动的一方，会抓住对方的两只手，放到自己嘴边哈气。问候和生存的实际相联结，和不挨饿比较，不受冻更紧要，所以演变出这么一个礼节。给人手上哈气，就是让对方别冻着，热乎着。民风更与地理关系，敢做敢当，最重信义，应下的事就成了天；在乎当下而轻视今后，快乐最要紧，身上留不住闲钱，都打酒喝了，给相好的女人了。边地的孤绝，保留了原初的血性；文化的本真，左右着做人的价值。当然要吃，还要吃得出汗，这是吃的最高境。受游牧民族影响，也是身体的强烈需要，肉食中最被中意的是羊肉。豪爽的靖边人，家里杀一只羊，最愿意和朋友分享。常见到这样的情景，主人拿一根带满肉的骨头大口咬，又推让给客人，外来的人可不能嫌弃，这是对客人的敬重。为啥？把嘴跟前的肉都让给你了，说明是可口的肉，主人舍不得吃，让给客人吃，看这主人心有多诚!这里吃羊肉还有许多方法，体现着吃的智慧和吃的勇敢。常有人抱一个羊头撕扯着，拿筷子又掏又挑，吃羊眼睛，吃羊脑子，羊脑子上头开了个窗，里头和进去了蔬菜。还有一种羊肉，有意在屋檐下风干了，黑铁一般，切成羊肉丁，调制煎煎的羊汤臊子，浇到荞面饸饹上，吃起来有咬劲，有嚼劲，醉酒的人，常寻到这里，吃一大碗，

吃羊

肚子里就不翻腾了。靖边人爱喝酒，早上起来就喝，名曰"硬早茶"。所以太阳刚露头，就在街道边看见卧倒的醉汉，身边是一摊秽物，对此千万不要吃惊，也别去理会。人家酒醒了，来一碗风干羊肉面，就又能喝八两了。羊杂汤适合大清早吃，图个热乎。据说除放入以羊肚丝为主的羊下水外，为了羊杂汤的口味更地道，会特意丢进去几枚羊粪蛋。羊粪蛋是羊吃了苦豆子和甘草排下的，有药用价值，能入口，要在羊杂汤里煮得找不见了，才盛进大海碗里，吃了除油腻，清肠胃，这在当地不是秘密。绵羊的尾巴全是肥油，却能变成胃的保护层，所以在酒摊子上混的人都好这一口。通常是把羊尾巴切成细长条，被装在一个筷子粗的槽子里，吃的时候，专门有人端着送，吃的人伸出嘴，对准一头，吸溜一下，就全进了肚子。羊一生简单，性命被取走，身体被人利用，但变成羊肉的羊，已经不在乎这些了。羊还会轮回吗？认命的羊，低头从人的眼前离开。靖边的羊和天下所有地方的羊一样，温顺、善良，叫声让人心疼。无定河畔的沙地上，羊群民歌一般漫过去；曲折着土长城的山峁上，羊群踩踏出的土尘，旋即消散，白天也能在头顶看到淡淡的月影。羊生下来，就被人爱着，呵护着，但羊的终点，是一把等待的刀子。这是多么残酷和无奈啊。羊是坚定的素食主义者，用草和清水肥壮了身子，最后的结局却是流血，却是人的肚中餐。羊的命运是前定，在它被人类驯养的那一天起，就已经安排了死。是啊，人们可以唱信天游，使一群羊焕发出天地间的诗意和生活的美好，可以为一只羊羔的出生和早夭流泪，但是，在潜意识里，人

美

佛

们同时赞美着羊肉的可口和羊汤的鲜美。一个鲜字，创造出来几千年了，一边是一只羊，一边是一条鱼，这是品尝后才有的认识。羊生来就是人的食物，不是为了吃羊肉，人不会养羊，不会去放羊。羊把一切都贡献给了人，羊肉被吃干净了，羊皮也要反穿到身上，暖和人在风中发抖的身子。羊怎么说也是一条命，羊也知道痛苦，羊也会挣扎、嚎叫，发出柔弱的哭声。我在靖边的张家畔时，一次无意走进了一个屠宰场，受到了窒息般的震撼。足球场那么大的场子，由于流淌了太多的血水，地上特别湿滑。一侧的地上，堆满了刚刚割下来的羊头，一只一只，足有上千只羊头，堆成了一座山。能看到羊头连接脖子的部位，白色的羊毛，被鲜血染上了一圈红色。血水不断从羊头山的底部往出渗。羊的眼睛都圆睁着，是那种褐黄色的眼睛，看不出痛苦绝望，只有无助和忧伤。一时间，我觉得所有的眼睛都看着我，似乎是好奇地看着我。这让我有了深深的犯罪感，让我不敢和羊的目光相对。另外一边，成群的羊，被驱赶着，排着队，前面的都挤成了一堆，叫声四起，被拉出一只，又拉出一只，立刻羊血四溅，四蹄乱蹬。几个大盆子，装满了滚烫的羊血。我像逃跑般赶紧离开了屠宰场，我实在没有继续看下去的勇气了。但是，我不能虚伪，扮演一个所谓的正人君子。我能够远庖厨，却无法远饭桌。羊啊，对不住了，我也是一个爱吃羊肉的人，羊啊，不要恨我。如果要统计一个数字，这么多年来，最少也有一百二十只羊被赶进了我的肚子，被我没有肉吃就难受的胃囊消化，变成了我的一部分。我的血，我的肉，有的便是羊肉转化过

吃
羊

来的。我没有资格枉谈人道和羊道，即便我从现在开始再不吃一口羊肉，我也同样木讷无言。这么多的羊，在我的身体里，夜夜"咩咩"叫着，我的身体埋葬了羊，做了羊的墓地。诗人阳飏说，主啊，饶恕我们吧，饶恕爱吃羊肉的人，让我们来世变成青草，喂羊。

浮现的带鱼

过去，人们爱说一句话，有肉不吃豆腐。不像现在，吃肉吃多了，吃伤了，吃豆腐不吃肉。过去，在我的记忆里，只有过年时才能吃上肉，吃红烧的肥肉片子，吃凉拌的猪头肉，吃带有弹性的肉丸子。让肉丸子沸腾在土暖锅里，或者和粉条一起烩着吃，都解馋。不过，过年的时候，再有带鱼吃，那就满福到家了。也只有在过年的时候，才敢有这样的想法，也只有在过年的时候，这样的想法才有变成现实的可能。

当母亲对父亲说，今年过年，要想办法买些带鱼回来，这再次显示了过年的隆重，哪怕有多么艰难，过年也要过出气象来。父亲也不像平时那么严肃了，也不述说省着过日子的要求了。父亲答应着，还说，带鱼要买，过年得有带鱼。似乎没有带鱼，就没法过年一样。当听到家里要买带鱼，我似乎已经闻到了带鱼的香味，心跳都会加快。我爱吃肉，也爱吃带鱼。

我生活的西北高原的小城，人们几乎不吃鱼。主要的，是没有鱼吃，也就没有养成习惯。那些岁月，物流不便，人们的饮食是随地的，也是封闭的。城外的河汊里，游动的尽是手指头粗细的小鱼，没有谁想着吃它们。小孩子捞这种小鱼，也是养在罐头瓶子里玩的。不吃鱼，也就不会做鱼，也不知道咋做。偶尔有人家得到一条大鱼，总归几斤

浮现的带鱼

重呢，舍弃了可惜，便摸索办法，却都拿不准，最后还是像炒菜一样炒。加水不加水，搁多少盐，火候到什么程度，全不会把握，由于用力大，不断翻搅，结果鱼破烂成碎渣，吃倒能吃，只是味道古怪，嚼着毛毡一般，尤其是鱼刺卡在喉咙里头，不断咳，咳不出来，极度难受，按照有经验的人的建议（自然是定居当地的南方人），大口喝醋才解除了危险。便后悔，吃鱼受罪，还浪费了醋，为了压制腥味，又搁进去不少生姜和葱蒜，更可惜的是，清油也消耗去许多，够用三五天呢。那时候，清油也金贵得很。这么一折腾，此后是不会让鱼肉进铁锅了。

可是，人们都喜欢吃带鱼，过年吃带鱼，这是每一家人的愿望。也只有过年的时候，才能见到带鱼。平日里，见不到。也就是说，即使吃带鱼，也是一年吃一次，这更应该重视和珍惜。这不奇怪，在过去，一个地方的吃食到另一个地方去，是很费周折的，加上其他季节天热，带鱼的保管也是一个问题，还有，人们过年大方，其他日子都节俭，也就是年好过，日子难过，即使有带鱼，也不一定舍得花钱。所以，过年吃带鱼，更像一个仪式，更像一个仪式里重要的项目。进入正月，过年的气氛渐渐浓烈起来，邻里间问话，提及年货的采办，一定会相互来一句：带鱼买下了吗？得到肯定回答后，都连连说，这下可以过个好年了。脚下的积雪，被踩得"咯吱咯吱"响，似乎也在发出欢快的笑声。年前几天，总看见有人在自行车的后座夹着报纸包裹的带鱼，带鱼身子长，包裹了中间，两头却露了出来，这个人是幸

美
佛

福的。也有细绳子拴着，手里提着走的，走得小心，怕油腥触碰到裤子上不好洗，三条或者四条带鱼，冰冻在一起，粘连在一起，随着人的脚步，在身子一侧，离身子远一些，一上一下，晃晃悠悠的，看着也觉得喜庆。

带鱼不是轻易能买上的，早早地，要出去，要到副食店排队。那时候，肉、白糖、烟酒都是凭票供应的，都要到指定的商店购买。按说应该人人有份，可是，去晚了，常常买不上。我现在依然奇怪，带鱼也是肉，为什么不在肉铺子里卖，而在卖调料卖酱菜的副食店里卖呢。可是，那时候，买带鱼就得上副食店去，别处没有。带鱼都装在纸箱子里，成捆成捆的，却是长方形，这是装运和冷冻造成的。卖带鱼的营业员，拿起一捆带鱼，使劲朝地上一摔，一捆带鱼便松动了，冰碴散乱到地上。柜台前挤满人，都看着带鱼，盼着早早买上自己的那一份。称带鱼，都是用磅秤称，不用杆秤。用杆秤，秤杆和秤盘上弄上带鱼的油脂，腥味长时间不散，秤别的混味儿。在我们那里，称带鱼都是用磅秤。一捆一捆的，虽然都是带鱼，但大小长短却是有区别的，最好的带鱼，自然是那种大人的手掌那么厚，三个手指那么宽的，也有薄如纸片、比筷子略长的，这种带鱼，肉少刺多，属于等外品，多数带鱼都是中不溜，好不到哪里，也差不到哪里。到自己买带鱼了，人们都讨好地给营业员开放着花朵般的笑脸，希望属于自己的带鱼能是最好的，起码也是中不溜的，千万别买上等外品，如果真是这样，自己窝火，回去在老婆娃娃面前也难看。

　　北方人喜欢吃带鱼，是有原因的。主要的，我觉得是带鱼做起来简单，就是油炸，而且，用的油少，省油。我家乡的人们，几乎都采取油炸这一种做法，我没有见到过第二种，这也说明了大家在饮食上的保守和固执，有时候，这种保守和固执，反而保留了一份纯正，一份简单的态度。这没有什么不好的，这挺好。而且，带鱼的鱼刺也只有一根，注意着就能防住，吃带鱼被鱼刺卡了，一定是吃得慌急，怕吃不上，怕没有了。吃完带鱼，藏在肉里头的篦子就裸露出来了，别说，带鱼的骨头真像篦子，也真的有娃娃拿着梳头，这是图新鲜呢。而且，带鱼自身带盐，油性大，咬一口，油香油香的，咸得又合适，这也合乎人们的心意。带鱼的肉质，既不太软，也不太硬，北方人天天吃面条，带鱼的咬劲真和面条有些相似，不过这是肉的咬劲，是带鱼肉的咬劲。带鱼又容易嚼烂，没牙的老人和娃娃都能吃，这样，大过年的，好吃的人人都吃些，上头的老、下头的小都满意了，一家人也就满意了。最奇怪的是，带鱼腥味重，可是做熟了，吃起来倒不觉得，甚至成为带鱼的独特风味。所以，人们咋能不认可呢，人们都喜欢吃带鱼。条件好的人家，吃带鱼还会蒸一锅大米饭，碗沿上搭一块两块带鱼，就着吃一大碗，有滋有味，过瘾。一家做带鱼，香味四处飘散，都闻见了，这一家也提醒着，提醒别光是煮肉光是炸油饼，赶紧把带鱼也做出来。于是，家家都约好了似的，铁锅腾出来了，加了柴火，热了油，也就一点点，七成热的样子，切成一段一段的带鱼，依次搁进去了，看着是滑溜进去了，铁锅的中间、圆周，带鱼遇热，轻轻动弹着，冒出缕缕热气，边缘还翻滚出一个个大小不一的油泡，带鱼自身的油脂也给逼出来了。一块块给翻身，两面都呈现出浅浅的金黄色的时候，带鱼就快熟了。于是，家家都浮动着带鱼的味道，一条街巷都充盈着带鱼的味道。在外头疯跑的孩子，没有心思放鞭炮了，急急回家，趁着大人不防备，悄悄拿一块还热乎的带鱼，递到嘴跟前，用牙齿撕着吃。带鱼做出来，是能够存放的，吃团圆饭，端上来一盘，来客人，端上来一盘。一般不加热，就吃凉的油炸带鱼，也可以加热，笼屉里蒸一下，回到锅里再过一次油，带鱼的味道没有改变，还是才做出来的那样的味道。吃多少块带鱼，也是吃不厌的，当饭吃也愿意，可是，过一个年，一个人也就吃上那么三五块，这以后的一年里，回忆起来，那香味都真切。

我不能光是吃带鱼，我是要出些力气的。干什么呢？就是收拾带鱼。把带鱼的鱼头剁掉，鱼头坚硬，嘴里是利牙，鱼头上没有肉，就是一个头骨，所以鱼头是不能留的。带鱼的眼睛凶狠，一直瞪着我，我是不会害怕的。身子上下的鱼鳍，上头的毛毛多而且长，这也不能吃，要拿剪子齐根剪除。然后在水里浸泡，不能全部用冷水，得提上电壶，朝装了冷水的盆子里添加进去半壶，让水变温热了，然后，拿抹布抹带鱼的表皮。带鱼没有鳞，只是银灰色，泛着淡淡的光亮。起初，觉得把上头那一层全部抹掉才妥当，后来才知道，洗带鱼，不宜

浮现的带鱼

洗得太干净，表面的银灰色也是能食用的，用抹布抹，就不再使出那么大的劲。带鱼清洗完毕，原来僵硬的身子变得柔软了，似乎能动一样，这怎么可能呢？带鱼已经不是大海里的带鱼了，已经是我们家过年的带鱼了。

我努力想象带鱼活着的神态，这对我来说是困难的。就是到今天，也算走动了不少去处，甚至还进去过多家不同的水族馆，我也没有见识过一条游动的带鱼。带鱼来自遥远的大海，大海有多大，我没有见过，我只见过一个湖，叫柳湖，还没有学校的操场大。老师讲课时说了，地球上的大海比陆地的面积还要大，带鱼在大海里一定如一把能弯曲的宝剑，快速游动，闪耀着锋芒，穿透深不见底的海水，和海面上太阳的光线交织。蓝色的海水，银色的带鱼，多么醒目，多么传神啊。海水是咸的，带鱼自然吸收了盐分，可是，带鱼怎么会含有那么多的油脂呢，这油脂也是海水提供的吗？我不知道答案，但我喜欢不用加盐又带油脂的带鱼。我去不了海边，就让来自大海的带鱼在我的肚子里安家，就让我的肚子做带鱼的海洋吧。

的确，食物常常和记忆联系，和感情紧密。现在，多少年过去了，出去吃饭，吃鱼也习惯了，不怕鱼刺了，也会吃了，什么样的鱼都有，各种味道也能习惯，但我喜欢点带鱼吃。带鱼便宜，合口味，这自然是一条原因。我品尝了许多做法做出来的，有红烧的、醋熘的、麻辣的，还有清蒸的，都好吃。可是，我总爱点油炸的，一块一块，整齐地码在盘子里，看着熟悉、亲切、家常。似乎，我吃着的，还是二三十年前的那一盘带鱼，似乎，我又看见了母亲在我吃带鱼时，那喜悦又略显忧愁的眼神。

　　我离开家乡到外地谋生，已有许多年了，我的父母不在这个人世，已有许多年了。

回民的锅盔

我说的锅盔，是大锅盔。多大？锅盖那么大，草帽那么大。不但大，而且厚，有四指厚，有砖头厚。这么大这么厚的锅盔，一个七斤重，买上一个，得两个手抱着，才能抱回去。要是吃，饭量再大的人，即使放到过去，也没有本事一顿吃完一个。

这种锅盔，出自平凉，都是回民做的。只有回民能做出这样的锅盔，只有回民做这样的锅盔买卖。这不奇怪，把小麦加工成吃食，这说起来容易，但叫人都买账都接受，并且长期认同，回民有天赋，有能力。就说干粮，油炸的麻花、馓子、油饼；烙出来的圆的干饼、长的酥馍；蒸下的馒头、花卷，都是回民的味道好。吃的东西，说好，就是好，怎么个好，又无法描述。不好了，马上感受到，好了，是慢慢体会出来的，只是，一时都找不下合适的语言，说怎么不好，怎么好。回民勤快，吃得了大苦，泾河滩拉沙子，用架子车拉。车槽加高了，加的部分，高度比车槽还高，沙子小山一样高。前头毛驴，套长缰绳，使劲出力；后头人，扶车辕，肩膀上套短缰绳，也使劲出力。回民经营生意也在行，皮子的生意、茶叶的生意，回民经营都繁荣。餐馆一家挨一家，回民开的吃客多。在平凉，一个锅盔，一个卤牛肉，一个酿皮子（又叫凉皮），是回民的专营。人们只认回民的。

似乎没有专门的店面，街道上支起推车，一个锅盔立起来，人一

美

佛

看，就知道是卖锅盔的，其他的平躺着，就等着买主来了。锅盔一个也卖，半个也卖，这样的时候少；多数是刀子划开，划成三角的小块，一块一块拿秤称着卖。盘旋路有一家军工厂，早上上班那阵子，工人都是买五毛钱锅盔，边走边吃。这很让人羡慕，说，看人家，到底是大单位的，大清早就吃好的。

加工锅盔，真得费些力气。和面要和到家，手上没劲的人，干不了；团成这么大的面积，还要能定型、不松散，也考验功夫。还得用杠子挤、压、敲、捶，反复无数次，才让面团听话，随人的意图。烤制锅盔，是平底的铁锅，上头悬吊着可以移动的铁盘，也是平的，铁盘上头，堆一堆熊熊炭火，锅盔进了锅，铁盘盖上去，铁锅下头也是一堆熊熊炭火，两堆火，都是炉火纯青的那种，有穿透力，力道持久，面饼被上下两头的炭火烘烤，水分失去，身子收紧，团结了，瓷实了，终于，两面都如同盔甲，刺绣般一圈一圈地焦黄，锅盔就可以出锅了。

我后来见过其他锅盔，像六盘山西边的静宁，出的是油锅盔，个头小一些，清油炸过，是另一种味道；还见过关中一带、陕南一带出的锅盔，更大更厚，夹杂了椒叶末甚至辣椒面，也是一种味道。像平凉回民这样的锅盔，我在别处没见过。这样的锅盔，里头没有放盐，没有放别的调料。就是纯粹的小麦粉，本地的小麦磨出来的，似乎天生可以用来做锅盔，被回民发现了，这样做了，似乎这样合乎了天意一般。人们吃锅盔，要的也是这种纯粹的味道，粮食的自身的味道。平凉人吃锅盔，都是专门吃，跟前不要菜，锅盔上不抹油泼辣子。一只手捧着，另一只手护着，一口一口把锅盔吃下去。吃锅盔掉渣，护着的手接住，接一阵，也送进嘴里。吃锅盔不能猛吃，得细嚼慢咽，一小口一小口吃，不然，堵住喉咙，呼吸都受影响。我就经常见到有的人不停捶胸脯——吃锅盔给噎住了。吃锅盔，跟前得有一碗凉开水。

为啥？吃锅盔，常常被噎住，得用水冲冲。锅盔硬、干，吃锅盔，吃着过瘾，噎住了也难受。不过，那也是舒服的难受。的确，锅盔穿过肠肚的感觉，是刺激的、满足的，也是难得的。有一句话，说有牙时没锅盔，有锅盔了又没牙。自然，年轻时不是想吃就有，人老了，吃锅盔容易，却咬不动了。说话漏气的老汉怀念锅盔的滋味，实在忍不住了，嘴里搁进去一小块，慢慢磨，中和半天，才敢咽下去。

这种锅盔，放得时间长，放不坏。夏天也放不坏。出门远行，如果在山里走，背一个这样的锅盔，顶一个礼拜，人不会挨饿，也不用吃发霉的食物。我小时候吃不上锅盔，就在锅盔摊子跟前站着看，看戴白帽子的回民，没人过来时低头坐着，有人过来时赶紧起身，热情询问，这么看着，也是一种满足。后来，我外出工作，一年回去一次，假期结束，折返单位前一天，我都要买一两个锅盔。带回去，切成四五块，给人送，自己也吃。这样持续了几十年，一直这样，只要回去，一定带锅盔回来。在平凉，锅盔摊子还和以前一样，锅盔的味道还和以前一样。吃锅盔就吃回民的锅盔，没有能代替的。

辣子和洋芋

陇东一带，问人要啥，不给，会说，给你个辣子。所谓给个辣子，并不是真的有个辣子要给，实际上只是这么一说。不给就说不给，为什么要说给个辣子呢？我到现在也没有弄明白。拿别的东西说事，比如说茄子，说萝卜，我还理解，拿辣子说事，我不理解。

陇东人吃饭，离不开辣子。在陇东人的饮食里，辣子的要紧程度，不亚于盐，不亚于醋。有了这几样调味品，陇东人才能吃饭。平日吃菜少，靠辣子提神呢。有了辣子，没有别的菜下口，心里也是知足的。吃面，调油泼辣子，这个是位居头一样的。就是给辣子面里滚进去热油，辣味还有，只是不那么重了，吃起来不是很辣，还焕发出独特的香味。油泼辣子装在瓷盒里，始终摆放在饭桌上，随时取用。调了辣子，不论汤面还是干面，颜色也好看。只要有辣子，吃饭能吃下去，一大碗又一大碗，吃得头上冒汗，吃得舒服。吃蒸馍，也吃辣子，凉拌的、炒熟的还有腌制的，辣得直吸溜，还吃。吃蒸馍还喜欢做的一道菜，叫辣子水水，就是把青辣子剁碎，要多倒进去醋，调一盘子，拿刚出锅的热蒸馍，蘸着吃。吃完了，把盘子端起，把剩下的仰脖子喝光，这样吃，刺激过瘾。有一句话，人吃辣子为辣的了，羊吃酸枣为扎的了，就是这么个意思。

陇东的旱地，能生长特别辣的辣子。每年秋天，人们都会大量购

辣子和洋芋

买。辣子多串成长串，最长的长过三米。回去自己晾晒，晒的干透的，用磨槽磨成辣面子，储备下。晒去一定水分的，装进缸里，撒盐，腌制起来，能吃到来年。长庆桥的辣子有名，叫线线辣子，细长，略弯曲，红得热烈。应季的集市上，一条街面，一路走过去，一片又一片红，全是买卖线线辣子的。

可是，俗语里头，怎么会出来这么一句呢？给你个辣子！而且，人听了都知道意思，知道对方的态度，知道是啥都不愿意给。而且，没有人说，行，给我个辣子。这也挺奇怪的。

但是，同样拿蔬菜打比方，如果说谁时，说这人是个大洋芋，那可是好话，是夸人的，是说这个人不一般，有身份，是个成就人。为什么洋芋就能这样形容人呢？这个，我也琢磨过。洋芋在土里头，是隐藏着的，是看不见的，挖洋芋时，挖出来的洋芋，多数中等，也有小个的，要是一铁锨下去，一翻，出来一个大洋芋，是很让人惊喜的。大洋芋自然比小洋芋要珍贵。大洋芋难得，都是大洋芋，还不把人美死。所以，说谁大洋芋，谁也是难得而珍贵的。不过，同样的，说谁是个大洋芋，谁心里高兴着，嘴上却不会说，我就是个大洋芋。而且，这话常常是在人背后说，背着人才说，这人是个大洋芋。不像要东西不给，说"给个辣子"，常常是当人面前说。洋芋前头一定得加个大字：大洋芋。不是谁都能承受得起这个称呼的。这个称呼，不能随便用。洋芋是好东西，既是菜，也能当饭，切片，切丝，切条，都随意，直接煮一锅，丢进火堆里烧，也可口。大洋芋一个就能炒一盘菜，一

美
佛

个就能让人吃个半饱。陇东人吃饭，也是顿顿洋芋，吃不烦。从小到
大，多少人靠洋芋活命。用大洋芋服气人，就像说"马中赤兔，人中
吕布"一样。

陇东人离不开辣子，也离不开洋芋。说到这里，我突然明白了
一点，说"给个辣子"，有一个原因，就是，辣子再好，吃的时候，
必须就着饭吃。就着面条，就着蒸馍都行。辣子不能单独吃。单独
吃，肠胃受不了。如果你吃着蒸馍串门，在别人家菜地的辣子秧上
揪一个辣子就着吃，主人不说啥，但是，你拿一个辣子，到别人
家，说吃辣子呢，没有蒸馍，给上个蒸馍，这话，自己都张不开
口，没有这么来事的。所以，给谁说给个辣子，等于没给，你还得
自己找饭，拿着辣子，只能干瞪眼。说给个辣子，也许就是这么个
意思。看起来给了，实际上呢，叫人作难。我想是这样的意思。而
且，有的人说得更绝，说给你个辣子把把！那等于给了个纯粹没用
处的，给了个要扔掉的。

就这两句话，没见谁颠倒了说。在表达不给的意思时，说给你
个洋芋，在夸赞一个人出众时，说这个人是个大辣子。没有人这么
说。在现实中，辣子和洋芋各有指称，赋予了一种延伸的意义，辣
子是一个意思，洋芋是一个意思，而且，人们都认可，都遵守，不
会乱。有时，也说给你个大辣子，意思还是不给，意思这辣子更
辣，更让有企图的人落空。那时，陇东人普遍见识短，说大辣子，
说的还是辣子里头长得大的，总归还是辣。那时，陇东人还不知

道，大辣子还指称另一个品种，又名菜椒，吃起来不但不辣，还有点发甜。要是知道了，就不会说给你个大辣子了。大辣子单独吃，是能吃下去的。假如那时引进了泰椒，人们又吃过，说不定会说给你个泰椒，对方烈火攻心的记忆被唤醒，那效果更具体，语言的作用也一定更明显。

葱花面

我许久都没有吃过葱花面了，但是，只要想起来，那浓郁的香味，就浮动在我的鼻尖，伴随着的，还有一*丝丝*惆怅，一*丝丝*忧伤。

想起葱花面，我想起了家乡，想起了母亲，想起了我那既明亮又黯淡的童年。

就像西北长大的许多人一样，我也爱吃面，但在困苦的岁月里，一碗面，不是想吃就有的。有粗粮吃，能把肚子吃饱，已经是难得的福分。假如哪天吃面，一家人的重视，如同一个仪式。在农村，争强日子，不愿被小看，有的人家，偶尔吃一回面，要站在自家门前的粪堆上，把面挑得高高的，让别人看，我吃面呢。吃面本是家常，却成了稀奇，以至于有人病倒了，不愿吃药，只是说，有这钱，美美吃一顿面，就好了！

在我们家，葱花面，就是病人吃的，老人吃的。有个头疼脑热，不算病，不影响说话和走路。睡在炕上起不来，吃别的，吃不下去，就能吃上葱花面了。家里人口多，煮饭的锅是大铁锅，水烧开了，下面，下一个人吃的面。最好是挂面，是那种细细的挂面。葱花是清油炝的，先切出一撮碎碎的葱花准备下，然后炝油，不在大铁锅里炝，那样费油，是在舀汤的铁勺里炝。拳头大的铁勺头，倒进去一点油，手端着，从灶火眼里试探进去，悬在火头上，油煎了，倒退出来，迅

葱
花
面

速把葱花丢进铁勺，"哗啦"一阵响，还出现一些涌动的泡沫，跟着，葱花就熟了。面捞出来，添进去专门烧好的酸汤，添进去葱花，这时候，看到的是弯曲在一起的面，是清亮的汤，汤上面，油花点点，还漂着葱花，这时候，葱花面就做好了。真香啊，就是在大门外，就是过路的人，也能闻到葱花面的香，家乡人形容这香，有一个特别的字：窜。说葱花面香，就说，窜香窜香的。

印象里，我妈总是为吃的发愁。一家人要吃要喝，我妈从不抱怨辛苦，在伙房里劳作一天，我妈也高兴。只要吃饭时，不论干的稀的，一家人爱吃，我妈在围裙上擦着手，最后一个端碗，也是满意的。最怕的是没有粮食了，没有菜了，吃了上顿，缺着下顿，我妈慌张着，给我爸说，也觉得自己有责任。记得我们家最难过的那一年，红薯干当饭，白菜帮子当饭，我妈的叹息声，那么轻，又那么无奈。

毕竟，饿肚子的日子，在我们家，不多。毕竟，我爸有木工的手艺，天天熬夜，做出的木活，能换来钱，换来玉米和麦子。比起其他人家，虽然谈不上宽裕，但总归没有出现过一锅清汤的情景。回想起来，我的饥饿感，更多的是对好吃的那种奢望，比如吃一碗葱花面。

我自然也吃过我妈做的葱花面。躺在炕上，懒懒的，一碗面端来了，只是我一个人的，感到了被重视，被关心。似乎这也是一种特殊。如今的独生子女，似乎不会有这样的感受的，像我有兄弟姊妹五个，在母亲眼里，都是她的心头肉，但谁病了，得到照顾，似乎也获得了额外的母爱，那种幸福的体验，大大抵消了得病带来的痛苦。稀溜稀

美

佛

溜吃着面，面条滑溜溜的，吃进嘴里，顺着喉咙就滑下去了。汤热热的，里头的葱花，有那么一两片，还带着焦黑，这更让香气变得浓烈。喝一小口，再喝一小口，一定要让舌头感受到烫，感受到烫的刺激，似乎只有这样，葱花面的香，才被体会深刻，才能传递给身体的各个感官。这时，我妈在一旁会叮咛，慢慢吃，没人跟你争，吃了，发些汗，身子就轻省了。

过去的人，都爱在嘴上下功夫。吃的诱惑，总是最大的。有时，即使没有病，我也盼着得一场病，好吃上我妈做的葱花面。可是，越想得病，病越是不来，让我很失望。那时，我多傻啊，就为了一碗葱花面，竟然动这样的心思。

现在，我想吃面就吃面，各种各样的做法，甚至过去没有吃过的，也会尝试。有时在外头吃饭，摆一桌子好吃的，我也愿意吃面，先要一碗面吃，吃饱了，吃不动别的了，也不觉得遗憾。可是，这些年，我没有吃过葱花面，一次也没有。曾经那么向往的葱花面，我不再想吃了。吃的东西，也会吃伤人。有的人不吃肉，就是小时候难得吃一次，有机会放开吃了，拼命吃，结果以后见了肉，心理上排斥，再也不吃了。还有一种情况，就是这种吃的，记忆太深，却又容易引起难受，也不愿意再吃。我不吃葱花面，就属于后者。

都快七年了，给我做葱花面的母亲，过世都快七年了。

领
羊

领羊

一路盘旋，高低的崖畔顶和山坡间，不时浮现出一团团银白的洋槐花。这个五月，潮湿、明亮、生动，万物的欲望都在充分苏醒。我压抑着舒展的心情，估算着剩下的路程。这一趟，行走三百公里，我要去陇东宁县的郎李家村。我二十多年的朋友小平的母亲去世了，走走停停，向路人打听着地址，我去给老人烧香磕头。

早上走，下午到。郎李家村在塬头上，地势起伏错落，一道宽大的沟槽两边分布着人家，人家上头是宽阔的塬面，覆盖大片麦田，生发出一缕缕热气。小平家的老屋，就在沟槽的中间地段。老远就能看出来，门口人多，立了杆子，上头飘扬着白纸和黄纸扎制的经幡。

按照习俗，来吊孝的，有的带着幛子。红缎子缝制的，有窗帘那么大，字是绣上去的，上头写着悼念的话语，还要让当地政府的最大领导挂名。来了先不进门，要等着接幛子。只有德高望重的人去世，才有得到幛子的资格。所以，接幛子也是一个仪式。一张桌子摆在路中间，我就在桌子前站定。一溜人过来了，个个披麻戴孝，小平脏头土脸的，也在队列里。队列被吹唢呐的在前头引导，到跟前，全跪下，勾下头。这是谢诚人的大礼。一个主事的过来，先敬给我一杯酒，再接过幛子，当即有人用竹竿支撑起来，挑着带路，我跟着走，队列随在我后面。一路进到院子里，然后，我进灵堂祭拜，队列分两行跪在门外。我起来了，队列才能起来。这也是礼节。

礼毕，我和小平说话，吃纸烟。院子里，一只冠子血红的公鸡，爪子在刨土。几个娃娃不懂事，你追我，我赶你，在一起打闹。原来是菜地的一角，起了锅灶，地上是整盆整盆的猪肉、鸡肉、鱼。鸡肉在水里泡着。整捆的大葱、芹菜，成袋的洋芋、包菜、萝卜，整箱子的白酒，也堆积在地上。接上的幛子靠院墙陈列，已经有二十多块了，起风时便舞动一阵。一会儿，又来人了，唢呐赶紧响起，小平小跑着出门，一溜人又去接幛子。下午的太阳亮晃晃的，我的身上热起来了。而设置灵堂的正房，却那么冰凉，那里，现在是另一个世界的边界。朋友的母亲高寿，活了八十多，人缘好，有口碑，来的人特别多。许多人和我一样，是远路上来的。

我和小平认识早，都在一个单位，早在单身汉时就来往。后来又都成家，相互聚会是少不了的。小平的母亲，我熟悉。一年里，会过来一两次。第一次见，奇怪老人腰弯得厉害。小平说，父亲过世早，儿女多，母亲常半夜起来磨面，早上又出去拾柴、打猪草，回来更不得闲，洗洗涮涮，点火做饭，一个人支撑起一个家。没日没夜，过度劳累，身子就直不起来了。小平的母亲，让我敬重。小平接来母亲，是想多尽孝心，可是，母亲哪习惯坐下，收拾里外，做饭洗衣，还是早晚都忙。小平母亲做的手擀面、凉拌粉条、条子肉，我也吃过，老人看我们吃得高兴，自己也高兴。一次我俩在外头喝酒喝多了，我送小平回来，老人担忧又无奈的神情深深触动了我，以后再喝酒，我不

领
羊

让小平多喝。

　　半个院子都被临时搭的帐篷占了，里头摆满桌子。一拨人离开，又一拨人接着坐满，吃流水席。农村过事，尤其是过白事，来的人多，说明有面子，被看重。来的人，一定要招呼到，一定要吃好喝好。还请来了唱歌的，是一男一女，站一处高台上，扯嗓子唱流行歌。过去唱戏，现在也随潮流有了变化。过白事，老人又是高寿，也得热闹，更得按议程行事，这是讲究，这是不变的。我也坐了席，还多吃了一碗酸汤面，然后，站院子里，东看西看，显得无聊。看我没法安顿，四处又乱，小平让我到村支书家里歇息，说给说好了，我不愿去，待着又帮不上忙，就一个人到外头走走。

　　我顺着沟槽上弯曲的小路倾斜着登上了塬面，刚上去，麦子的穗子就触碰到了我的腿上。这里的泥土滋养庄稼，麦子棵棵壮实，麦穗硕大。田埂上，间或长一棵杏子树，间或长一株核桃树。核桃树树冠稀疏，枝干却分得很开，枝杈向四周伸展，粗壮的树干，布满细密的裂纹。杏子树不高，我的头刚能够上杏子树低处的树梢。杏子只有指甲盖大，青色，和树叶的颜色几乎一样，皮上一层细毛。我伸手摘下，吃着酸，却也新鲜。这杏子名气大，叫曹杏，是当地一个沟口的名字，杏子好，被宣传出去，就这样统称了。曹杏熟后，汁液黏稠如蜜，甘甜异常，我多年前在陇东生活时吃过。杏子收获还得几个月，我是不能再来了。

　　晚上，有一个仪式。这本来是自家人参加的，小平看我愿意，就

美
佛

让我也留下。灵堂内，披麻戴孝的晚辈全跪在地上，都不说话，气氛一下肃穆起来。什么仪式呢？叫领羊。这我以前从来没有听说过。人这一辈子，生死在两头，都具有终极性。生前事，死后名，和老百姓也关系着。陇东把人去世说成殁了，是一种委婉的表达，含有惋惜、无奈、感伤的意思。人殁了，最难受的是家人，但一定得有交代，对于逝者，对于生者，都重要。小平对我说，领羊就是一种交代的方式。一会儿，一只公山羊被牵了进来。这也有讲究，羊必须是公山羊，而且，一般由女儿或者女婿买来。为什么要这么做呢？反正都这么做，就沿袭下来了。

民间有说法，在这个场合，羊是通阴阳两界的。似乎，此时的羊被赋予了某种神性。可是，白天爬山钻沟寻草吃，晚上在圈里安静反刍的羊，遇见这样的情景，是头一回。羊就奇怪平时驱赶呵斥它的人，怎么都穿成这样，还勾着头。于是，羊受到惊吓，一动不动，站在地上发愣。这下可把主事的人给整下了，但也心里有数，知道该怎么办。这里的人认为，人死了，魂还舍不得走，还游荡在生活过的房子里。可不是，家里的器物，样样都被触摸过、使唤过，地上有脚印，墙上有影子，哪能一下子就消散呢？似乎，人的身子不能动了，意念还在起作用。这自然表示对人间的依恋，也说明还有牵挂。亲人却会矛盾又不安，因为世上是一个地方，阴间是一个地方，再难受，也得让殁了的人安心走。羊既然是生与死之间的媒介，就起到传话的作用，也起到给殁了的人带路的作用。羊如果摇头，抖动身子，就证实殁了的

领

羊

人对安排是称心的，生前惦记的事情也有认可的结果。可是，羊平时经常有这样的动作，这时候，却迟迟没有反应，只是呆呆地看着孝子贤孙们焦急的表情。

看到羊没有表示，主事说话了。说坟地也是你看过的，棺材也是你看过的，三身老衣也是你看过的，都是按你的意思办好的。停顿了一下，大家都盯着羊看，羊似乎在听，但还是不动弹。主事的又说，亲戚这两天都来了，吃的喝的也都满意，唱歌的也请了，都是按你交代的来的，都合适着呢，都在礼性上呢。又停顿了一下，大家紧张地看着羊，羊似乎要走动了，却只是移动了一下前后腿，一颗脑袋还是静静立着。主事的再说，舅家人该来的都来了，也满意着呢。舅家人和殁了的人是血亲，如果有看法，那可不得了。大家又着急起来，都盯着羊看。羊不理会，也不理解这些，还是不予配合。就在主事说着的时候，人堆里辈分高的，也跟着附和，不停说着"就是就是"，"对着哩对着哩"。只是，人把羊当成了啥都知道的，羊自己哪里听得懂，一双潮湿的眼睛，显得更潮湿了。就在大家失望的时候，羊突然走了几步，而且径直走到了小平跟前，还伸出头，用嘴叼了一下小平的衣袖。我不明白羊的举动意味着什么，也心慌了起来。只见主事的借机说，儿子里头，小平最有出息，他在单位上，事事都在人前头呢，最近还当上科长了呢，小平回来，伤心得很，这两天吃饭，都是胡乱吃两口，尽忙着招待客人呢。说毕，主事的又说，小平单位上送了幛子，还来了不少体面人，村里人也说小平把事情干大了，都夸小平，也高看你呢。说完，羊还没有点头，只是又走动起来，这一次，停在了小平大哥的儿子跟前，又不走了。主事的就说，你最心疼这个孙子，也一直操心给孙子找一个贤惠的媳妇，这个你放心，来年前就说和一个，把婚定了，一起到你坟上点纸。羊似乎领会了，又走动，走动到了原来站着的地方，还是不点头。

看着一个多钟头过去了，羊还是老样子，似乎又在思考什么。跪在地上的人，膝盖一定又酸又麻，开始有些忍不住，慢慢习惯了，甚至忘记了。本来就伤心，这时加重了，更因为羊的表现，而反思自我，追溯以往，检点平时，看哪里没做到，哪里没做好。总有一两次让老人不高兴，甚至那一次为孙娃上学还和老人顶过嘴，甚至还有那一次给老人过寿慢待了客人……一件一件都回忆起来了，就暗暗后悔，深深自责。我猜测，小平也一定记起自己喝醉酒回家晚，母亲等到半夜，给他准备酸汤面的情景，心里也一定不会好受。

这时，主事的拿过来一个马勺、一个水桶，往羊跟前走。干什么呢？只见舀了凉水，给羊的头上浇，羊躲闪了一下，没躲开。凉水浇上去，羊似乎有些害怕，但还是规规矩矩站着。就又浇，又浇，浇了有四五下。凉水顺着羊头、羊身上往下流，地上都湿了一大片。就在主事的准备再次浇水时，羊出现了反常的行为，打了大大的一声响鼻，大家都把身子抬了抬，看着羊。而后，这只羊，不光点头，身子也剧烈抖动，身上的毛都舒展了。这叫羊毛大抖，是非常满意的意思。主事的露出了笑容，大家也跟着长出了一口气。主事的说，这下好了，

领
羊

你放心走吧。大家也附和着，不停点头。羊终于按照人的要求，完成
了应该做的动作。羊的使命也就结束了，当下就被牵出了灵堂。跪着
的人，点香、烧纸、磕头，也可以起身了。

　　事后我听小平说，领羊的仪式上，羊很少一开始就点头，都得折
腾一番。没办法，只能浇凉水。羊有反应，实际是凉水刺激出来的。
有的人家，不住浇凉水，羊也不点头，又不能一直这样下去，就采取
折中的办法，拿针扎破羊的两只耳朵，各贴一块白纸在上头，也算程
序上合乎要求。

　　领羊这个习俗的形成，我大概了解了一下，差不多可以在上古时
期找到记载，只是我没有看到。为什么要领羊呢？我觉得，由于那时
人们对生死都看重，就摸索出了一套礼仪上的规矩，一个地方和另一
个地方，内容上、形势上都有差异，有的甚至很独特，领羊应该算一
种。在陇东宁县还有其他几个县，领羊是举办丧事必不可少的一个议
程。这样做，也是怀念亲人的一种表达，借助羊这个和人的关系最密
切又十分温和的动物，来表达关于孝道的观念。大家在一起，指出不
足，教育后人，起到示范和褒贬的作用。是一次特殊的家庭会议，一
次有着警示意义的内部活动。而在陇东的另外一些地方，我还见过另
一种做法，叫告孝。和宁县这里的领羊类似，只是缺少了羊这个媒介。
就是人殁了以后，在抬埋的前一天晚上，家里的晚辈依次跪下，老大
领头，头上顶一张托盘，上头搁一溜酒盅，大声表示尊重，小心述说
安排。族里的长辈坐在炕上，接着开始评说，这些儿女平时是否尽孝，

美

佛

有无不是，你一言我一语，都一一一发言。如果认可，则端起酒盅把酒喝下，如果提出要求，晚辈要满口答应，就算是批评尖锐，也一定得接受。这相当于给长辈汇报，相当于接受检查验收。

领羊仪式结束，羊就被宰杀了。羊头被供献于灵前，羊肉则置入大铁锅，在放了调料的水里煮。煮羊肉，水要旺盛。肉快熟时改慢火，一直煮到天快亮。第二天一早，出殡，浩浩荡荡的队列一路出去，女人间歇着哭嚎，遇见人，经过村镇，哭声增大，纸钱也密集地飞舞在空中。从坟上回来，大家吃的饭，就是晚上煮下的羊汤。汤是煮羊肉的原汤，肉切片，碗底放一层，有的加萝卜片、粉条，也加羊血，再调上辣子，就是这里的人们普遍热爱的清汤羊肉。我突然就想，过去，人们难得吃一回羊肉，办丧事，大鱼大肉，但有羊肉吃，那更是好上加好，所以演变出这么一个规矩来。又不直接说吃羊肉，而先让羊在虚幻的现场扮演一次神圣的角色，来回传上一阵话，然后再进入人的肚腹，落个都满意不说，还多了一重用场。而且，喝羊汤的，主要是家里人以及关系很近的人，不会太心疼损失。这些天，全忧伤了，总辛苦着，睡没睡好，吃也对付，人殁了，已经入土为安，活着的人，日子在继续，还得打起精神，还得过活，喝一顿羊汤，正好弥补身体的亏空。我觉得，也有这么一个因素。这也是正常的、可以理解的，同时也是合乎人情世故的。我把这个意思说给小平，他说也许是这样，这有一定的道理。我看到，小平憔悴的脸上也终于有了一丝轻松。这时，有人过来叫小平喝羊汤，小平答应了一声，却没有过去。

吃
馍

吃馍

馍好吃，有白馍吃，更好。

那些年，人们为了能吃上馍，天天把汗水流光。馍少人多，到头来，有些人还是吃不上馍。许多家庭，家里人病了，吃不下饭，做好吃的，就是开水里泡上馍，放些白糖，病人吃得香。家里有老年人，没有牙，硬饭咬不动，也是吃开水泡馍，脸上写着满足。要是哪个要饭的要上了半个馍，当即捧在手里，直接往嘴里送，眨眼间，似乎只是抹了抹嘴，半个馍就没有了。

我小时候常常不好好吃饭，饭前饭后从笼里逮个蒸馍吃。这也可以称为零食，因为没有别的零食可吃。吃蒸馍可以就一棵生葱，一口馍、一口葱，葱呛鼻子，赶紧咬一大口馍。最好的吃法是从中间掰开，抹一层油泼辣子，撒几粒盐。这是我自制的辣子夹馍。

那时吃饭就是吃粗粮：搅团，漏鱼，窝头，黄米干饭。难得吃一回麦面，通常做汤面，锅里水开了，往里头丢些白菜叶、洋芋疙瘩，煮一煮，再把面片下下去，熟了，汤多面少，连汤带面盛碗里吃。叫连锅面。肚子吃圆了，过一阵子，尿一泡尿，肚子又瘪了。肚子是哄饱的。炒菜顶多就是一盘韭菜，碗里挑上一筷子，有个味道就不错了。菜不能当饭吃。如今条件好了，吃一桌子菜，还得再来一碗面，而且是一大碗，热蒸馍更是少不了，不然，等于没有吃饭。以前吃饭都是

美

佛

以粮食为主，胃也习惯了，要是白饭，下饭的菜，几乎全是腌白菜、腌萝卜。每年秋天，母亲都要腌一缸白菜，拿大青石压着，天热，上头起了白，清水洗洗，切成丝，撕成片，或者整棵架到盘子里，一顿一顿，吃到来年秋天。我端着碗，吃饭消极。母亲说我，别吃了五谷想六谷。我没有想六谷，世上没有六谷，我在想蒸馍。蒸馍我能吃下去。

蒸馍极少是麦面的，多是二面的。就是小麦出了粉，剩下麦麸，继续在磨子上磨，把麦麸也磨成粉，这也能吃。二面的蒸馍发黑，瓷实，吃一个顶一个。我觉得比黄面也就是玉米面好吃。黄面吃多了，胃里老泛酸水。西北人吃饭，不讲究菜，当然也与地旱菜少有关，与菜贵吃不起有关，但是，却离不得辣子，而且一定是油泼辣子。一碗饭，调上红红的油泼辣子，胃口就开了。所以，我吃蒸馍，夹进去油泼辣子，也是能吃到的稀罕的油水。看着红红的辣子油渗透在蒸馍的边沿，食欲大涨，几口就把蒸馍吃下去了。

家里兄弟多，弟弟也爱吃馍，常常被我吃光了，吃不上，气得骂我馍馍驴。母亲蒸馍时，我就在伙房外头旋着，等着吃热蒸馍。1976年前后，粮食供应紧张，第一回从粮站打回来了一口袋红薯干，母亲不知道咋做，就拿水泡涨了吃。就这种吃法，也给吃光了。二回提回来的红薯干，切成小块，在铁锅里焙干，像吃炒豆子一样吃。再咋吃，也觉得肚子是空的。家里蒸馍馍的笼，由原来三天用一回，变成十天才用一回，都生了霉斑。于是，再也不能由着我们吃馍馍了，就定量。

吃
馍

蒸了馍馍，一人两个或是三个，吃完自己的一份，就没有了。那段日子，我肚子里缺少馍馍的补充，一天到晚，整个人都恍恍惚惚的。我最小的一个弟弟肚子小，让我一个蒸馍吃，几十年过去了，这情我现在还记着呢。

参加工作后，工队食堂的蒸馍又白又软，我能顿顿吃白蒸馍了，但我不敢放开吃。那时我干的是重体力活，石头进到胃里都能消化，我要是尽饱吃，不到月底就没有菜票了。和我住一间活动房的一个山东人，一次和人打赌，吃了十六个蒸馍，吃完还喝了一缸子凉水。不是他饭量大，而是他每次吃饭都吃个半饱，亏欠了肚子，补难过呢。山里的日子，苦也罢，累也罢，有馍馍吃就是福气。我还发现了一种蒸馍的吃法：冬天，把蒸馍搁在火炉子的炉盘上烤，烤得焦黄焦黄的，外头脆，里头软，热气腾腾的，好吃。也能埋进热炉灰里，先忙其他事，回头刨出来，拍打拍打，撕开，面粉自身的香味扑面而来，高兴得我心慌。这是我认定的天下第一美食。

到现在，我的家乡，过红白事，亲戚上礼，都是十二个蒸馍。拿篮子盛着，白布子盖着，郑重交付给主人家。这是大礼，也是讲究。走的时候，可能提回去了主人回送的点心烟酒。要是红事，蒸馍上用吃红点着红点。

馍馍的象形，被联系到了女人的胸脯上，话语里常用。有馍馍吃，才会对馍馍以外的事情有想法，没馍馍吃，肯定尽想的是馍馍，而不是别的。我家乡人说话，说我把你馍吃了，来表示对他人利益最大的

美

佛

损害，哪怕是一个馍。如果说馍馍不吃笼里放着呢，这里的馍也有打比方的意思，通常指的都是好东西。还有一句，馍馍打狗，有去无回，意思差不多。

西北农村的人，吃馍喜欢蹲着，地点往往在一堵晒着日头的土墙下。馍是放了几天的凉馍，捧在手中，如一样圣物，如一次礼拜。咬上一口，整个口腔动着，整个脸部的肌肉也随之动着，没有水，往下咽馍馍，那种幸福的艰难、那种专注和投入的表情，只有在吃馍时才能见到。凉馍在吃的时候会掉落许多馍渣，说是许多，也没有多少，吃一个馍，最多也就掉一口馍渣，那一定要用手接住。接上一会儿，把手往一起掬掬，集中一下馍馍渣，嘴凑跟前，挨到手心上，把馍馍渣吸进嘴里。当地人还给馍馍渣起了个好听的名字：馍花。这是我听到的对粮食最富有诗意的礼赞。

前几天，我看到一个消息，说再过几十年，那时种地，就不是一年种一次了，像种树一样种庄稼，只种一次，以后年年收割粮食就行了。我挺高兴，多好啊，再也不会有饥荒了，农民也不像现在这样辛苦了。据说，这种粮食树正在培育，就用自然界已有的一种多年生野生植物来改良。这项工程，比袁隆平的水稻杂交还要了不起。原理呢，也不复杂。因为，我们现在种植的作物，小麦呀、玉米呀、水稻呀，都是人类在自然界选择的结果。选择的都是一年生植物，多生长于欧亚。那时的人类，刚告别茹毛饮血的野蛮，没有工夫从多年生的植物中选择可食用的品种，也等不住，就选生长期快的。虽然一年生植物

吃

馍

的种子都富含营养，外壳坚固，易储藏，人类培育起来周期短，收效快，但扎根浅，管护费力，得耕种、施肥、灌溉，对人力的依赖重，于是老牛抬杠的农耕社会以现在的样式发展了下来。假设老祖先当初在可食用多年生植物的培育上费些心思，会减少多少问题，又会增加多少问题啊。不过有一条可以肯定，人类不会饿肚子，也就不会为吃的打仗了。有了粮食树，就像核桃树、苹果树，一直长，到时间采收就行了。我就希望，一定要大面积种小麦树，从此让爱吃馍馍的人睡下不动也有吃的，肚子饿了，伸手就能抓上一个蒸馍。我盼着这一天。

11 号院

11 号院是过去平凉城的一个大杂院，在中山桥边上。过去有多久，算下来，差不多快四十年了。现在，11 号院已经没有了。现在，11 号院在我的记忆里。

过去的 11 号院，院门高而宽，架子车也能直接拉进去。院门的门框是杨木的还是松木的，我不知道，只记得裸露着木头的本色，但已经不是最初的颜色，是那种经年的灰白色，散发暗光，摸上去，能感到经络般一道一道木纹。可能原来是黑色或者红色，但油漆全都脱落了，在漫长的岁月里消失了。院门的门扇是损坏了，还是被谁卸走了，我也不知道。我从来没有见到过院门的门扇，就认为院门本来没有门扇。

院门的门框上横梁偏右，钉着一块巴掌大的铁皮牌，上面写着：果木市巷 11 号。11 号院的名字，就是这么来的。

11 号院里，居住着十几户人家。进了院门，头一家，便是我们家。

我们家的房子，土木结构，厦子样式。进去，就是灶火，泥抹的锅台、笼屉、装面粉的木箱、米坛子、酸菜坛子、水缸，拥挤在边上。再一拐，一片空间，靠一面墙盘了炕，墙上开了一扇四个格子的窗户。早上，光线呈柱型进来，像探照灯照射，光亮处微尘飘浮。这个炕小，我爸睡。炕前地上摆着长条凳，堆着木头，靠另一面墙竖立着长短宽窄不一的木板，立着大小不同的锯子，至于刨子、木尺、斧子、墨斗、胶罐这些，都在随手的地方。早晚，我爸都在这里做木工活。这里，总散发着刨花的味道，也弥漫着大白菜的霉变味和搅团锅巴的焦煳味。我要说，木头的味道和食物的味道，在这里，在我们家，是一种必然的联系，那就是，一种味道向另一种味道在转化，那就是，我们家的人口，都是靠我爸的木工活养活。

还有里间，也得拐一下，带门洞，在土墙上开出来的，顶部弧形，进去，一边置放着立柜箱子，柜上搁置着闹钟、鸡毛掸子、梳子、药盒、煤油灯；一边是一方大炕，睡一家子人的大炕。我爸、我妈、我姐、我哥、我、我弟，晚上睡觉都在这方大炕上。大炕脚上方，是一扇八个格子的窗户，往外看，就看见了不远处的土墙围拢的厕所。大炕是板炕，炕坑是土坯砌的，外层嵌青砖，炕面镶嵌着一块一块可以拆卸的木板，冬天要煨炕，把锯末堆进去，引燃，做火引子，再往周边壅煤面，煤面缓慢燃烧，释放热量，炕就热了。地上不生炉子，冬天冷，我就想起，小时候，一床被窝，我哥、我、我弟三个盖，中间的暖和，两边的吃亏，都使劲往自己这边牵拉，把被窝都撕扯了。

刚烧上的炕，烟大。虽然有烟道连着外头，煤烟也会从木板的缝隙跑出来。早上起来，常常头痛，就说让煤烟打了。但喝上几口凉水，也就灵醒了。我想，这么多年，一直没有造成更严重的后果，不是福大命大造化大，是房子四处透风的缘故。

我们家的房子，就这么大，如果测量的话，我估计，不会超过三

美

佛

十平方米。

　　记忆里房子昏暗，潮湿，阴冷。我写作业都是趴在大炕上的窗台上写，这里亮堂，还能往外看，心不慌。冬天，要蒸白馍，就得发面，我妈就把面盆放到炕上，还给盖上被窝，面团就放大了。端午节时，又把掺了酒曲的燕麦盆放炕上，只是苦一层笼布，压上锅盖，能发酵出酸甜适中的酒面麸子。我爱吃酒麸子。

　　我还想起，我们家里照明，主要用煤油灯。街上的铺子里有卖煤油的。家里有电灯，15瓦的灯泡，平时不让亮。煤油灯也不能亮得太久。晚上，黑着也能说话，不点煤油灯。我爸做木工活点一盏煤油灯，这必须点，煤油灯照亮的，是一家人的饭碗。

　　11号院的人家，都是这样子。好的，也好不到哪去。娃娃少的人家，就是住得略微宽展些，就是安静些。娃娃多的人家呢，自然饭碗多，碗里汤水多，费衣裳也就费布，但大的穿过的，老二、老三、最小的接茬穿，也把日子过着。

　　我姐是老大，我姐上小学的书包，就用到我这里。我升初中，又把书包传给了弟弟。而我呢，又背我哥的书包，只是大些，结实些。算盘、铅笔盒、墨盒，也这么往下传。但算盘在我的手里给散了珠子了，是我在放学路上，拿算盘当滑轮，人站上头滑，给颠簸坏了。算盘到我这里就中断了传递。弟弟的算盘，是我爸另买的。

　　11号院的人家，都是这样子。谁家要是炒肉，一院子都能闻见肉香。就知道，这家在过事，属于不对外张扬的事，比如远道来了亲戚、老人的生日这一类。因为，除了过年、过端午、过中秋这些为数不多的节日，平时是没有谁家吃肉的。平时，谁家的垃圾里杂有鸡蛋皮，也会被发现，也会被奇怪一阵子。

天快亮那阵子，11号院的人，出院子往河道里倒尿，往门口地上泼洗脸水，推自行车，走路往出走，声音乱，透出急切。天快黑那阵子，都回来了，不那么集中，脚步也不慌乱，但烟筒里的烟，商量好似的几乎同时冒出来，一缕缕地，软着扩散开，渗透进夜色里去，而且，大人打娃娃的声音、两口子为吃饭和花钱吵架的声音，也会不时响起。整个白天是静止的，晴天，阳光是静止的，雨天，雨滴是静止的。白天，都是老人在家，不爱动弹，说话声音轻，走路像影子在走。白天，老人都喜欢坐在自家门口，手里纳着鞋垫，或者择着一把韭菜。老人都有耐心，也能坐住，坐着，一上午过去了，坐着，一下午过去了。坐着，头上添了一根白头发，坐着，脸上的皱纹多出一道，这都是很正常的。

11号院里，除了我们家居住的西房和另一家居住的北房，与房前的空地组合成长条形空间，并在北房靠东开辟水井的棚子，再往东，过了一条通道，则是土墙围拢出的厕所，另外的地盘，区分出和外院相连的三个小院子，分别在南边、南边偏西、西边。但只有南边偏西的小院子还有门楼，也有门扇，还能关住，而且，唯独这里的房子是砖木结构的。别的小院子，都成了敞口子，挡不住脚。现在想来，这么大的院子，原来应该是哪个大户人家的宅第，时光演变，世事无常，

美
佛

挤进来了各色人家，在这里过日子，在这里生老病死。

北房住户姓张，男主人像个粗人，女主人文静秀气，有个儿子叫船舱，大我三四岁，是抱养的，老挨打，老吃不饱，让我从家里偷馍馍吃。船舱长到十三岁上，就到农机厂上班，学会开拖拉机，住厂子里，回家极少。这家男主人留给我的印象就是说话声大，再就是一次不小心把清油倒裤子上了，糊一层干黄土，拔油，又用醋水洗了，挂铁丝上晾着，但大油斑还是明显。

我们家的厦子房，就是租张家的。11号院多数房子都是公房，也有私房，张家，还有南边偏西院的李家，都有私房，自己住不完，租出去。那时候，租私房，比公家房便宜，我们家租私房，就是图个便宜。但后来住不下去，被暗示明说，驱赶让搬走，提出加房租，加到比公家高也不行，真是有苦说不出。1976年，我们家在11号院再也支撑不住了。我盼望我爸作个决定，把我们家搬走。记得晚上睡下，我用手在墙上抠，墙体酥软，一抠一个洞，拳头都能旋进去，我害怕那天房子塌了，跑不及，还不被压死捂死。所以，当我们家真的能搬走时，我高兴得没法讲。

老是想起11号院的一些人、一些事的时候，我已经到外地谋生了，许多年之后，记忆还是丰富的。

11号院的住户中，高家不可不提。因为，在我看来，高家是唯一不发愁吃穿的人家。高家住在南院，说起来和我们家的房子连体，只是隔了一道墙。高家只有夫妻两口子，极少做饭，经常下馆子。高妻头上抹头油，腰紧，总是捏一撮瓜子嗑，瓜子皮"噗噗"吐地上，样子好看。高掌柜身子魁梧，喜欢戴一顶蓝呢子料的帽子。经常地，手里提着一纸包细绳拴着的点心回家。还有，高掌柜的手腕子上，有时候，明晃晃的，戴着两只手表或者三只手表，这也十分吸引眼球。冬天穿棉衣，袖筒长，也能看见。是的，高掌柜是修表的。这在20世纪70年代，可是了不起的职业。高掌柜为什么不要娃娃呢，这个问题，我想过，也听大人议论过，有些话，我听不明白。

西院的徐家也是故事多。徐家是天津人，说话的声调，自然和我们不同。据说因为成分不好，三个儿子都没有安排工作。但老大徐相林给徐家争了光，上山下乡，表决心要扎根农村五十年，被树为典型，大喇叭上发言，11号院的人都听到了。徐家还有两样事情给我留下了深刻印象。一是把泾河里抓下的小指头长的鱼，一条条挑开肚子，取出内脏，放到另一只盆子里，鱼还能游，却用面粉拌了，油炸了吃。在11号院，只有徐家吃这种鱼。二是徐家门口种了一株核桃树，五六年了，才长过屋檐，没见结过核桃。而这棵树，是11号院唯一的一棵树。11号院再没有别的绿色，没有。只是有的家里在方桌上摆个瓷瓶，里头插一束花，很鲜艳，塑料的，脏了，在水里淘洗淘洗，四季开不败。徐相林在平凉四十里铺插队，真的没回城，当上了大队长，娶了当地一个姑娘。即使政策变了许多回，徐相林现在的身份成了支书，也依然坚持在四十里铺，还兴办了预制场、砖窑、石棉瓦场，经营有序，盈余明显，在农民中保持声望。

美

佛

　　那时候，像徐相林这样的，在我的眼里，属于大娃娃，耍不到一起的。徐相林的妹妹徐香香倒是和我年龄相当，但我不跟女娃娃耍，也就没有来往。许多年后，我听小时候的伙伴说，徐香香名气快比上她哥了，结交了不少厉害人物，得了个徐大印的外号。还有一个张家的女娃娃，我们给起的外号叫大辣子，为什么呢，原因我竟然想不起来了，只记得捉弄过她一次，就是看见大辣子上厕所，隔着土墙，扔进去了一疙瘩土块，吓得大辣子直叫。11号院和我年龄一般大的男娃娃有三五个，和我最密切的有来和建平，这让我的童年不缺少热闹。

　　来家里的炕上，放着一只簸篮，里头是旱烟末，来他妈抽。来他妈的脸、嘴唇，都黑青黑青的，可能与抽烟有关。大人说，来他妈抽过大烟。有时我去，来他妈不在家，就卷一根抽，一次抽醉了，恶心，头晕，回去睡了一天。来他哥叫平安，脖子上长着一个肉瘤，我们叫瘿瓜瓜。肉色，椭圆形，饭碗那么大，把来他哥的头都挤歪了。我开始看着害怕，不敢看，后来看多了，就不害怕了。出于好奇，忍不住用手摸，肉肉的，热热的。许多人都摸过来他哥的瘿瓜瓜，来他哥让摸，来他哥不生气。来他哥挺孤独的，老是一个人蹲在墙角晒太阳。来他哥想和谁耍，就会说，跟我耍，让你摸我的瘿瓜瓜。似乎这多出来的肉瘤是个玩具。有时就有人愿意，摸上一阵，来他哥表现出舒服的样子。现在我知道，瘿瓜瓜由碘缺乏引起，是地方性甲状腺肿，属于一种疾病。那时候，光是认为难看。来他哥除了长瘿瓜瓜，下面也异于他人，他的阴囊鼓胀如拳，尿尿时我看见过。这种情况，我们叫气卵子。就像拿气管子把气打进去了一样。来他哥不让人看他的气卵子，尿尿都是躲着人尿。我曾想，下面吊个大家伙，走路快了，甩动起来，一定挺难受的。来没有爸，后来，来他妈找了一个，来又有爸了，每天早出晚归，不知道干的啥营生。后来，来他哥结婚了，取的是北山上的媳妇，还生了个娃娃，我留意过，没有长瘿瓜瓜，也没有长气卵子。来他哥再不让人摸他的瘿瓜瓜了。

建平家在西院，和徐家一个院。我和建平最要好，经常在一起。我们家搬走后，我和建平还来往。高考复习，建平到我们在八盘磨的家来，我俩一起背书。但建平考上大学了，我没有考上。建平在西峰的庆阳师专上学。不久，我在庆阳的驿马上技校，离得近。我星期天去找建平，他很吃惊。我俩买了两毛钱的葵花籽，一边嗑一边走，说了一下午话。这是后话。那时，建平他妈能干，在醋厂当厂长。建平家，总有一股子醋味。建平曾经偷了家里的生鸡蛋，没法吃。我俩到中山桥下面，找来烂纸，柴棍，点着了，把鸡蛋放火上烧，烧得裂开了，半生子，也能吃。

那时候，我像是没有人经管，自己长着。我是没有上过幼儿园的，11号院的娃娃，都没有。所有能到的地方，都是我们的幼儿园。我们在11号院长大，能自己走了，先是院子里，再是外头，由近而远，东跑西跑，童年的时光，趣味和无聊夹杂，冒险和失落相伴，快乐而忧伤，简单而多彩。远处，我到泾河滩游泳，水浑浊但却干净，河流拐弯的地方水深，一次次扑腾，上来晒太阳，皮肤上就染上了土色，用

美

佛

指甲能画出线，家里的大人，用这个办法获取惩罚的证据。还有就是到柳湖捉鱼。工具简便，一块铁纱窗的网，四角拴绳子，中间搁一块石头，撒一把碎馍馍渣，沉入水中，网会松开，等一会儿，猛然上提，网收紧，如果有鱼吃食，常常被捉。捉下的鱼，养到罐头瓶子里，过一个晚上就死了。我还在一只铁罐里养过蜗牛，每天都看几次，养了一个月，一次没把盖子盖严，蜗牛爬出去找不见了。至于养蚕、养兔子，也持续了我的许多热情，那时我已经上学。

出 11 号院，向北拐，走二十步就是中山桥，往上是繁华的兴民路，是城门坡，往下，可以到平凉最大的菜市场。我记得最真的是卖吃的地方，一是往下走，有一家三八食堂，专门卖小笼包子。包子馅是纯大肉的，只加了些葱调味，咬开，馅的形状还完整，颤颤的，油汁渗出来，染黄面皮。这是全平凉最好吃的小笼包子，我只吃过三回。我想多吃，没有那个福气。好吃的东西，不是想吃就能吃上的。第二样在兴民路转盘，专门卖清汤羊肉，汤汁淡却鲜香，有一种像线板子的饼子，泡进汤里，一口汤，一口饼子，过瘾。这也是全平凉数头等的。城门坡下，专门卖凉皮，我们叫酿皮子，弹性足，有韧劲，滑溜，色亮黄，调上醋，调上辣子，吃一碗还想要。这同样在全平凉排第一。

别的好吃的，得说到水果。夏天是西瓜，似乎都是锥形，破开，瓤有红、黄、白多色，红又分大红、桃红、粉红、玫瑰红几类；秋天，会有泾川过来的梨、桃；冬天是更远处的宁县过来的柿子，全熟透了，顶部覆一层霜，还带一点冰碴，别有滋味。这些水果，都拉在架子车上，在中山桥两边支摊子叫卖。我没有钱买，就围在旁边看，看着看着，趁不注意，偷个桃子，偷个梨，虽然做贼心虚，但偷来的东西吃着香。

还有卖烧鸡的、卖麻花的、卖大豆卖麻子的，也集中在中山桥和兴民路一带。做这些买卖的几乎全是回民。回民能吃苦，回民会做。我现在做梦还梦见烧鸡：两只整鸡，拆卸开的鸡的零件，一只翅膀、一条腿，都可以片成双份，鸡内脏拢在一起，鸡蛋圆成一堆，全盛放在一只高腿笼屉里。晚上就出现了，看见马灯的那一团光，就知道是卖烧鸡的。不时用小刷子蘸上鸡油刷，刷得鸡皮发亮光，更激发食欲了。那时，我暗暗确立了我的人生理想：有足够的钱，哪天吃一笼屉烧鸡。

我童年的天堂，就在家门跟前，就在中山桥。中山桥原来是松木的，整个桥体，包括桥拱、桥栏，都是松木的。桥面上敷了一层沥青。多少个傍晚，我们坐在桥栏上，说着古今，直到大人喊叫着让回家。

中山桥下面更吸引我。夏天，汽车从桥上开过去，桥缝里挤下来一片片热热的沥青。收集多了，可以固定到木棍顶端，成就一个圆蛋蛋，在水里冷却，就定型了，拿手里威风，打人身上闷疼。沥青还能嚼，有嚼劲，口香糖一样。桥拱的支撑部分有许多空当儿，攀爬上去，过来人，看不见，咳嗽一声，吓一跳。有神秘感。也有奇坏的，见要饭的走过来，在上面往下尿尿或者拉屎。这种事，我没有干过，来干过。但我在河道里把癞蛤蟆捉住，用绳子串一串，又把每一只从后窍插入竹管吹圆肚子，再放到桥上，汽车过去，轮子碾压，炮响声声，也十分恶劣。平凉城就这么大，过往的人认出是 11 号院的，有的会摇头，而我更加得意了。

河道里的水，是从纸坊沟流过来的，一路向北，汇入从西边的崆峒山流过来的泾河。泾河又流向哪里，那时我不知道，现在知道了：泾河向东，来到关中平原上，和渭河汇合，在高陵县，有一个四个字的地名，就叫泾渭分明。

春天，河道边的硬土里，能掘出早生的一种草的根，我叫辣辣根。掘一把，白生生的，吃下去，肚子"咕咕"叫。春天还想吃别的解馋，就只有榆钱了，这要走得远些。吃辣辣根，吃榆钱，都不花钱。我还在河道里捡过一只死刺猬，当时，我的想法是这东西值钱，虽然死了，但一定能治病，就放到路边，等买主，好几个人都好奇地过来看看，我就问，买吗？但都是只看不买。我生气了，提起死刺猬，又扔回了河道。

我曾经在去柳湖的路上，在一堵农家的墙上看过一幅漫画，名字叫"越走越亮堂"，画中的人物走着，开始打灯笼，然后用手电，再走路，头顶有路灯。似乎是 50 年代画的，我每次路过，都停下看一阵，就觉得挺美好的。没想到，不久，11 号院外的路边，也栽上水泥的电线杆，装上了路灯。路灯下成为我们经常聚会的场所。夏天，蚊虫舞动，蝙蝠穿行，我们脸上亮着，浮了一层水一样，兴奋奔跑，在黑暗与明亮之间往返。有几天，听说有广场一带的娃娃拿弹弓打路灯，我们自发守卫，深夜也不回去，为此受到大人的责骂。

和11号院相邻的院子，我几乎都进去过。大小不太一样，格局都差不多，有的比11号院拥挤。出院门往北，一道细窄的巷道，铺大麻砂石和大青石，两边的墙基是大青石，上面是上寺台。我上学就在上面的小学上。在学校的后院，可以俯瞰城门坡下的这一片平凉城，自然也包括11号院。我多次真切地看见我妈在往门外铁丝上晾衣服，或者坐小板凳上拣韭菜。我就大声喊。声音似乎传不过去，我妈没听见。高处看11号院，倒十分方正整齐，横竖线条分明。平凉城里，过去几乎都是这样的院子，比11号院还铺张的院子，我也去过，里头的住户更多，也是院子套院子，一次我晚上走进去，转悠了半天，找不到大门出来。

如今，这些院子，凡在街面上的，全部拆了，毁了。

外人来11号院，都是有事情才来。早上来的，有送奶子的。是羊奶，三五只瓶子装在挎包里，给订奶子的人家送上门。我们家就订了一斤，天天有，小时候，我没少喝羊奶，我们兄弟姊妹几个，都没少喝。现在的羊奶，是给我爷订的。

我前面没说，我爷被我爸从宁县老家接来，跟我们过，但没有住一起，在11号院的南边偏西院，一间房子，专门给我爷住。吃的、穿的、用的，都是我爸单另给，都是好的。我爸不识字，我爷识字，还能写毛笔字，这我不明白。听我妈说，我爸小时候放羊，没念下书，十几岁出来学木工手艺，在平凉成了家，我爷就过来了，一直好吃好

美
佛

喝，我爸还一日三次问候，问缺啥不缺，问想吃啥。我妈说我爷还有一个儿子，是老大，但我从来没见过。我爸是个孝子，用行动教育着子女。我爸没让我们几个子女欠一天学费，家里揭不开锅，也有我们交的学费，也有我爷喝的羊奶。做木工活缺人手，从不让我们耽误写作业，丢下书包。我爷去世后，每一年的节日，我爷的忌日、生日、我爸都带我们到南山上坟，要带上专门买的酒菜、卷烟、洋火、点心。烧纸是我爸亲手用纸币印过的。祭奠完，剩下的吃食，我们在坟头分着吃了，提着空篮子下山。

世上最了不起的人是谁？在我的心目中，永远是我爸。虽然我爸没少打过我，而且手重，我小时候记恨我爸，出门工作后，就不记恨了。我爸去世都十年了，我还常常梦见，梦见我爸在电灯下做木工活，耳朵上夹着一只木工笔。

拾粪的也会到 11 号院来。挑着担子，提着铁锹，进了院子，直接往厕所走去。厕所都是旱厕，多亏有拾粪的来。进女厕时，咳咳两声，里头有人，会细长地"嗯"一声。没人，就进去。拾粪的腿脚勤快，天麻麻黑就进东院，出西院。冬天下了雪的早晨，通向厕所的脚印，就是他们留下的。有的大院子，附近的生产队把厕所包了，在旁盖一间小土房，派一个老汉看粪，定期有马车来拉粪，不让拾粪的把粪拾走。拾粪的也知道这里的粪多，有时半夜偷偷进来拾粪，就会和看粪老汉发生争吵。

要饭的也会到 11 号院来。对，叫要饭的。叫叫花子、乞丐，都不确切。要饭的，就是要吃的。背上搭一条破口袋，手里拿一只破碗，要些剩馍馍，要些剩汤。馍馍都不完整，老鼠啃了的、长毛的起斑的，能给些都不错了。那样的年月，啥都缺，最缺的便是吃的。有时一天来四五个要饭的，站门口不住说"给些吃的，给些吃的"，隔着竹门帘能看见，有的给了，有的不愿给，就不出声，装着家里人不在，觉得挺歉疚的。一次一个要饭的老汉，在我们家门口要，好话说了一堆，拿碗的手配合着上下，我妈啥都没给，只好失落地走开。我突然心软，趁我妈不注意，从笼里拿了一个黄面饼子，追出去，追上要饭的老汉，把黄面饼子给了转身就走。当时我就觉得我挺善良的。这是我做过的为数不多的善事中的一件。

货郎、卖豆腐的、卖凉粉的、磨剪子的，也到11号院来，却不进院子，只是停在院门外，一声声吆喝。院子里需要的人听到了，自然会出来，有时，生意就做成了。有时，出来看看，没看上，嫌价高，空手回去了。磨剪子便交给人家，自己回家里去，估摸着差不多了，再出来取。

淘井的穿着紧凑，扛一根粗壮的长竹竿，也在11号院门外吆喝。算准了时间的，一般半年要淘一次井。吆喝着，有人说，来淘井，才进院子。有时没计划好，吆喝一阵，走了，到别处去吆喝：淘井——淘井——。11号院的水井，有二十米深，打水时，提水桶去，桶环套到井绳的铁钩子上，下放到井里，吃上水，绞辘轳绞上来。井口是青石盘的，布满凹坑，光滑，湿潮。虽然有一块木头的井盖和柴草，土尘落

美
佛

进去，有时，谁家的水桶落进去，没捞上来，也挡水眼。慢慢井底沉积了淤泥，水面浅了，打上来的水浑浊，就得淘井。院子里的人家出份子，就等着淘井的来吆喝。

常年到11号院淘井的，是一个个子低矮的人，身子却宽，大手，大脚，大脸。由院子里身体强壮的两个小伙子配合，把他下到井里，绞上来清理出来的淤泥。淘井的从井里出来，身上是干的，脚上的布鞋也是干的，就是头上、肩膀上、裤腿上粘了些泥。刚淘完井，水更浑浊了，得等一天，水才会清澈。

1974年下半年的那次淘井，没料想轰动了整个中山桥一带的居民区，11号院一下子出了名。那天，两个小伙子又绞上来一桶淤泥，要往旁边倾倒时，一个看到一疙瘩泥，像是裹了个啥，就抓手里捏了一下，硬硬的，又甩了一下，看清是一个银元宝，不由"呀"了一声。另一个也看清了，就在淤泥堆里找寻，也发现了一个银元宝，就是刚才被甩掉的那一疙瘩泥。这下，院子里的人都围上来，手在淤泥里摸揣。消息很快传开，这下，外头的人也一群一群地，赶到11号院寻银元宝。真有许多人在淤泥里捏出了银元宝，不吱声暗自兴奋的、大呼小叫的，11号院热闹得像过年一样。11号院从来没有这么热闹过，从来没有进来这么多人。我出去到纸坊沟耍去了，回来，人已渐渐散去。我不甘心，也在淤泥里捏了一阵，除了两手泥，啥都没有捏出来。人们忙着寻银元宝，把淘井的给忘了，我听见井里有喊声，就说淘井的在下面呢，这才把淘井的用辘轳绞上来。上来，淘井的埋怨了几句，拿上钱走了。事后人们说，淘井的听到上面的动静，一个人在井里，也摸银元宝，摸走了不少呢。反正，再以后，没见这个淘井的来过11号院。

一连几天，人们都在议论银元宝。南边偏西院的李家有人说了，银元宝是李家爷爷的，有一年闹土匪，情急之下，把一口袋银元宝丢到了井里，后来解放了，院子里进来的人多了，也不敢提，就把这事淡忘了。人们这才想起，11号院这么大的院子，原来是人家老李家的。而李家人几乎不和院子里的其他住户往来，一个个脸阴着，话少，李家的娃娃和我们耍，也会被喊回去。

但我们家还是有收获：三弟在淤泥里捏出了两只银元宝，而且，还没有让别人知道，这成了我们家为数不多的秘密之一。因为这个，父母一直疼三弟，他挨打都比我少，有个糖，他们悄悄给三弟不给我。银元宝在家里放了一段日子，风声过了，拿银行去，换回来54元钱，买了一条毛线织的毯子，铺到炕上，四五年后，烂了几个大洞，就不再在褥子上铺了，铺到褥子下的炕席上了。银元宝长的啥样子，我记也没记下，就这么没有了。

我出来工作后，回家的次数越往后越少。1987年回去时，去了一回11号院，住的人都不认识。老住户几乎全搬走了。1998年再回去，路过中山桥，11号院已经看不到了。原地是一栋大楼。我竟然发现，当年立的电线杆还在，顶端的路灯，灯泡早没有了，灯罩还是原来的，上面布满着弹弓打出来的麻点。

美
佛

11 号院和我耍大的娃娃里，只有建平和我有交往。我每次回去，都找他，一起喝酒，说话。建平现在是平凉一中的高级教师，是 11 号院出来的最有出息的，比我，比来都强。听说来曾在平凉皮革厂上班，后来下岗了。目前在干啥，我不知道，建平也不知道。

八盘磨

一

那天，我爸带着我哥和我到八盘磨看地方，我心里兴奋，充满新奇。那天下着小雨，是毛毛雨，我爸戴了一顶草帽，我哥和我没有遮挡，雨水落到头上，头发都湿了。

这块地方，有三畦地，种着一畦韭菜、两畦菠菜。是赵家种的。赵家的院子，正房在高台子上，坐北朝南，有西厢房、东厢房，有后院。我都转悠着看了。我发现，后院比前院还大，长着一棵腰粗的梨树。种菜的地方，和西厢房挨着，是伙房。东厢房里，住着另一户人家，姓王。过来，是空地，堆着碎砖烂瓦，有一棵一搂粗的核桃树，树皮灰白，绷得紧。相距不远，还有一棵枣树，树干粗糙，鼓突一个个黑疙瘩。

就在这块菜地上，我们家要盖房。是平凉县城建局批的地方，房子我们自己盖，钱由城建局出。盖成了，我们住，给城建局交房租。

我们家原来的房子，冬天透风，夏天漏雨，住着危险，由于是私房，主家不停催促，欲收回另建，实在住不下去了。所以，能有个安家处，我们家老的少的都换了精神面貌。

美

佛

　　我从赵家人的眼神里觉察到一丝冷意，虽然笑着打招呼，还端来了开水。

　　因为，照后来了解到的说法，这里是赵家的庄院，包括这块地方，应该是前院延伸出来的一部分。甚至八盘磨的磨子，大片大片的田地连成一条街的铺面，过去都是赵家的产业。

　　过去是什么时候，是旧社会。现在呢，是新社会。在新社会，赵家失去了许多，现在，又要失去种着韭菜和菠菜的地畔。赵家人心里一定不好受。

　　要不是新社会，我们就不会在八盘磨动土。

　　盖房那一年，是 1976 年。那一年，我 13 岁，已经在平凉二中上初中了。

　　水桥构生产队队长张万良带着工队盖房。在我的印象里，张万良说话带回声。站近了说话，也像离很远说话，声音似乎是从别处传过来的。

　　挖地基，拉来石头、沙子、水泥；砌墙，拉来胡基、红砖；上顶，拉来木椽、红瓦。自然少不了麦草和白灰。

　　用了三个月，三间土木结构的大瓦房就立起来了。

　　在房子完工前的一段日子，我爸让我晚上看房，那时瞌睡多，睡得死，就在地上铺一张木板，身上盖一件棉衣，也能一觉大天亮。几次在半夜，我爸过来，我竟然未醒。说我靠不住事，我迷糊着不语。好在没有遗失物品，人身也安全。

八
盘
磨

二

新房子没有完全干透，我们家就搬过来了。

东西不多，无非坛坛罐罐，生了裂纹，落了瓷面；被窝和床上铺的，又脏又烂，乌黑，散发着尿臊味；箱柜，都很破旧，缺腿少锁的；铁锅的一只耳朵不见了，瓷碗有的带豁豁，杏木案板粘合的缝隙开了口子……都是过日子的家当，都不能扔，都有用。

我爸做木活的工具：木板、木椽、木方，分别是枣木的，水曲柳的，核桃木的，松木的；一架纺麻绳的纺车。这些都是宝贝，吃饭靠的就是这些。

架子车拉了两天，一车一车，全拉到新家了。

新家里，散发着土腥味、白灰味，甚至还有房梁的味，砖瓦的味，都是好闻的味道。

搬到新家前，我姐我哥已经参加工作，在厂里住宿舍。妹妹还没有出生。外间的一张大炕，我和两个弟弟睡。宽展了，睡着就是不一样，胳膊腿能伸开，翻身也任意。身上的虱子都少了。

我慢慢熟悉着我们的新家。

房前屋后，我都要熟悉，包括和我们家右边窗户正对的这棵枣树。铁丝一般的枝杈，结满淡青色的枣子，正一点一点变大。影子随日光月辉移动变化，也常常剪纸般落在我的肩上。

美
佛

三

叫八盘磨，应该有磨子。起码，和磨子有什么联系。

八盘磨这块地面，算是城乡结合地带。住户有居民，更多的是泾
滩二队的菜农。盘旋路向北，一条土路，一直通到泾河滩。走进去，
土路两边，是红光电子管厂的高墙，两边都是厂区，分别开着大门。
走到一座过水桥跟前，厂区就到边了，东西拐一下，连接出后墙。后
墙下，是细窄的土路。过了过水桥，两边也是细窄的土路，土路一边
是一条水渠，一边是一户一户人家。从东边往进走，经过五户人家，
就到我们家了。首先看见的，是枣树的半个树冠。

那么，八盘磨的磨子在哪里呢？过了过水桥，端走，走十几步，
也是往东拐，是一座院墙溃败的大院子，这就到了。院中间有一眼机
井，家里吃水，得到这里挑。都是我挑，一天三次。我的右肩膀比左
肩膀低，就是扁担压的。正东方，一座木头房子，这就是传说中的八
盘磨。木头房子的边上，还有低矮的两间土房子。

我奇怪的是，八盘磨里头，装着电磨子，整天"轰隆隆"磨面。
原来的水磨子，早不见影子了。我还绕到下头看，看到木头房子被条
石支撑在半空，水槽杂草丛生，看不到水渠。水流的痕迹，只是残留
在条石纹路间。电磨子磨面，快，省工。一个女的，满头满身的面
粉，守着电磨子。以后，每个月，我都扛着口袋来磨面，常常是一口

八盘磨

袋玉米，有时是一口袋麦子。我一遍遍弯腰，直腰，铲起饱满的颗粒，倾倒进铁漏斗里，一阵咬牙切齿，一头出粉，一头出麸皮，但还不干净，要再次倾倒进铁漏斗里，再磨……须反复几次，才能分离出一堆面粉。

我更加奇怪的是，两间土房子，是豆腐房，边上一间，中间一盘石磨，一头毛驴，被蒙上眼睛，不停转圈圈。还得有个人，一边骂驴，一边给磨眼里填黄豆。这个人和我年龄相当，叫从学。另一间，支着架子，挂着蚊帐般的布斗子，过滤磨子上磨下的豆汁。自然还有大铁锅、水缸、木框。木框用来压豆腐。靠外墙，有一张土炕，睡人的。我和从学认识后，经常过来，还有兵娃、蛋蛋，坐在土炕上玩纸牌。玩的"三五反"，只记得五最大，其他都忘记了。那时，我玩得多开心啊。

下雨天，路上全是烂泥。能不出门，尽量待在家里。我待不住，出来，在泥里跳着，走到过水桥的桥头，正好是第一户人家的后墙屋檐，站着，遇见和我一样心慌的看过去过来的人。

顺我们家再往东走，水渠也一直延伸着。经过三户人家，就出现一道地坎，连着大片的菜地果园。赵家的后墙院外，也是大片的菜地果园。菜地里种着黄瓜、西红柿、豆角，这都要搭架子。还有白菜、萝卜、菠菜等各种应季的蔬菜。收下的菜，傍晚，都由生产队组织人用架子车拉着，送到城里的菜市部去，卖给城里人吃。虽然赵家大人心思重，娃娃那时还小着呢，就知道耍。有时大人不在，赵家大儿子

美
佛

叫上我，拿竹竿打落后院梨树上没有熟的梨吃。也翻过后墙，到菜地深处藏着，把西红柿吃饱了，还把背心筒进腰，拴紧裤带，往里头装，腰间鼓鼓装满一圈西红柿，跑到没人处，吃完了才回去。

挨着地坎，还有一个住户，六十多岁了，小个子，言语少，独身，我听存学说叫肥羊，许多人都这么叫。肥羊是他的外号。他成过家没，有儿女没，都不清楚。三间土房子，低低的，门前院子里，一棵海红树，也低低的，张开伞状的树冠，几条树枝都覆盖到了屋顶上。到了秋天，挂满红彤彤的果子，好看。我每次经过，都停下看，眼馋。但碰上肥羊的目光，赶紧走远。肥羊总低着头，抬眼看过来，光线是冷的。肥羊名气大，周边的人议论，说他晚上不睡觉，到泾河滩玉米地捉奸。年轻男女正呻唤呢，埋伏在暗处的肥羊突然出现，手电晃着照，手里一把铁铲，衣服不整的偷情者极惶恐，任把手表、钱收走。但肥羊劫财不劫色，拿了钱财，就回家睡觉，睡到中午才起来。一年夏天，肥羊瘸着腿走路，早上在院子也能见到他。有传言说他捉奸失手，遇到一魁梧男子，挨了顿痛打。据说这是肥羊捉奸唯一失手的一次。这次以后，肥羊再也不去捉奸了。接着就害了一场大病，死了。肥羊的院子荒废了，海红树也枯死了。我有时经过，还奇怪：海红树怎么会死呢？

居住环境的改变，使我感知的范围自然向周边延伸，多就近走动，也去了许多脚都走疼的陌生地带。

我喜欢八盘磨的乡野气息。

八
盘
磨

四

从我们家出来，朝左右看，门前是空地，住着居民，而菜农家大门外都修建了猪圈。

猪粪的味道，猪食的味道，在晴天浓烈，雨天也弥漫不散。猪圈土墙低矮，地上泥泞。猪身子懒，总在地上躺着。我来回经过，经常使坏，拣一块土疙瘩打猪。猪只是动弹一下，"哼哼"两声，就又躺下不动了。要是没吃食，只要站在猪圈外，猪都会跑过来，长嘴不停抽搐，还从铁栏门的缝隙伸出来，我借机踢上一脚，猪疼得叫着躲开。转眼忘了，又把长嘴伸出来，我又踢。

菜农用酒糟喂猪，酒糟是从柳湖春酒厂拉回来的，黑中透红，潮湿粗糙，菜农不直接拿酒糟喂猪，可能担心猪吃了醉倒，影响长膘。酒糟拉回来，选晴天摊开在路边晾晒，直到把酒气挥发完，才用麻袋收起来。喂猪时，要在大铁锅里倒上水煮，掺进去菜叶、麸子，搅匀了，再倒进猪槽里让猪吞食。猪也吃热乎的。猪嘴挑，有时吃着吃着就不好好吃了，主人骂着，抓一把玉米面扔进猪槽里，猪甩着头又吃得欢实。主人笑着说，看，又吃开了。

我们家住的院子里，正房里的赵家，是居民，男的在商贸公司上班，女的在食品厂上班。东厢房的王家，男的在燃料公司上班，女的出工，到菜地里劳动。右隔壁一家姓刘，院子大，种满苹果树和梨树，砌着院墙，墙角还有一株花椒树。在墙角下站一会儿，闻到的空气都麻麻的。我感觉，刘家自成天地，似乎不愿和外人来往。左隔壁是乔家，两兄弟长得像，走路脚沉，"咚咚"响，出门不是拉着架子车，就是肩上扛一把铁锨。我感觉，乔家不轻易惹人，但谁也不怕。

人的天性中，对于外来者，都会有好感和排斥的反应。

我们家是新来的，见谁，都给个笑脸。

见了赵家的人，也自己觉得欠了对方什么一样。

实际上，赵家人也是这么想的。当然，隐隐地，也能觉得不光是针对我们家。一个荣耀过的家庭，一定不会放弃念想，而且，也一定在等待机会翻身。

谁不想把日子过得兴旺呢？当下是最主要的，眼前的是最牢靠的。这一点，我爸最明白。

五

第二年春上，我爸把我们家对面靠近土路的那块地，种上了韭菜，还栽了两棵梨树。

我爸爱树，爱花。

在困苦的生活中，我爸依然爱树，爱花。河渠那边，长着一排楸树，大叶子油绿油绿，秋天，垂吊下一挂挂蒜薹样的果实，我爸常站在水渠这边看。一次带上我到市场买玉米，价高，没谈成，捏着空口袋回家。走到过水桥了，却一直走，到泾滩二队队部边一户人家去，去看花。结果搬回来一盆夹竹桃，放在门前台阶上。后来在台阶上又陆续增添了仙人掌、绣球、玻璃翠等几种花卉。

但是，在任何年代，物质生活都是最重要的，都是第一位的。当我爸种下的韭菜割了三道的时候，家门口捡回来的破砖头、大石头也越堆越高。没有地方放置，就把韭菜地占了。这都是我爸带我和我哥，发现哪里拆房，就拉上架子车赶紧去守着。石头有料匠石，有麻砂石、青石，都是泾河滩发过大水后在河床上抱的。我爸还让我在假期打胡基，黄土也是八盘磨边上的野地里挖的。

开始我不会打胡基，打下的胡基，搬不起来，或者掉一个边角。打过十多块胡基，我就掌握技巧了。先调土，要酥软，含水分，干燥的话，就淋水，还要翻搅匀称。石板上，模子镶嵌住，给里头撒一把灰，铲一锨土进去，少了再添些，要高出模子，然后人上去，两手扶着石锤把，脚踩着黄土，抬起再踩下去，反复两下，还要用鞋底来回蹭一蹭，把模子里多余的黄土蹭掉，这时两只脚向两边让，石锤随即击打，部位、力道要适中，就感觉胡基已经在模子里定型了，人下来，弯腰，拆开模子，两手按住胡基的两边往起扶，扶起来了，再端着到平地上竖着码整齐。

那个夏天，我打了一千多块胡基。胡基里的水分被太阳晒干了。我滴落进胡基里的汗珠，也被太阳晒干了。但是，我汗珠里的盐，却永远留存在了一块块胡基里。

美

佛

　　我爸的打算，终于变成现实。那就是，盖一间伙房。这对一个家庭来说，是重要的基建工程。尤其我们这一大家子人，更需要一间伙房。我妈已经嚷嚷了几回了。就在离枣树一米远的位置，用石灰撒上了白线。自然是能节省的开销尽量节省，能自己出力的自己出力。请匠人，买砖瓦，这得花钱，我爸都计划上了。那些天，我负责和泥，负责抱砖，抱胡基，一锨锨翻搅，一趟趟来回，手心起了一排水泡，脸上脱了一层皮。我忍住不叫苦，不叫累。我知道，我叫了也得干，我爸还会说我指不住事。

　　这之后，又准备钢管，焊接龙头，在伙房门口打了一口压水井。我再也不用到八盘磨的机井上去挑水了。

　　一家人吃的喝的，靠我爸的一双手。盖房修院，开支加大，电灯下头，一晚上一晚上，我爸不睡觉地做着木活。都是细致的对榫接铆，也少不了敲敲打打，后半夜了，还叮咣响，邻居就嫌吵，找人假冒治安巡逻队在外头吆喝：干啥呢?! 我爸赶紧降低声音，以后晚上就不再使唤斧头和钉子了。天亮了，还要出去联系买卖，跑一晌午，回来坐炕上等着吃面，却打着盹，头勾着，低一下，又低一下，落空了，下意识猛地一抬，又醒来。

　　我哥到结婚年龄，自己没有能力，还得我爸张罗。于是，又开始新一轮材料准备，在外头见啥有用，都拾上回来，到砖瓦窑预订砖瓦，打听哪里有便宜的木椽、耙子，收集工地上处理的散装水泥，半年下来，走路走得两条腿都弯成了弧形。等到伙房旁又盖起一间房，墙抹了，顶棚糊了，窗玻璃安上了，我爸高兴，出去剃了个头。我爸一直剃光头，事情多顾不上，头发就杂乱着。

给我哥把媳妇娶回来不久，我爸闲不住，又趁着心劲，挪东挪西，在最先的三间房南边，盖起一间专门做木活的房子。

至此，公家的三间、自己盖的三间，我们家有了六间房子。

这是我爸创造的最重的一份家业。

自己安稳了，别人难受呢。赵家人来回家门前走，看着我们家发展，有意大声往地上吐痰，打骂娃娃捎带话，我们都装作没看见，没听见。一次借故我们家伙房的烟道出烟熏了他们家枣树，找社会上的二流子喝了酒，过来拿镢头把我们家伙房的侧墙挖了个洞。我哥和我要动手，被我爸厉声止住，硬忍了一口气。

六

我的身体，有一天，开始散发苦味，我不知道原因，只是心里慌乱。

在八盘磨，我长大了。

我是那么盼望离开，渴望出走，我幻想另一片属于我的陌生的天空。

但我哪里都去不了，我才升到高中，还没毕业呢。

夏天，我和同学关宏伟在泾河滩的一排大柳树下背书，看见班上

美
佛

的两个女生也在不远处背书。我就说过去打个招呼，关宏伟胆子小，不敢过去，我竟然跑向两个女生，说了大意是你们也到这里复习功课啊，今天天气好啊之类的话。觉得没啥说的了，摆摆手又折返回来了。就这几句话，让我心跳加剧，平静不下来，关宏伟还指责我，说我太冲动。回去后，我想起来这件事，一会儿觉得得意，一会儿觉得可耻。我变得有些神经质，常常愣神，又会突然笑。我甚至觉得，我对自己还有许多的不了解。

我上学那阵子，男生和女生是不来往的。小学还说话，三年级以后，就不说话了。上中学，坐座位、排队、放学回家，都是女生和女生，男生和男生。但也发生过哪个男生给哪个女生书包里放求爱信的事，女生会哭着把信交给老师，老师一定会在班上不点名念这封信，大家也会知道是谁。这是很丢人的，这是出丑。也有个别男生女生，或者说就那么唯一的一对，一起到电影院看电影，被班上谁看见，绝对会传开，被人瞧不起，被指指点点，导致很长时间抬不起头。这样的氛围下，哪怕有一丝朦胧的想法，也会压抑克制，不去触碰这个被无形的线画出来的禁区。

这也是关宏伟指责我的原因。

过了一个礼拜，这天下午，天下雨，我出门倒水，无意抬头，看见水渠对面往肥羊家方向的土路上站着两个人，是班上我打过招呼的女生，两人打了一把粉色的雨伞。一瞬间，我脑子"轰"的一声，看了一眼没敢看第二眼，就紧忙回房。我有些害怕，有些不知所措。一

八
盘
磨

直到天黑，我都没有出门。

显然，她们是在等我。

我已经没有足够的勇气走过去，和她们再打一次招呼，说上几句话了。

为什么？

那个时候，那样的年纪，没有答案。

但是，仅仅过了半年，一次从过水桥往盘旋路走的路上，我竟然追着一个女的说：交个朋友！交个朋友！女的惊异地看了我一眼，没有理我，快步走远了。我站住不追了，倍觉挫折，倍感自卑，处于极度焦躁和不安状态。这次打击使我很久以后在和女性交往中始终消除不了心理障碍。

这个女的在皮件厂上班。八盘磨院子对面就是皮件厂。我在过水桥头一次又一次见到她，就记住了。她中等个子，面容白净，大眼睛，走路不紧不慢。我曾经幻想：我要是娶上这么个媳妇，就把我有福死了。可是，这要等到啥时候呢。我就想先认识她，熟悉她。办法只有一个，就是在路上和她搭话。

我等这么一个合适的机会多不容易啊。前后没有人，就她一个走，我跟在她后面，跟了一段路，都快到盘旋路了，犹豫着，害怕着，担忧着，再不撵上去说就来不及了，我才终于下了决心，说出要说的话。

她竟然不理睬我。实际上，这样的结果我应该想到。

以后，我羞于到过水桥头站一站了，我怕遇见她。估计到她下班的时间，我也尽量避开走同一线路。假如我远远看见她的身影，我一定要躲起来。

我在苦闷中度日子，对未来更加茫然。到远方去，到一个没有人认识我的地方去谋生的想法更加急切。

七

我爸一辈子单干，到老了也歇息不下来。儿女长大，要成家的，要找工作的，饭量也跟着涨，日子愈加紧巴。

我爸做木活，主要做瓦扎和砖斗，手工作坊需要。由于选材精，做工细，多少年，不愁没有买主，做出来，就能变成钱。记得一次一个白庙公社的农民，打听着来到我们八盘磨的家里，手脚不自在，说了一会儿，从口袋里摸出三颗水果糖，放到柜面上，算是没有空手上门。这人连说我爸做的瓦扎用着顺手，也经用，要订作，找到我们家老地方，没找见，一路问人，终于寻着了。我爸也客气，留他在家里吃饭，吃的连锅面。

但随着造砖机、造瓦机的普及，买瓦扎、买砖斗的人越来越少，放到寄卖行半年没有人问，我们家一下子陷入困境。城建局来收房租的老周，一般一月来一次，一月的房租也就九块钱。有一次来，我爸说欠一月，老周走了。二次来，我爸在家，忙藏到门背后，老周进来，发现了，话说得难听。当时我在家，只恨自己没有挣钱，让我爸受这么大的难看。

我爸叹息一阵，又为一家人有饭吃想办法。1981 年前后，我已经到董志塬上的驿马上技校，放假回去，两次陪我爸到乡下讨要十多年前的旧债。那是我爸很久前给做木盆、木桶，还有风箱、棺材，当时对方没钱给，就欠下了。我知道，要不是日子过不下去，我爸不会走这一步。一次是坐班车，到土谷堆的山上，转了三家，空手而归。一次是到四十里铺，我骑自行车带我爸，只是喝了一顿黄酒，也把啥都没要上。

我爸是个倔人，更是个不愿认输的人。很快，就开始学习外面的流行样式，开始做沙发、桌椅。沙发的扶手是木头的，而且用整块木方弯出弧度，实现造型。外观新颖，线条流畅，又结实耐坐，一下子有了销路。我爸还做过音箱。做出壳子，配上电子管的收音机，放家里是个摆设，也有不少婆媳妇的人家买。

岁月不饶人，木活做不动了，我爸又拉上架子车，到盘旋路卖花生。这中间，我已经工作，由于干重体力活，又正能吃，一个月挣的钱，大多进了肚子。但给家里每月寄钱，是我必须做到的。家里来信，说已经和赵家说好，让出我们家后房檐，成为通道，让赵家走路，前面则以北侧墙为线，我们砌墙，这样各自都有了院子。我们和东厢房的王家是一个院子。盖门楼子得花钱，我一看，把五百块寄回去。后来回家，没有看见门楼子，才知道我爸拿上我和三弟寄回来的钱，想变多，雇车到宁县拉回来一车西瓜，在盘旋路卖。没料想连阴雨下了一个月，西瓜卖不出去，篷上帆布，盼太阳出来。天晴了，西瓜烂了一大半，本

美

佛

钱倒贴进去了。我和我弟又出了一回钱，也埋怨了我爸几句。

就在这样的艰难中，平凉房改，我们家的房子，可以买下成为私房。这机会不可放过，又是兄弟几个凑份子，终于办了个房产证。

八

也就在 20 世纪 80 年代末期开始，社会急剧变化，平凉也不例外，八盘磨竟然成了最早开发的区域。

传说的都变成了现实，拆迁开始了，过水桥拆了，水渠平了，一家一家搬走了。皮件厂也搬走了。连八盘磨的木头房也拆了。独独到我们家后墙根跟前，不再拆迁了。但一条宽阔的马路，从盘旋路一直修到泾河滩的山根下。在泾河滩，一座火车站也完工了。原来的菜地、果园，变成了马路、铺面、高楼。

甚至，通向火车站这段路，出现了一溜灯光暗红的洗头房。

八盘磨原来的清静，再也没有了。外头尽跑着一块钱就拉的招手停，路上来回走着赶火车下火车的人。

虽说没有住上楼房，但由于靠路边，我们家的地方似乎增值了。我几次回去，都见各种人坐家里，和我爸说房子的事，有人出价出到三万，我爸要四万，没说成。

我爸就说，要是有钱，把房子重新盖一下，间口能增加，多出来的，可以租出去。

八
盘
磨

可是，没有钱，我们都拿不出一大笔钱。

那时候，姐姐和哥所在的工厂已处于半停工状态，年初的工资到年尾了，还发不到手里。三弟在部队，正为转业问题焦虑。我在一个矿区的井队，每天糊一身油污，裹一身脏土。小弟和小妹都在家，没有工作。

眼看着赵家自己拆了房，在原地盖起三层楼。站我们家门口看过去，觉得把半个天都挡住了。赵家的楼，上下租出去，坐收租金。一年一疙瘩，都是现过现，又自己在城里买了商品房住。一家人穿金戴银，腰又粗了，脸又油了。

一次在家里暗淡的电灯下，我爸说，咱们只要有房在，迟早还能改善。我知道，我爸不甘心。不是想往人前头走，只是想把自己的日子过顺当。眼皮子底下呢，比较和气堵是难免的。我就说，人家赵家命里头有富贵，磨子转来转去，又把风水转到炕头上了。不给别人操心，咱们没有金光道，还有独木桥呢。

我们家至今还在那几间平房里住着。这地方，已经不叫八盘磨了。八盘磨的名字，改了。如今，叫陇翠路。

这是一个新的名字。还有多少人知道，这里原来叫八盘磨呢？这已经不重要了。对于不了解的人来说，八盘磨，仅仅是一个名字，一个名字而已。

纸坊沟

在这个小县城，新民路最热闹，路口两边，像样的店铺有四五家。一家商店，号称十三间，窗户镶装明亮的大玻璃。货架上，立着彩色铁皮壳的暖瓶，柜台里，展开装点大花朵的被面，鲜净，亮堂，美，结婚才买。平日里，看多少回，只看不买，图个看着喜欢。一家供应羊肉汤的饭馆，从里头出来的人嘴上油油的。我进去过，一毛钱买个线板子一样的饼子，一块块掰着吃，也好吃。直到我出去工作，有一年回家，叫上我爸我妈，才吃了一回羊肉汤，算是了了一个心思。还有一家照相馆，过节，有喜庆，人们来照相。照相机架子支着，是个大方盒子。坐好了，照相师把头埋进照相机后头的布帘子里，看上一阵，头探出来，眼睛注意着照相的人，手里一只椭圆形的皮囊，拿得高过头顶，说，看这里！看这里！使劲捏一下皮囊，皮囊叫唤一声，照相就完成了。一张全家照，我妈交给我保管，就是在这里照的，有时我还取出来看。照相时，我才九岁，我的脸上怎么那么惆怅？是正在长大的烦恼，还是对未来的茫然，我自己也回答不了。可是，新民路这么景致的地方，就在跟前，就在东北方向，走二十米三十米，一个豁口，两边用半截子砖头砌起来，护住土墙，出去，天空变大，看得远，这就是纸坊沟，就成了另外一个天地了。

过去，城里城外，似乎没有界线。生活简单，心思也简单。日子

纸
坊
沟

也就这么过着，日子都难，却也滋味深长，一天天就过来了。就像新民路热闹，纸坊沟冷清，走动的人，对这样的差异，感觉到了，但不怎么放到心上。夏天，纸坊沟发大水，沟口挤满人，胆大的还用钩子勾冲下来的木椽、树根，这叫发洪财。成功了，那人会兴奋地说，吃羊肉汤去！

在纸坊沟口的面前，是一条弯曲的河道，多数日子，水流细小，突出了一排大小不一的石头。跳跃着过去，就可以顺着河沿走了。是结实的土路。晴天走，路硬，雨天走，有的路面硬，有的路面，脚陷进去，粘一脚泥。河道里，水流上涨，发出"哗哗"声。无论晴天雨天，纸坊沟里的路，走的人都少。经常的，我走半天，还是我一个人走。也会过去过来一个骑自行车的，一个拉架子车的。我曾经遇见两个打捶的，争执一个羊蹄的归属，在土路上你一拳我一脚，尘土从身子下飞扬到头顶，人都被尘土包围了。

纸坊沟怎么能没有纸坊呢？有的，有四五家呢。纸坊沟的名字就这么来的。天晴的日子，土路的一侧，一些土房子的墙上，白花花的，贴满了纸。纸是麻纸，凑近看，没有那么白净。一些空着的白灰墙下，会站着一个人，脚底下是一摞湿漉漉的麻纸，瓷实的方形，像是一个整体，那人用一只手往上面一角揭，一张麻纸就揭起来，要用另一只拿刷子的手护着，趁势贴到墙上，刷子刷几下，刷平，刷紧，就长到墙上了。这样一张一张揭，一张一张把墙贴满。我每次经过，都停下，看上一阵，看得没意思了才走。麻纸贴在墙上，太阳晒，风吹，慢慢

美

佛

就干了。这要把握时间，刚刚干，就收，一张一张取下来，变成两摞三摞，变多了。正取着，起一阵风，一些麻纸自己从墙上跑下来，在路上跑，取纸的人就追，把散落的麻纸捉住。我遇见，也帮着追。有的没有捉住，跑河道里去了，跟着水流走了。

麻纸有用。分成一刀一刀的，送进城，摆放在日杂门市铺里。一是成为包装纸。包点心，包住，一个塔形，用纸绳子拴起来，就是礼当。点心用纸盒子装，就庄重了，一般都拿麻纸包装。还包糖果，包整棵的酱菜，包猪头肉。再一个用途，是烧纸，送先人的。谁家刚殁了人，一年的清明，十月一，特定的日子，有亲人故去的人家，买回烧纸，一张张用真钱印过，到路口烧，到坟上烧。所以，麻纸的消耗很大，纸坊沟里的纸坊，不断生产着这种粗糙的纸张。

纸坊沟离我们家住的地方近，我常常去，一个人，或和小伙伴一起，耍得高兴。沟里头一个村口，长两株大槐树，五六月，槐花开放，白银般绚烂，我不是图好看，上到树上，把槐花连树枝折下来，我吃槐花。槐花吃着有甜味，有淡淡的香。我去纸坊沟，多数都有事情，不是闲逛。虽然是十多岁的娃娃，但也能当个人使唤了。

是我爸带我去。走到纸坊沟一半，东头一条岔路，进去，变得窄细，出现一个嘴子，坑洼里跳，半坡上爬，上去，靠南，是一大片台地，叫南台。这里聚居着许多回民。巷子深，土墙高，一户一户，都是大院子，杏子树的树冠浮现出来。我爸走到一个院子前，拍打木门，出来一个大个子，长脸圈胡，说，来了。叫一声，老高，不再客气，

纸
坊
沟

进去。从前院来到后院，靠墙，一间低矮的土屋，里头放着木工的家当，堆放着杂乱的木头。这里是我爸的工房。我爸是木匠。

为什么不在自己家里做木工活呢？是有人告状，那些年月，这属于做私活，不允许。但一家人要吃要喝，只能靠我爸的活计，也只能躲到外头做，就找到这里了。老高是生产队队长，腾出后院拴羊的土屋让我爸用。这里安静，即使外头来人，也不能随意到后院来的。

我爸加工的东西，有一样，叫砖斗，木板铆合成槽子样式，隔出四个方框，乡下的砖厂造砖用。砖斗上部的边楞，要贴上铁皮条，用木螺丝上上。我来就是干这个活。砖斗见泥见水，楞边上有了铁皮条，用的时间长。铁皮条是给箱子打包的那一种，有些是拾的，多数是买的，不规整，弯曲，生了锈。我先一根一根理出来，用榔头砸，用砂纸打，让其光亮如新。用的时候，再用剪子剪，长短正合适，这才进入下一道工序。砖斗的楞边是枣木，特别硬，使劲拧，才能把木螺丝上上。起子把我的手心都磨破了。

隔上一段日子，我和我爸就到纸坊沟去，去老高家。平日，是我爸一个人去。学校放假，我去的次数多。早上去，天黑了回。中午吃带来的黄面饼子。老高家娃娃多，我只记住一个叫山娃的，比我小一岁，鼻子上总挂着清潺。每天早上，他背着挎包，给我们家送瓶子装的羊奶。羊奶是给我爷订的。到吃饭时间，老高也叫，客气一下，吃自己的。日子都难过，吃的最金贵，不会随意让人。在老高家只吃过一次饭，是汤面片，里头和了些洋芋疙瘩，连个油星星都找不见，不

美

佛

是舍不得，就是没有，我却吃得满足，埋头吃下去两碗。老高一家人，也是一人端个碗，"呼噜呼噜"吃。老高有时来我们家，我妈把铁锅洗几遍，做的饭，素菜，粗粮，老高也吃。通常，回民不吃汉民的饭。

我爸在老高家后院做木工活，持续了三年光景。纸坊沟里通往老高家的路，都被踏熟了。去了，就闷在后院的小房子里。干活累了，我爸哪也不去，就坐坐，喝口水，让我歇会儿，有时，我就跑到前院，东转一转，西看一看。看老高提一只铜壶，把水倒进窝着的手心，一把一把地洗脸。看老高的女人打骂孩子，追得孩子满院子跑。我也到院子外头去。出门再往东，走到土崖边，下面是一个大场子，砌起高大围墙，里头一排排全码着砖头的半成品，一些穿着一样的人，拉架子车的，往下卸的，都耷拉着头，相互也不说话，显得很投入，动作却机械。原来，这里是一所监狱，犯人在劳动改造呢。他们生产砖头，是用机器还是砖斗，我看不见。如果用砖斗，是不是我爸制作的砖斗，我也不清楚。

如果走到一半路，不向东拐，而是接着往纸坊沟深处走，土路会渐渐抬高，越来越高，沟头上，起来一个巨大的高台。高台两侧，紧靠着陡峭的山体，西半山坡度缓，高低散落着人家。上头弯曲着小路，看见一团一团的树木，就有一户人家掩映其中。这里我也来过多次，来走亲戚。亲戚是干亲，姓啥叫啥，我完全回忆不起来了。

通常是过年去。不会走路那阵子，我妈抱着去。长大一些，跟大人后头，走着去、再大，我哥、我、我弟，相伴着去。去了，叫干大，

纸
坊
沟

叫干妈，把提来的白馍馍放下。干大摸一下我们的头，一人给两毛钱。干亲家住的是窑洞，院子也很大，两棵树中间，拴一个秋千架，我胆小，荡过一回，再不敢坐上去。到外头，放一个又一个鞭炮，听声音在孤寂的山里炸响，也是挺刺激的。还要吃饭，过年的饭。吃了，就回家。我总觉得，在干亲的家里，生分，不自在。有一年，我从干亲家抱回来一只小狗，黄色，肚皮上一块白，是农村那种土狗。一路上，我多么高兴啊。可是，我爸给了我一个白眼，不让喂狗。我爸说，看家护院才喂狗，家里要啥没啥，人都没吃的，咋能再添一张狗嘴。结果，小狗送人了。我上学回来，看不见小狗，伤心了一阵子。

干亲家的窑洞上头，是一片平地，挨着土崖，也有人家，我也上去走，向西南一头走，能看见一根粗大的烟囱。实际上，从纸坊沟口往这里看，也能看见。烟囱下，院子有学校操场那么大，修了砖头房子。肯定的，这是单位，是公家的地方。我走到离大铁门不远，就不敢再朝前走了。这里阴森森的，很安静，门口的两棵柏树，也沉默不语。这里是火葬场。我留意过，一次也没有看见大烟囱冒出黑烟或者白烟。这说明，火葬场没有火化死人，起码在我近距离观察烟囱的时候，没有火化死人。我还是害怕，努力把脑子里这方面的印记清除掉。可是，越是这样，越不由朝火葬场的大烟囱看，恐惧更加强烈。

火葬场没有多繁忙，我听说，一年里，这里火化不了几个死人。小县城里的人，特别注重入土为安，谁家殁了人，都土葬，棺材都是人过六十就预备好的。虽然政府要求火化，但执行不下去。只有在秋冬两季，火葬场才难得把炉子点着，让设备派上用场。秋天，一般都要枪毙犯人，杀人犯、强奸犯、抢劫犯，总会有两三个吃子弹。往往尸体就送到这里火化。宣判犯人的大会我参加过许多次，是学校组织上去的。广场上挤满了人，犯人在卡车的车槽子里蹲着，念一个名字，提起来一个，五花大绑了，勾着头，挂上大纸牌子。如果判死刑，大纸牌子上的名字打红叉叉，脖后跟还要插一个顶端三角形的长条纸牌，也写着名字，名字上也打红叉叉。死刑犯不允许土葬，可以完成火化的指标，就只能送到火葬场来了。冬天送来火化的，多是没人认领、冻死街头的叫花子。

在纸坊沟里头，左右的山地上，一些梯田的地畔，分布着一个一个坟堆，有新坟，有老坟。老坟多。新坟土潮湿，坟头插着丧棒，土块压着麻纸。坟前的纸灰，在风里旋舞。乌鸦盘旋着，等着上坟的人离开，叼吃上供的祭品。肉、点心、水果，都是好吃的。活着的人，可以凑合，对待死人，却认真。这个小县城许多人家的祖坟，都在纸坊沟里头。纸坊沟造的麻纸，一车一车从纸坊沟运出去，又被人们一刀一刀拿着，在纸坊沟烧成纸灰。这没有浪费，麻纸变成到阴间去的财物，被地下的人继续使用着。

在坟地走，没有害怕的感觉。有时，还看看墓碑上的字，有的字不认识。我舅是农民，他到地里劳动，常把坟头前的大苹果拿回去，给我奶奶吃。我倒是在坟地里捉过蚂蚱，极肥大，腿劲充足。为什么不敢走近火葬场呢？现在想，可能那里面火化的死人，都死得不正常，

纸
坊
沟

阴魂不散吧。

纸坊沟里，还有一个水库，听说水面极大，出没彩色的水鸟。我想去，脚力跟不上，走了一小半路，又折回来了。到现在，我也没有去，主要是不想去了。也不知道水库还在不在。而且，经过这么多年，纸坊沟已经变得没样子了。纸坊一家都没有留下，全倒闭了。这种手工造纸的工艺，估计也失传了。四十里铺的麻纸，数量大、便宜，是机器造的，人们都用这种麻纸。好几座山都被削平了，铺油路，盖上了楼房。真是奇怪，火葬场的大烟囱还立在原地方。可能阴气重，没有谁有胆子占，竟然成了那个岁月仅存的物证之一。我今年到纸坊沟里去了一次，意外地发现了一座寺庙，门楼子应该是老的，里头正在翻修。我进去看了看，地上堆着砖瓦、木料，还有从别处征集来的香炉。过去我是否来过或者路过过，我竟然没有了印象。

水桥沟

1.水桥沟深处，是南山，弯曲的土路，缓和着升高。春秋季节，随时就起风了，尘土飞扬，迷眼睛，呛鼻子。

说是上到南山顶上，就是塬，塬面阔大，散落了人家的。我没有上去过。走到半坡上，偶尔会遇见骑自行车或者骑摩托车的人顺土路上下。上坡时，自行车得推着走。土路不平坦，疙瘩多，坑多，自行车、摩托车，颠簸得厉害，上头的人，颠簸得厉害。

土路两边，是庄稼地，是台地。山地都如此。十米二十米宽，种麦子，也种玉米。种玉米时，会间种毛豆。每一个台子，高度超过三米，是人工切削出来的。就在半坡一带，台子下面，间隔着分布了一座座坟头。年代久的，灰褐色，坟堆低，小；新坟潮湿，上头拿土块压着几张麻纸。清明节、春节、十月一，都是非来不可的日子，来南山的，尽是上坟的。春节来，山下鞭炮声不时炸响，山上升起一团团烟雾，似乎这之间有呼应关系一般。

我到南山，都只上到半坡。

我爷的坟、我爸我妈的坟，就在半坡的台子下面。

2.小时候，我就到水桥沟来。不会走路时来，是我妈抱着来；会走路了，跟在大人后面来；长大一些，自己走着来，来的次数也多。

水桥沟

我妈就是水桥沟人。来水桥沟，是走亲戚呢。

从小，我就熟悉了我们家的亲戚，都是水桥沟的，或者是水桥沟出来的，住在城里的街道上。一家一家走，一天走不完。城里的亲戚，就几户，去得多的，是二姨家。二姨在粮站上班，身上散发着面粉的味道。

平凉城就一条主街道，东西方向，东头低，西头高。平凉城处在一条谷地中间，两边都是绵延的土山。北边的开阔，泾河自西向东流过。平凉城的建筑，更靠近南边，虽然紧张到了土山跟前，却回避了洪水的侵袭。就在东头，主街道延伸，都快出城了，向南一个开口，进去，就是水桥沟。过去，叫生产队，现在，叫村民小组。

水桥沟还真有一条河，河水不大，说是泉眼里出来的。泉眼在南山方向。河道两边，一家挨着一家，一家一个院门，都是人家。垃圾、脏水，都往河道里倒，以前也倒，水是透明的，现在流淌的是黑水。原因简单，现在的垃圾和以前的垃圾，构成上、成分上，差别很大。我以前老是觉得水桥沟深，曾沿着河道，试探着走，想找到泉眼。走到一个转折处，一个高出来的石头台子上，有一道缝隙，水流下泻，没有看到泉眼，却看到近旁的一个阴森的大门。说是庙。什么庙，我没有印象了。长大以后，我再次深入，想看看庙，看看泉眼，却什么也没有找到。而且，水桥沟也没有我记忆里那么深，快走着，一阵子就走到头了。

小时候的记忆，许多都稀薄了。可是，我还能回忆起来的，竟然

美
佛

是一次死亡。我也就四五岁吧，跟我妈去奶奶家。奶奶家在河道的西边。那时，奶奶家是一个大院子，有正房，有偏房，奶奶住正房，偏房住着奶奶的姊妹家。是晚上，院子里，我的二奶奶，或是三奶奶已经被放进棺材里了，线香的烟雾缭绕不散，气味浓烈，棺材边围着人，都在说话：放心走吧，都会安顿好的。我害怕又好奇，挤在棺材边看，看到的是枯瘦的脸，是厚厚的新衣服和簇拥在四周的麦草。以后许多年，我心里一直有个疑问，我的二奶奶或是三奶奶，当时已经咽气了，还是还有一口气?

奶奶家的后院，有一棵桑树，特别高大。猪圈也在后院。厕所也在后院。我捡过落在地上的桑葚，带着土，我也吃下去。桑葚把我的嘴唇都给染黑了。

后来，奶奶家搬地方了，原来的院子，似乎消失了。而且，不再是大院子，奶奶家的院子，由河道的西边，转移到了河道的东边。就和我的大舅、二舅、三舅一起住。再后来，大舅成家，另家单过，又回到河道的西面开辟基地，盖了一院子房。我的三姨出嫁到外地了，四姨还在水桥沟，家在南山的坡底下，下雨天，难走。

奶奶的几个姊妹，我记住的就一个，记得我叫大奶奶，也在河道的东边，单独了一个院子。大奶奶的小儿子，我叫黑娃舅舅，而黑娃舅舅的妻子，我却叫大舅母。黑娃舅舅真黑，脸手都黑。在我的舅舅中，却是个能人。就他，早早地不在土里头刨食吃，学了开车的手艺，先是给别人开，后来，有了经济，开自己的车，是那种超大的货运车。这个营生，早先还是很来钱的，黑娃舅舅家的日子，明显地就多了亮堂。我走亲戚，一家一家的，自然就比较出来了。黑娃舅舅家电器新、大，过年摆的水果糖都是高级的。大舅母也是个泼辣人，说话声大，走路快，看着，觉得和身上时新的衣服不相称。可是，人的祸福，常常也是会颠倒的，大概在 1995 年冬天，黑娃舅舅出车到了临夏一个镇子，晚上冷，睡觉前，给火炉子添了许多大炭，又把门窗关严实，结果，睡过去就没有再醒来。黑娃舅舅走了，日子虽然比以前暗淡，大舅母却坚强，人前是笑脸，人后有没有叹息、哀怨，没有谁知道。

奶奶在六十岁上，就把棺材备下了。就支在炕头，睡觉、醒来，炕头就是棺材。这不忌讳，而且，还证明着活着的老人的福气。奶奶长寿，棺材一年一年烟熏火燎，看着像是老家具。确实，我看着棺材，不害怕。想到奶奶死后就要被装进这具棺材里，我也不害怕。奶奶孙子多，尤其是外孙多，奶奶生育了四个女儿，三个儿子，我妈是老大。到奶奶家，吃奶奶的好吃的，在棺材背后藏着呢，出去工作了，得拿好吃的，奶奶高兴收下，还是藏到棺材背后，哄更小一辈的孙子呢。奶奶吃烟，旱烟卷烟都吃。除了好吃的，再拿一条纸烟，奶奶也高兴，也吃。

奶奶离世，都是我出去工作多年之后了，我人在外地，没有赶上回来一趟。后来，给奶奶过三周年，我回来了，到奶奶的坟上去了。奶奶的坟，在南山的半坡上。

美
佛

3.上南山，可以从水桥沟走，也能从更东边的一条路走。那条路，要经过宝塔梁。过去，这一带荒僻，杂草丛生，走的人不多。宝塔梁上的宝塔，几百年了，夏天，上空旋舞密集的燕子。我曾在宝塔梁旁边的外贸公司仓库当过临时工。现在，变热闹了，新修了大路，和国道连接。可是，上南山，还是土路，没有变。

很小的时候，我就跟着我爸，到南山给我爷上坟。踩着麦苗，穿过玉米秆子，到我爷的坟上，点纸，磕头。坟上回来，身上的土、鞋上的土，蝇甩打，笤帚扫，得清理一阵子。

对于活着的人，死亡，是最深刻的教育。我从小就经历这样的教育了。明白了人总有一死，还得明白，人死了，依然被亲人挂念着，生死两茫茫的感受，有时强烈，慢慢地，也会变得平和。就会觉得，人死了，是去了另一个地方，再也不会回来了，可是，一年里，那么几次，又可以团聚一般，又可以在一起吃饭一起说话一般。

我爷的坟地，是亲戚家的地。城里人找一块坟地，不容易，多亏有亲戚在城跟前，而且，还能够也愿意提供坟地。

我爷去世时，我才六岁。能记起来的，就是我爷的山羊胡子，花白了，穿黑衣服，裤脚是扎住的，穿布鞋，黑鞋面的布鞋。我爷去世，我的难受，不那么深刻。

4.我在陇东庆阳时，我妈来，住了一段日子。一天觉得不舒服，就

水
桥
沟

到医院检查，结果查出了甲亢，当时就住院治疗。我妈不习惯住在病房里，心情也不好，每天我都骑自行车接上我妈，回到家里住。住了一段日子，疗程还没有完全结束，我妈急着要回去，我劝不住，只好办理出院手续，陪着回平凉。回去第二天，我妈就要去水桥沟，像是有啥要紧事情，实际就是和奶奶说说话。正是秋天，奶奶家的院子里，堆了小山那么高的一堆玉米棒子，金灿灿的，我妈坐到上面，我用我的"海鸥"牌照相机给我妈拍了照片，冲洗出来，我妈看了很是喜欢。

只是，我妈回去后，病情并没有好转，这让我后悔不已，觉得心没有尽到。

在我小时候，说到亲戚，那一定是水桥沟的亲戚，到现在，回去走亲戚，也一定是水桥沟的亲戚。我爸离开老家，在平凉站稳了，把我爷接过来一起过，老家就没有啥亲戚了。只是，我几乎没有见我爸到水桥沟的亲戚家去过，一次也没有。我爸进水桥沟，就是带着我们，给我爷上坟。

倒不是说，我爸对水桥沟的亲戚有成见或者架子大，我觉得都不是。不论怎样，我爸直到咽气，也没有到水桥沟的亲戚家去上一回。

5.我爸的棺材，在卡车上颠簸着进入水桥沟，往南山的半坡走的时候，我蹲在车槽里，扶着棺盖，身子起伏，眼泪糊住了眼睛。

我爸的坟，是水桥沟的亲戚挖的。我爸到了另一个世界，也就永远成为水桥沟里的人了。

美

佛

　　当年，我爸怎么和我妈认识，又是如何迎娶我妈的，从来没有给我们说起。但是，我爸和水桥沟的联系，就这么建立起来了，而且，再也不能中断。

　　我爸离世，我妈的身体，也是一天不如一天。记得我爸还活着时，一次，我妈在前面走，我跟在后面走，看到我妈的腿已经罗圈了，一条狗都能钻过去。当地有个说法，说老人的腿弯曲成这样，就活不长了。我就担忧我妈，心里隐隐有些感伤。人活到一定岁数，都得走，这没有例外。只是，走了的是自己的亲人，谁能经受得了这样的打击呢。死亡从来都不是一次性的。对于死去的人，也许如此，对于留在世上的人，可不是如此。我妈似乎一直都是病身子，一直不离药罐子。我爸却硬朗，吃睡都正常，爱在外面走动。我安家外地，我爸来过很多次，都是一个人坐班车来。我曾暗暗想过，我妈会走到我爸的前面，我爸应该还能活很久很久。可是，我爸却走到了前面。一场突然的大病，摧毁了我爸的脑子和内脏。

　　6.2005 年年底，在平凉盘旋路西边的街道上，我和我哥正招呼雇下的人装车。是一块石碑。在给我妈过三周年的这天，我们要把这块石碑运到水桥沟的南山，立在我爸我妈的坟前。我爸我妈的坟，紧挨着，石碑就立在我爸我妈的坟前的中间。我爸过世五年后，我妈也离开了我们。坟地早就选好了，在我爸下葬的时候，就确定下来了，就在我爸的坟旁，把一块土地，落实下来了。

水
桥
沟

我妈几十年前离开水桥沟，最后，又回到了水桥沟。人在世上，都是这么循环的吗？这样的结果，未尝不是福气。世上多少人，不知归处，甚至，没有归处。我最亲的人，能入土为安，未尝不是福气。在南山上往下看，东边的平凉城，全在，我们家的大致位置，也判断得出来。在长麦子、长玉米的地里，我爷我爸我妈，还有我奶奶，还有我的埋在南山的亲戚，会走动吗，都说些什么，说不说地上的事情，说不说家里的事情？

7.抬埋我妈那天，大舅说，你妈前面走了，后面的，就快了。说这话时，大舅的语气里，包含了伤感，只是，在程度上，是轻微的。即使平常的人，也有自己参悟生死的方式。对父母来说，有儿女养老送终，有一份满意，对我来说，有尽了心的安慰。也有后悔，后悔没有让父母出去旅游几次，后悔没有把好吃的让父母吃够。而对于父母的思念，是断断续续的，有时强烈，有时清淡。只有到了南山的坟头上，才再次确认着，这个世上，我再也听不见父母的应答了。

水桥沟缓慢地变化着。南山还是南山，只是，一条省级高速路，要从南山的半坡下穿过，挖出了又深又宽的沟槽。开始担心着影响到亲人的坟地，该怎么办，后来发现距离还远，才不再紧张。只是，原来清净的南山，要被"呜呜"的小车、"隆隆"的货车，日夜吵嚷了。

只要回到平凉，我都要到父母的坟上去。自然地，也要到水桥沟的亲戚家去。亲戚里的长辈，一年一年在变老，身子都不怎么灵活了，

美

佛

记性也差了，有时，还会叫错我的名字。我也感觉到了某种生分，和我同辈的，怎么称呼，我都要问我哥，名字许多都叫不上来。以后，相互间，关系是疏远还是亲密，我说不来。对我来说，到水桥沟，主要的目的，就是给亲人上坟。也许，还在平凉生活的我哥我姐和弟妹，他们的来往，还会密切下去吧。

　　人生一世，承受生，也承受死。亲人一个个离去，离得近的，离得远的，都意味着，这个世上，少了一个人。无论怎样，水桥沟里的一代人又一代人，都得把血脉的香火延续下去，都有着水桥沟的记号，这是能追溯的，也是能互相辨认的。

三界地

近几年，我常在这一带走动，见识了三界地种种风物，知悉了三界地样样事体，心里头也有了和心外头一模一样的三界地呢。

环县、盐池、定边，分属人称陇东、塞上，称陕北的三省区一隅，脉连一体，各具形貌，便是我称谓的三界地了。佛的三界指欲界、色界、无色界，生死轮回不止，有情众生赖以生存，又有三界唯心的说法。我便觉着，三界地虽苦焦万般，贫瘠异常，世代繁衍于此的人却也冷热由心，爱着恨着，更有生命的坚韧和开阔。

三界地呈现孤绝旱象，全在于水的缺少，于是万丈风尘四季不绝，树木难得一见，偶有几棵杨树、杏树、柳树，多露丑陋状。生灵饱经无水的磨难，对水的痴心渴望胜过了一切。在环县，用水窖储水，以维系生存，门可以洞开着，水窖是一定要上锁的。水窖形似埋入地下的坛子，十分硕大，内壁以胶泥涂抹，有的人家有百年以上的水窖，代代相传，视为至宝。窖水皆为天赐，落雨存雨，降雪则扫雪入窖，几场雨雪，窖水便够了一年的过活。井也是有的，深在四五十米，井绳有胳膊粗细，要打上一桶水，得两三个壮劳力才能担当。环县介于黄土塬与戈壁的交替地域，土质宜于筑窖。顺起伏的山路北行，坡、梁、沟、峁、台、嘴之后，便近了粗糙而平坦的漠地了。沙多草稀，

美
佛

飞过一只麻雀，翅膀劳累，难找到栖落的枝。远处的房舍，再不是环县土塬依山而凿的窑洞，而是土屋。且自觉围拢，平顶，方正，门窗皆小，以抵御风沙的侵袭。定边已靠近毛乌素沙漠。旷远寂辽的土地，民居的墙上，多用石灰面上一个个白圈，那是吓狼的标识。

到了甜水堡，不要讨水喝。甜水堡的水，苦涩无比，甜水堡的人，想水甜，盼水甜，便用甜水叫生养之地。知道了这份念想，谁还会认为这是名不副实呢。祝愿的心，恨不能捧出甘泉!再向北，地名多以井字后缀，也蕴含着找水人的无限苦乐。牛毛井，自然是打井多如牛毛，那该耗去几多心力，才有一口井出水;摆宴井则更易联想到一井出水，众人奔走相告，相聚于野地，摆宴大醉的场面。而大水坑注定没有大水，柳条井、红井子、砖井，都能生发出曲折感人的故事来。环县有环江，绝不会大浪滔天，只是一条小河;盐池以右的喊叫水，是人在喊叫，水因太小太细，是不出声的，定边有头道川——二道川、三道川只在人们的梦中流淌……狗年再走三界地，我看见正在兴建引水工程，把黄河水从宁夏吴忠引入盐池、环县和定边，第一位就是解决人畜饮水问题。听说已动土好多年了，三界地的人，都期盼着黄河水，开怀一饮，该是何等大乐呵。那一天，三界地也该换一副模样吧?

土地薄劣，只能生长贱性的谷子、荞麦诸类杂粮，大旱之年，往往收回来的还不及撒出去的。炒面曾是三界地人主要的吃食，以燕麦的最好，而黄豆的居多，磨成粉，佐以盐，在铁锅里炒熟了，盛装进布袋里，上盐池驮盐，就靠炒面果腹，歇脚时，叩开人家的木门，讨水喝，主人却拿出了炒面，水比炒面金贵。一把一把炒面，塞进渴的口唇，是怎样艰难的吞咽呵。而温柔的羊，不择水土，用湿润的唇，把贫瘠的土地安慰。羊皮穿上了身，羊肉被加工成各种美味，羊肉泡、羊杂碎汤走一路，吃一路。环县有名的是羊羔肉，麦收时节，四五个月大的羊羔，吃足了青草，养肥了身子，嫩香无比，非有贵客，人家是舍不得宰杀小羊的。盐池的羊尾巴面，热乎冒油，最能解馋；定边的羊肺片，是把荞面装进羊肺，蒸了，切成片，而成为一地的名吃。吃也是一种文化，一种民俗，三界地的人，也有其吃的特色，吃的境界，透出剽悍的气息。碗大过头，不装吃食，拿手里也沉，初喝味酸的黄酒，最能上头，外来人每喝必醉，而土长的小娃，喝黄酒也如喝凉水，神色不变。

　　一路遇到的油坊、磨坊、打铁铺，皆古老陈旧，让人体味时光的悠远，心也感染沧桑，变得滞重了。看到的脸面，因风沙的吹刮而棱角分明，也因日头曝晒而黑里透红。色调单一的褐黄环境，反衬了生命的美，穷山恶水，男多雄壮，女多水灵，似乎是土地对人的另一种补偿。女人衣穿大红，头巾鲜极艳极，十分惹眼。近看皆软腰，大眼，手上戴银镯，极具风情。若是在土路上行行复行行，眼瞅见山畔上立着的女子，便乏乏的、定定的，忍不住要吼唱一番，以示爱慕。由此三界地的民歌天下闻名。环县有道情，盐池有花儿，定边有信天游。都是天地生成，源于骨血，荡心的力量，是生命无限的坚持。花儿、信天游人们多已熟悉，我这里尤其要提及的是环县的道情，实际上是皮影戏的唱腔。艺人多是当地人，三五结伴，肩挑戏箱，到一户山里人家，迎进窑，把

美
佛

称为亮子的白纸绷开，后面照一盏油灯，牛皮的皮影，或马或驴或公子或小姐或大将军或县太爷，一个个地在亮子后面跃动，在亮子前面显出影来。人们迷醉不已，忘了夜长难熬。艺人们唱的是道情，我最爱听的是帮腔调。主唱者唱完一段戏文，到尾声便扯嗓子唱起无字无词的调门，这时候，其他的艺人也合着主唱者的调门帮腔，调门撕心裂肺，摇天入地，回环不绝，唱者唱出了人生六味，听者无不走火入魔，进入忘我状态。我第一次听到这种调门时，脑海顿时一片空白，待挣脱出自我，发现自己已泪流满面。甘肃的陇剧，就是在环县道情的基础上发展起来而成为一个独特的剧种的。以往每年省陇剧团都来环县演出，剧场上打起的横幅上写着"省陇剧团回娘家慰问演出"的大字。

三界地的三个地方，分处于各省区的边缘，以贫穷著称，以荒凉闻名。正是这大苦之地，反而保存了人类至真至纯的成分，人们在物欲的清寡中，精神坚挺，有丰富的含金量，更抵达了生命存在的本源。我在三界地来回穿梭，也把自己当作了三界地的一口人，我所有的，三界地人也许没有，而三界地人所有的，正是我所缺的、难企及的啊。在定边，一脉土长城的残垣下，年轻的媳妇，牵驴走过，离土长城不远的村庄，炊烟缕缕，开花似的在空中次第打开。这是日日都有的寻常景象，让我倍感亲切，领略到另一种生的意义，我感到了其中的光芒，有着我拿不起的重量，却轻盈于三界地人的生活中，使他们美好而不动声色，我啊，我有什么理由张狂？我的自卑，只有在三界地才能化解为我的福乐智慧啊！

过龙门

当我走进空旷的滩地，猛然就感觉到了大风的激烈。一层层大风，不间断撕扯我的衣衫，身子只能侧斜着，头发旋舞，拢一拢，又被吹乱，索性就由它在头顶张扬。而眼前宽阔的黄河河面，却静止了一般，似乎没有流动，似乎已经凝固。但仔细观察，分明起着细微的鱼鳞般的波纹，还有一个个漩涡，消失了又出现，却移动了原来的位置。我是希望看到有一尾鱼跃出水面的，但浩大的河面，没有溅起一束水花，也听不见水声的喧嚣。这更让我感到黄河的深不可测。

这个五月，我来到了韩城的龙门。路上我还一直在冒汗，脊背都湿透了，受不住寒冷，我把外套又穿到了身上。我努力要站稳，却被大风牵引，身子一会儿摇晃一下，衣裳浮鼓，里头灌满了风。我来到的是龙门，也是一个风口啊。晋陕大峡谷的夹峙贴靠，到这里突然舒展开来，黄河的河床也不受约束地扩张，于是，一丝一丝的水汽，升腾汇聚，又受到山势的纵容，成长为终年不息的浩浩大风。而滋生了大风的黄河，低着身子，似乎停了下来，似乎困乏没有了力气一般。我专注地盯着河面，河水没有动，揉揉眼睛，却像我在动，岸在动，岸边的山崖在动，头顶的天空在动。河滩上，远远有两个人在动呢，却动得极其缓慢，都勾着头，肩膀前倾，像是在犁地似的。好长时间，终于走近了，看清是抬了一张渔网。问网到鱼了吗，一个艰难地扬起头，说没有。可能嘴里灌进去了风，呛了一下似的，又咬紧牙齿，腮帮子顶顶的，又勾着头走路。这里的鱼，都到哪里去了？

鲤鱼跳龙门的故事，就是在这里发生的啊。这里的鱼，是否准备着又一次跳跃？我小时候听了鲤鱼跳龙门的故事，一直钦佩鲤鱼不惧失败、追求成功的勇气。鲤鱼战胜的，是壁立的龙门，又何尝不是自己的放弃之心呢。只有跳过龙门，鲤鱼才能成龙，而获得再生。龙门是有形的，也是无形的，鲤鱼的力量，只能来自自身，提起一口气，鲤鱼成全了梦想，也实现了一次伟大的超越。我对着眼前龙门的豁口，想象鲤鱼当年腾空而起的场面，就觉得这个故事之所以久传不衰，全是因为每个人都会遇到人生路上的龙门，都怀有征服到底的愿望，每个人都期盼把平常的日子过好，而不惜劳损筋骨，苦修心志啊。我反思自己，什么时候变得不求进取，安于现成，曾有的抱负，又如何在现实的磨合下幻化成了蒸汽？

龙门的大风，依然生生不息，在黄河安宁的上空翻卷。岸边的山崖，几乎萧条了草木，裸露出豹子皮的颜色。半山腰的石岩，一层层紧密叠压在一起，由于用力过大，石层产生了倾斜，一边低，一边高，给人造成要倒下来的错觉。紧挨山崖的路上，载重的卡车，颠簸着行走，车后纷乱的是一阵阵尘烟。浑黄的黄河水，经过了上游壶口的跌宕，正滑翔在一曲慢板上，沉淀更加浑厚的嗓音。大山已被开辟，展开的是一条坦途。向着东方，向着入海口。如果那条鲤鱼现在来到这里，也可以轻松畅游，不用再经历挫折之苦了。不用跳龙门的鲤鱼，

过
龙
门

还能变成龙吗？在这里，黄河桥、108 国道桥、铁路桥三桥相会，条条大路，连通着四面八方。世上的事情，总是冰火两重，有一长必有一短，顺利的旅途上，是否隐藏着一个个龙门，等待着下定了决心的人去挑战？如果我遇到了天大的困难，我是倒下去，还是迎上来？

离龙门不远，有一座两千多年的司马迁祠。司马迁就生于韩城，韩城在古代称龙门。被誉为史家之绝唱、无韵之离骚的《史记》，就是司马迁在生不如死的困境中完成的。

绝唱

　　黄河横贯中土，浩浩荡荡，奔泻大海，一路上，有曲折也有平稳，有暴戾也有舒缓，但扑腾出去了，是不会再回头的。黄河的性格，何尝不是其滋养的生灵的性格呢？黄河过宜川，却没有一扫而过，停下不走了似的，用尽水滴石穿的力气，硬是掏挖出一个壶口，似乎在暗示：这是一个盛装大有的容器，这是黄河千秋万古的命门。

　　黄河之水天上来。未曾一睹壶口的面目之前，在我的想象里，壶口悬天，一腔大水由高处跌落，为大地灌顶，又义无反顾，浩浩东流。黄河把最大的气势，选择在壶口宣泄，在壶口，黄河做了一次最重的发力，一次最痛快淋漓的暴发。黄河，拿出从发源地一路吸收的全部流量，实现着一次果决的纵身。这样的壮举，能够做到的，只有黄河。因为，中国只有一条黄河。因为，用一个"河"字，便可以专指黄河，"河"字，千百年一直为黄河独有。因为，黄河的"河"，是天下所有河流的词源，是天下河流之母。

　　二十多年来，我频繁地奔走于陕北的广大地域，无论是山塬连绵的安塞，还是漠风劲吹的靖边，我都曾长久地居留，并在和当地人的朝夕相处中，渐渐有了土著的心态。我不仅仅惊叹苦乐由心的信天游，一个劲地大红着的窗花……这些有形无形的原生态，毫无疑问会在岁月里恒久，即使一粒生着肚脐眼的小米，一蓬完全干枯却能因为一滴

绝

唱

水而顶出一星绿的蒿草，也让我获得人世间不曾遗失的温暖和坚守，而更加敬重生灵更替中传承下来的隐忍和豁达。

我曾在一个冬天的夜晚，登上白云山。一路上，头顶是铁丝一般的枣树的枝，盘绕出一个清冷的天空。我脚步轻微，是为了不惊扰神灵，也是想让寂静如水的夜色把我土尘的肩膀染湿。立身高处的道观，月光淡然，虫声不起，远处，隐约有巨物在移动。放眼山下，黄河在山塬的高低起伏间缓慢流淌。浩大和阔远是不需要映衬的，存在自身便是一切。只有黄河，才能如此自信，不在乎外在的修饰。似乎压低了声音，却依然是雷声，是天地的大音。潮湿的气息，使我的手脚更加冰冷，我知道，这气息，来自黄河。这一次佳县之行，我觉得，正是一条黄河的沉稳流过，才有了佳县之佳，才有了天地间人与自然、人与万物的通顺，并通过柴火味的炊烟表达出来，炊烟下，砖窑灶火都是祖辈流传下来的，由于经久而深具家园意味；通过被泥土磨亮的农具表达出来，那带铁的部分，由于珍惜而非常耐用和应手。

走遍陕北，我就觉得壶口的诞生，并不是造化之手的偶然促成，的确，只有这片知冷知热的土地，才能为壶口造型，才能安放住壶口的身体，让壶口在时光的更替中永恒。

那是一个炎热的正午，我第一次去看壶口。行走的线路，是从陇东庆阳出发，一路北行，过子午岭，山体庞然，满山葱茏，待渐渐低矮，消瘦，草木稀疏下去，视野反而开阔了，经合水，越富县，抵达甘泉县一个路口，又转向斜插进去，我向着宜川，向着壶口进发。两

美

佛

边都是土山，一边高挺，山头上覆盖着绿草，路在山脚下曲折，一边平坦，坡上被开垦成庄稼地，中间隔着河渠，水很低浅，石头就显得突出。柏油路上，丝丝缕缕热气在升腾，由于光照的作用，十米二十米远的路面，闪耀幻觉般的光斑，距离近的树木的树枝和叶子，看去似乎在不断虚化并部分变形。树木的生长让山塬柔软，成波浪，成潮涌，我幻觉山塬在腾挪推移，在变动着位置，似乎要淹没低处的汽车。汽车却像黏合在了热烫的路面上，轮胎的每一圈转动，都是一次艰难的剥离。当山塬纵横的形势渐次弱化下去，视野失去了遮挡，我分明来到了侵蚀区的边缘，身子由低处来到了高处，越是往前走，越能感觉到一种巨大的空，巨大的虚无。

果然，晋陕大峡谷，这亘古的存在，无声于我的面前，这就是我感觉到的空和虚无。这一刻，我体验到的首先是寂静。无边的寂静，原初的寂静，震慑了我的魂魄。我知道，壶口就在这寂静的大峡谷里，壶口是不寂静的，可是，我怎么听不到黄河跌入壶口发出的声音呢？那可是惊天动地的声音啊。大峡谷两侧的山体，似乎经历了剧烈的扭动和牵拉，如今虽然默默无言，但看得出，那层层叠加的石层，承受着的是不能使用计量单位表述的重量，我几乎没有看到浑然完整的巨石，石头也在地质的时间里，碎裂了庞大的身躯。如此阔大的峡谷，才是天地的久远。在这里，人是过客，草木也是过客。一时间，我心里生出一丝悲凉，为一世的短暂，为一事无成的光阴虚度，更为这再过一千年一万年也不会有多少变化的峡谷。峡谷因为有了缺口，才有

绝
唱

了容纳，有了不失去。风在峡谷吹着，黄河水在峡谷流淌，它们互相成就着，一阵风吹远了，还会再起一阵风，黄河水在峡谷不断流淌，这才是永远，才是大地的证言。我来到这里，只是停留，这里有我无我，都不算啥。在这里走一趟，我留不下什么痕迹，这我知道。我知道我的渺小，我的脚印、我的影子、我的一声叹息，发生了也如没有发生，轻轻地都变成了过去，消失于时光的深处。

但是，我还是来了，神往，期盼，一回回谋划，要看壶口，要以壶口的胸怀，扩大我的浩然之气。人都有不甘心，人都想在认命平凡的过程中，追求可能的崇高，我又怎么能例外呢？但是，我依然在想，一个壶口，能让我提升起人生的境界吗？

我慢慢移动，接近着壶口。峡谷的这一侧，是宜川。我就站在这一侧的高台上，俯视着峡谷的纵深。随着角度的转换，我终于看清楚了，峡谷间不光是岩石的平面和平面上的高低起伏，在灰白的颜色上，覆盖了一层浑黄，其宽度几乎占去了峡谷的一半。这浑黄，似乎是静止的、固态的，只是区别于灰白颜色的另一种颜色，但把目光集中到一处仔细看一会儿，就会感到这浑黄在移动。是的，移动！这正是黄河的身子在移动！恍然间，我似乎体悟出了一个道理，那就是只有黄河，才能和这浩然的峡谷对应和匹配，就像西天注定属于如来，就像曲阜方可诞生孔子，就像秦陵只能让嬴政安身，这峡谷和黄河，是互相造就，互相拥有着的啊。

当我下到峡谷里，谷底这石头的河床放大了。而在河床的中间，

美

佛

是一条深陷下去的沟槽，走近了我才看清，黄河就在沟槽里涌动着缓慢流淌。或者，不能叫流淌，因为水流是动着的，却如同静止一般，似乎不是河流在动，只是时空在动，造成我认为河流在动的错觉。但是，的确是水流在动啊，巨大的动，竟然也如静止一般。这石头的沟槽，肯定是黄河的水流冲刷出来的，需要多么漫长的日月，黄河才能在这坚硬的石头上，把一条石槽刻凿出来啊。水是至柔之物，却以柔克刚，几乎像舌头添铁，像微风吹山，竟然就让顽固的石头，也浅了下去，深了下去，竟然在浑然的石头的身上，只是用水的分子，拓展出深邃悠长的河道来！

　　我顺着河槽的边沿逆行向前，我隐隐觉得，壶口，应该就在河槽的起头处。果然，石头的河床被水流腐蚀得更为凌乱，也更为宽阔的前方，我在低处的石台上，看到黄河的水流像打开的扇面，逐渐收拢，逐渐集中，正在石头的不规则的台阶上跌宕，而最粗壮的一脉水流，齐齐排放，倾倒，正把一腔子的吼声，窝下去，压抑着一般，实际上反而营造出更大的动静，归了下面的石头的大洞，又沸腾着鼓突出来，顺石槽奔流而下。我的确是痴呆了，张着嘴，却什么也说不出。是的，我丧失了表达的能力，我的动作、我的语言，在这里统统失效了。在壶口面前，我只有老老实实的，像一个幼儿，像一张苍白的纸。壶口让我明白了自己的无知和无助，壶口叫我领会了没有底气就不要张扬。擎起壶口一饮，我还有这样胡乱的心态吗？置身自然，人难免联想，也对接自身的感受，我有我的卑微和弱小，但是，我也有我的自大和

绝

唱

修为，在壶口的壮观里，我的胸襟，也要辽阔，也要舒展呀。

　　天下黄河一壶收，一个壶口，装得了黄河，也装得下世上万物。经过壶口沉淀和激荡的黄河水，完成的是一次再生，从此成为全新的黄河，成为一往无前的黄河。为后面的行程，为无际的海洋，黄河将更能担当，更加包容。我奇怪命名壶口，不仅仅寓意象形，一定还有更深刻的原因。壶中有乾坤，壶中天地大。大千世界的壶，独此一把，只为黄河订制，也只有黄河才匹配。这壶的肚量，这壶的吐纳能力，这壶的坚固，是雄性的，是舍得的，是宏图的，才有了晋陕大峡谷千古春秋的绝唱。

　　这一次来壶口，我委身坐在一方石板上，忘记了时间，忘记了暑热，我看着壶口的飞瀑，听着壶口的声音，不愿意离开。天色渐渐暗下去，恍然间，夕阳的灿烂，又把金黄的光线，向着阔大的河床投射，竟然出现了早晨的明亮和朦胧。我眯起眼睛，观望排浪翻腾的黄河，似乎镶嵌了道道金边，似乎是成熟的麦粒，在打麦场上扬起，扬起又落下。我知道，现在的大光明，是短暂的，一会儿，壶口和大峡谷，都将没入黑暗，只有闷雷般的声音，依然不间断地在喧响。这声音，只向地心的石头传递，向峡谷顶上一朵弱小的蒲公英传递。也许，我听到的声音，不是真正的壶口的声音，只是一个迷惑，一个假象。我不敢说，来到壶口，我就有了聆听的耳朵。也许，我只有把全部俗世的感官关闭，把纠缠于心的杂音统统清除，才能听到壶口的口唤。如果我做不到，我对于壶口的赞美，都可能是虚假的。壶口虽然没有拒绝我，排斥我，但我对于壶口的理解，实际只是进一步疏远了壶口。壶口，还如自古以来所做的那样，自由着，超然于时光的秩序之外，也超然于人们附加于它的荣辱之外。我这么想着，脸上一湿，落了一层细微的水珠。壶口，正升腾着云烟，看去，不是水的生成，似乎又是水的转化。丝丝烟缕，不断从壶口的深处飘散出来，似乎在壶口的下面，正燃烧着天火，在为壶口加热，在让壶口沸腾。但我知道，虽然水火不容，在这里却是一个意外，在壶口，出现什么样的奇迹，都不足为怪。壶口有水也有火，壶口是水火共生的，水就是火，火就是水，是水在自燃，也是火有着水的形态。有水深，才有火热，壶口的水火，是黄河的本相啊。不然，壶口的这一嗓子，又如何吼出，吼出这黄金的大音。

　　天黑实了，我才起身，来到塬峁间穿插着的宜川县城。灯光便高低逶迤，低处的比高处的密集，高处的却比低处的明亮。最高处，零星数盏，放射青光，不知是人家，还是变电站，仔细看，却是天上的星星。夜翻县志，我才知道，宜川的取名，也是有来历的。早在1500年前的西魏大统时期，便已经置县，初名义川，宋太平兴国元年，改名宜川。我琢磨宜川这两个字，就觉得起得恰当。黄河也是属于宜川的，壶口也是属于宜川的。宜川宜于川，就是宜于河流，宜于水，水乃滔滔大水，河是万古黄河啊。自然，宜川的河流多，汾川河、仕望河、白水川河、鹿儿川河、如意川河、猴儿川河，一共六条河，生养在宜川的地界上，性子可能不同，却都体贴人意，造福众生，而且，

绝

唱

全部呈放射状，由西面来，向东面去，地势也是西高东低，安排好了似的，一一加入到了黄河的躯体中，成为黄河的血脉。

第二天天放亮，我走在宜川的街道上，一下子就喜欢上了。我喜欢这个城市的安静，也喜欢建筑布局的错落。山谷宽敞，视野便敞亮，坡地窄狭，屋舍多紧密，而变化就在山势的起伏间自然完成。盲目行走，一方四方摆布着青砖的箍窑式两层楼房的院落吸引了我，门口没有人拦挡，我便进入到里面，看去似乎是公家的单位，因为是礼拜天，静静的，没有一丝声音，院子中间，长着三棵大洋槐树，白云般的槐花，开放得茂盛。最可心的是槐花的清香，弥漫在空气里，我的肺腑一下子清新了。我看着楼房的样式，那种老旧和结实，是岁月的风雨里自然形成的，那种朴实和规矩，也是盖楼的人和住楼的人一起完成的，得当，韵味久长。这样的建筑，在宜川还有不少，我时间不宽展，就去了一两处。到一处地方，四处走动是我的习惯，脚走累了但心里情愿。我一定会去农贸市场，去看买卖些啥，吃的用的，多是地里长的，生命力在其中，居家过日子的平常在其中。我可能会买上一棵萝卜，擦擦泥土，生吃，吃一份清脆。也可能坐到小吃摊子上，吃上一碗带汤带水的吃食。在宜川，我吃了荞面羊腥汤，还吃了一块黏米饼子。我的胃的确舒服了。在一个地方吃上些啥，回去想想，记忆具体，感觉没有白来，过多少年，吃的食物是个引子，忘不了，这是我的经验。我来宜川，留下的印象就深刻。

后来，我又多次到宜川，一点一点熟悉着这片高原的山水，每一次，都要去看壶口。去一次，虽然内心没有剧烈的改变，但来的次数越多，我越是带着情感和壶口对视，我的所思所想更多的和这块粗粝的泥土契合一致，我有回家的感觉，有返到源头的感觉。我曾经迷恋宜川的胸鼓，被高高抬举的鼓面和鼓槌，抬举起来的，也是一个壶口；那抡过头顶的另一种长鼓，也是兴盛于宜川的民间，叫斗鼓，那激越的神态，不也是黄河的一个个浪头在汹涌吗？于是，我从山原间缭绕的炊烟里，闻出了黄河的味道；于是，我在饱满的苹果的光泽里，看到了黄河的颜色；于是，我在宜川人坦然的脸面上，悟出了黄河何以能够万古流长。陕北的每一处，都有其独有的风情，都蕴藏着不尽的人文力量，而宜川的风物，使我更能入定，找到活下去，活得自由，活得快意的理由。一方水土养一方人，宜川的水土，是黄河造就的，是壶口托举的，宜川让每一个来这里的人，心底都变得敞亮起来。

又有许多年没有到宜川了，壶口的消息，一直被我捕捉着，这不仅仅关联着我的经历，也关联着我的肉体和精神。我向往壶口，也一次次盼望着能再走宜川。这一次，正值高远深秋，我又走在前往壶口的路上，我的心思是急切的。山头树木杂生，野草披靡，呈现浓烈的斑斓，如豹子的皮张，但我还是安定不下来。我的心中，一个壶口，已经翻滚起来了。

乾坤湾

去乾坤湾的路上，土山纵横，梁峁汹涌，每拐过一道沟坎，总会豁然展开一片坡地，让我看到一株又一株铁丝般的枣树，弯曲了身子，抓牢这苦焦的泥土。枣树多是新栽的幼苗，一人高的样子，颜色一律铁黑。春分刚过，万物发生，这里却缓慢了节气，满眼枯黄，泥土干燥，枣树是泥土里提炼的金属，掠过一阵风，树枝互相敲击，声如钟鸣。

但我知道，让这片土地覆盖绿荫的，一定是这些枣树。

这就是陕北，旱象如铁，干渴着生灵的喉管，却又把窑洞推举到上风上水的高处，生息着湿润的信天游、窗花和炊烟。更承载了一条万古的大河。

黄河过陕北，有暴烈，也有宁静，都造化着大气象。似乎理解这片土地的渴求，流速减缓了，水色凝重了，旋转出九百九十九道湾，每一道湾，无不加深了河床，放大了弧度，长久地环绕在大山的怀抱里，生动如胃，安详如婴儿。

乾坤湾，同样是一个大词。

阴阳交合，方有和谐，盈亏互补，才能平衡。乾坤湾只用一个简单的图形，就让我回到了知识的起点上，感悟天地给出的道理。可是，和这里的一块石头、一把泥土比，我又明白了多少呢？乾坤

美
佛

湾的上空，出现了一只乌鸦，无声飞远了。是的，是乌鸦。我开始以为是一只鹰，但不是鹰。乌鸦也有鹰的姿态，展开翅膀，利用气流，悬浮着精黑的骨架，由一块滑行的薄薄的铁片，渐渐缩变成了一粒尖锐的铁钉。

乾坤湾的上空，是空旷的，寂寥的。

乾坤湾的黄河，在流淌吗？似乎是静止的、固体的，似乎被定格了。我看不出河流的流向。几乎是一个浑圆，没有喧响，不显波纹。我甚至觉得，这一河道的水，是从地下渗出来的，这是一个环形的湖泊。只有大有，才有无的表现，只有黄河，才能如此自若。黄河的不动，是大动，在河面的底下，在深处。

那些细小的枣树，多么安静。是乾坤湾的河洲上的枣树，随意立身，却不张扬，零乱生长，似有秩序。乾坤湾的河洲，一枚巨大的按钮，似乎掌控着时间和风水的密门，旋转一下，就能更替日月。但这块隆起的土地，日日被黄河水打磨，冲刷，却更加踏实安稳，没有翻覆更新的打算。河洲的边缘，平坦潮湿，开垦成农田。有几个农民，正在耕作。因为远，看去小小的，火柴棍那么大，但劳动着的身子，是热的。一定有好收成。再往里，河洲渐渐抬升、收小，依次出现宽窄不同的台地。在高处，错落分布着房舍，前后都被枣树缠绕。黄河在门前绕了一个弯，就独立出一个如同隔世的部落。居住在河洲上的人家，日子肯定是滋润的。

听听，河洲叫河怀村，多直接的名字，又如此贴切。以河为界，

乾坤湾

属于山西，同样是一脉大热的地理，繁衍着敢爱敢恨的根本。以后要是有机会，渡过黄河，系舟上岸，在河怀村住一晚，该多好。我就在睡梦里，听见枣子变红的声音，听见甘甜一点点增多的声音，听见灯盏发出光亮的声音，听见光亮扩大和缩小的声音。还听见，河水里鲤鱼轻轻翻身的声音，河床底部沙子挪动位置的声音……

我一会儿走动，一会儿又坐下，不是我不安定，不是，是饱含水分的风，从我的脸上吹过去，从我的衣襟上吹过去，叫我愿意坐下，也喜欢走动，这样我才自在。自在了，面对乾坤湾，心里的空间，不知不觉加大了。

我知道，是这里的天地大，是乾坤湾的境界大。

在河畔的土坡中间，突兀着一块巨石，顶端为尖形，向下宽展，直到埋没于黄土。沿着一条曲折的小路，拨开枯草走下去，到巨石跟前，象形着的，是女人的私处，是生命的图腾。恍然间，石头不是石头了，有了知觉和温度，甚至能喊出疼痛。这是源头，这是骨肉的来处。巨石对应的，正是乾坤湾河洲的中心，这让我无比惊奇。后来，我看到一幅航拍图，这个中心阳刚十足，逼真的交合画面，自然呈现，毫不做作，再一次震撼了我的身心。

我怀着深深的敬意，领受着神圣的含义，感知了生命的庄严。

更让我感到不可思议的是，在巨石旁边不远，又有一个发现，已被保护了起来。这是一根圆柱体的石头，颜色灰白，一头略大，呈锥形，颜色深一些。这石头原来隐藏在大石内部，当地人炸石取

美
佛

材，方裸露出来，敬畏其奇特而不敢损毁，还把断裂的尾部重新黏
合。联系刚才所见，我就说，这是一枚精子。它遗落了，成为化石
了。它产生的时代，一定是天地混沌的初期。它是属于这片天地
的，属于乾坤湾的。

我是早晨动身，从延川向东，一路颠簸，土尘满面，中午才走到
乾坤湾的。我所在的土岗乡，山势宏大，起伏跌宕，适宜于大河过境，
也具备出现乾坤湾这种自然奇观的地质条件。

我在附近的村子里走动，看到窑洞的窑面多为青石片箍就，院
墙也用青石堆垒，不抹浆，自然咬合，却紧密牢靠。每户人家的墙
根下，皆堆积大捆的干柴，是枣树的枝条；门外，都置放着石碾石
磨，可见粮食的充足。我甚至在一座千年古窑里，看到了一口肚腹
硕大的石缸，依然保持完好。一只卧在枣树下的大黄狗，身子是软
的；土堆上刨食的花公鸡，不时抬头观察动静，脖子里发出"咕
咕"声。

吃饭上炕，腿盘起来，小米汤喝了一碗又一碗；洋芋是整颗煮熟
的，烫，面香面香的；还要吃南瓜，吃白面烙饼，吃荞剁面……我竟
然吃到了小蒜，是头一回吃，这是野地里的生物，只有初春，才一身
辛辣地萌芽，却是那么滋味爽口。

我只顾埋头吃，肚子饱了，才发现主人站在地上，还在招呼多吃
点，还吃啥，连忙起身道谢。主人不端东西了，手生生的，话少了，
倒不自在了。

乾坤湾

陕北人待客，就这么实诚。陕北人的心底，是软和的。生命的力量，如乾坤湾的水流，内敛着，谦卑着，就这样得以延续，得以恒久而不失去。

距乾坤湾百里左右，黄河的下游，就是宜川。那里，有一个惊天的壶口。

羊肠小路

　　陕北的山，满眼荒凉。山脚连绵，却滞重不能移动。我这些年出没于这土山的波浪，常走的路，都是拿手能捏握住的羊肠小路。一条羊肠小路，通向何方？空寂的山里，难得见个影子。可是路是人走出来的，小路的尽头，眼界抬高，就看见了窑洞，铁丝一般的枣树，抓牢在半坡上。要是没有这一条条羊肠小路，谁还会想到大山里会生长着一缕缕炊烟。脸面有棱角的陕北汉子，已把广大的土山踩踏成世代的家园。一天天走在山里，跟随身子的，恐怕就是这条羊肠小路了。

　　丢下第一枚脚印起，羊肠小路开了一个头。脚印越聚越多，层层交叠，隐隐能辨认出灰白的痕迹了，便顺着走，一天天的，不管不顾地，揉搓险陡的土山，直到出现狼粪的颜色，羊肠小路就成了。这时候，脚印落上去，有声还是无声，痕迹竟然没有开始那么明显了。土质的路，有了钙的成分，结结实实的。脚印都被羊肠小路消化了，吸收了。土山里的羊肠小路，是脚印营养出来的，人不在上头走了，一场风，一场雨，羊肠小路就能被吹跑，被冲净。

　　有时候，一座山峁上，会出现不止一条羊肠小路，一条一条，从山脚下不同的点攀爬着上去，有的交织到一起，像拴了个活扣。走上一回两回，走不出来，但是，老半天，也不见走一个人，路怎么就有了呢。离远了看，似乎是一根根绳索，把山峁捆绑住了。如果一个人

羊肠小路

背着手，正好走下来，走到半坡间，就像要把山峁背到脊背上，就像要背走。就像有这么大的力气。

人哪里背得动山，是山把人背着呢。这样的土山，就长杂草，整个的浑圆着，越往高处，越茂密。这样的土山，像一个巨大的人头。围绕土山，细细的一溜夹缝地，种上些谷子，埋上些洋芋。咋经管呢？也就是松松土，锄锄草。这时，土山似乎看着人动弹，土山在想心思一样，但土山是不言语的。地里忙活一阵，要回了，就近上了土山，蹬踏着，种下一个个深的浅的脚窝。就这么无意或是有意，一条路，再一条路，皱纹似的，刻到土山的脸上了。

羊肠小路曲折在山里，有时悬着，悬在半空，似乎拽着摇一下，都能晃荡起来。有时，是一圈一圈的，下面的圈子大，往上，圈子收缩了，变小了。这样的路，走不了一辆手推车，只能走人。人的脊背，背着粮食，背着洋芋，背着盐，在山里移动。进山出山，都让羊肠小路牵着走。也走羊，走驴。驴是好劳力。人背不动的，靠驴背。驴背得多，驴有左右两副脊背呢。羊肠小路，羊走着最合适，不是一群羊，一群羊的话，就像雨点子撒到山上了。是一只羊，或者两只羊，被绳子拴着，绳子的一头，在主人的手里。羊和主人赶集去呢。

走在羊肠小路上，一个人走，走一天，也是一个人，心发慌呢。吼一嗓子，山被扩张了，人也被扩张了，心里舒坦了。信天游是由着心唱的，没有现成的调调，唱成个啥，就是个啥。信天游是唱给自己听的，唱给大山听的。放羊的时候，给羊听。羊能听懂吗？吃草的羊，

美

佛

　　抬起头，一会儿，又把头低下了。要是瞅见个女子，就来劲了，一曲曲的信天游，朝山对面游过去，脸涨红了，脖子上青筋都暴出来了，还不歇上一歇。但是，女子也是个唱家，还过来几句，一来一往，就把意思唱出来了。

　　我到陕北去，几次都是冬天。走进山里，接近了空旷寒冷，满眼的黄土在我的胸腔堆积，大山的豁口，似乎是我的生命之门。只有深入到大山的背后，只有用双脚在羊肠小路上走上一天，才能体会到某种本质的呈现。我的双脚，带上了泥色，犹如拔出来的根，回到了大地的深处。

　　放眼望去，一座又一座山峁，依次呈现，晴朗的天空下，背阴处的雪，还没有融化，给山的低洼处绣上了洁白的围裙，干枯的蒿草，挂着霜，易脆易折的样子。陕北的天，在这个初冬，蓝得叫人心疼。头顶晴朗着，蓝天的蓝，是那种纯净的蓝，是南极冰盖那样没有受到一丝污染的蓝，是幽深的蓝。如果能把双脚踩上去，甚至会感觉到某种锋利。走在沟畔，一阵冷气从裤脚钻进来，浑身机灵一下，又一下，头脑突然清醒了，清晰了。这一天，我朝山顶走，而且，有意不走羊肠小路。山坡上的土层，覆一层硬壳，踩上去，脆脆开裂，冒出一股股白烟，很快扩散，鼻孔里呛了一下，痒痒的，又适应了。蓝天的面积，却在我上山的过程中逐步扩大着，似乎高处的蓝天，是随着我的上升而展开的。我在陡峭的山坡，攀爬得吃力，便揪住蒿草的根，用脚试探着踩踏压实虚土，稳住了，再倒换一下脚。蒿草麻手，草秆勒

羊肠小路

得手疼。当我终于到山顶上时，蓝天的蓝，似乎正经过我的身体，我的四周，是无边的蓝，是陕北的蓝……

怎么舍得离开大山呢？山也不走，身上流失了水土，山也不走。人更不会走的。人的前胸后背紧贴着山，祖坟也是一座山呢。树木旗杆一样插上了，草籽一坡一坡撒下去了。土山戴帽，有了颜色呢。土山深处，剪纸更红，过滤着日头的光亮。山里的人，布满羊肠小路的手掌，攥着一把土，也是攥着一颗心。

被羊肠小路缠绕的日子，说慢，比长一颗洋芋还慢，说快，喜鹊的翅膀忽扇一下就黑实了。日子就这样过了一天又一天。春天了，山丹花都新鲜得能弹出水了，山里人少，还是空荡荡的，羊肠小路被绣上了绿色的花边，也寂寞着。没有人走，羊肠小路自己走，不动的土山，真的只有羊肠小路在动呢。